물빛 손수건, 배채진의 긻 뇌 철학 4

푸른 빛의 항케지

푸른 빛의 항케지

발행일   2020년 11월 20일

지은이   배채진
펴낸이   손형국
펴낸곳   (주)북랩
편집인   선일영   편집   정두철, 윤성아, 최승헌, 이예지, 최예원
디자인   이현수, 김민하, 한수희, 김윤주, 허지혜   제작   박기성, 황동현, 구성우, 권태련
마케팅   김회란, 박진관, 장은별
출판등록   2004. 12. 1(제2012-000051호)
주소   서울특별시 금천구 가산디지털 1로 168, 우림라이온스밸리 B동 B113~114호, C동 B101호
홈페이지   www.book.co.kr
전화번호   (02)2026-5777   팩스   (02)2026-5747

ISBN   979-11-6539-478-3 03810 (종이책)   979-11-6539-479-0 058100 (전자책)

이 도서의 국립중앙도서관 출판예정도서목록(CIP)은 서지정보유통지원시스템 홈페이지(http://seoji.nl.go.kr)와
국가자료공동목록시스템(http://www.nl.go.kr/kolisnet)에서 이용하실 수 있습니다.
(CIP제어번호: CIP2020048457)

배채진 에세이

물빛 손수건·배채진의 길 뫼 철학 4

푸른 빛의 항케지

영원히 떠났거나 멀리 있는 대상을
내게 머물게 하는 글쓰기

북랩 book Lab

책머리에

틈틈이 써둔 원고들을 다듬고 보완해서 '배채진의 길뫼 철학 4'로 상재한다. 자전적 에세이집이다. 다녀온 섬들, 간 김에 보았던 도시의 공간들, 함께 읽고 나눈 독서 모임 담론들, 고분군 답사기 등에 대한 사색 록이기도 하다. 사색의 깊이가 그리 깊지는 않다.

책 제목을 '푸른빛의 항케지'로 정했다. 이는 수색의 왈츠라는 노래의 가사에서 따온 표현인데 항케지는 손수건(handkerchief)을 말한다. 항케지가 그때 어법으로도 맞았을 것 같지는 않다. 하지만 지금까지도 내가 품고 있는 용어인지라 그대로 쓰기로 했다. 요즈음도 행커치프를 '행커치'라고 줄여서 부르는 경우를 더러 본다.

수색의 왈츠는 20대 초입에 내 심중으로 들어와서는 지금까지 '마음의 창'이 되어 있다. 그 창문을 열면 산 너머 저곳에 있는 풍경이 눈앞에 열린다. 그래서 수색의 왈츠가 나에게는 지평의 선이기도 하다. 그 창가에 서면 나의 생물학적 나이는 내 앞에서 무색해진다. 그래서 수색의 왈츠가 나에게는 '어제의 나'를 '내일의 나'로 이어 주는 손수건이다. 손수건, 받았을 때 더욱 가슴 설레게 하던.

신종 코로나바이러스 팬더믹은 그러잖아도 넓지 않은 나의 삶의 반경을 더 좁혔다. 하지만 코로나 팬더믹은 나를 책상 앞에 더 오래 앉아 있게 했다. 언택트라는 비대면 생활의 일상화는 나를 밭일을 마친 후 곧바로 글 작업실에 들어가게 했다. 이런 배경에서 6개월여 글 꼭지들과 씨름했지만, 손가락이 무디고 머리가 아둔해 나의 글에 예지의 실오라기 가느다란 빛줄기 한 줄도 제대로 입혀주지 못했다.

지난번의 '언제나 강 저편'의 표지에 이어 이번에도 쓰라고 사진을 주신 진주의 저명한 포토그래퍼 박정일 형이 무척 고맙다. "쌍떡잎식물 합판화군 초롱꽃목 초롱꽃과의 여러해살이풀"이라고 하는 '층층잔대' 사진이 푸른빛의 항케지를 이리 잘 표상할 수가 없다.

내가 하는 일을 언제나 믿고 지켜 봐주는 나의 편, 길뫼재 글 작업실의 낡은 플라스틱 의자를 꺼내고 새로 넣어준 '아이핏 헤드레스트 럼버 서포트'라는 의자에 앉으니 푹신하고 편하다. 사위 딸들의 변함없는 성원은 우리 내외 삶의 활력소다. 자녀들이 건네준 최신형 'Tab S6'가 글 작업할 때 유용하게 활용된다. 이번에도 출판을 맡아주신 북랩의 관계자들께 감사 인사드린다.

2020년 11월 20일
악양 지리산 기슭의 길뫼재에서
배채진

차례

하나,

사는 곳 여기

저렇게 빨리

"길은 희망을 따라 떠나라 하고, 그리움을 간직한 채 돌아오라고
말한다."[1]

승용차에서 내려 우산을 펴들고는 달리는 차들을 일삼아 쳐다본
다. 급경사 내리막길인데도 차들은 안개등이나 전조등을 켜고 핑비[2]
총알처럼 쌩쌩 달린다. 빗길이어서 그런지 차바퀴들이 내는 굉음도
오늘따라 더욱 크다. 운전자는 보통 속도로 여길는지 모르겠지만 멈
춰 서서 보는 나의 눈에는 아찔한 속도다. '위험'이라는 경고문구 판
이 세 개나 연이어 서서 깜빡깜빡 위험을 알리고 있는데도 급경사 급
코너 직전까지 차들은 하나같이 숨 가쁘게 내려온다. 어디로 가는
걸까? 왜 저리 바쁜 걸까?

늦은 봄의 어느 일요일, 나는 연구실에 가기 위해 폭우 중인데도
이 길에 들어섰다. 이른 아침인데 굵은 빗줄기가 그칠 줄을 모른다.
내려가다가 급커브 직전의 안전한 공터에 차를 세웠다. 순간적인 판

---

[1] 박이문 지음, 『길』, 미다스북스(2003), 12쪽.
[2] 풍뎅이가 총알처럼 빠르게 날아간다는 뜻. 핑비는 팽이를 뜻하기도 하고 풍뎅이를 뜻하기도
하는 부산·경남 지역 사투리다.

단으로 그렇게 했다. 위험을 알리는 대형 표지판 경고 글자들의 살아서 꿈틀거리는 움직임이 내 눈에 너무나 선명히 들어왔기 때문이다. 요새 나는 서너 가지 일로 중압감에 붙들려 있다. 그 하나는 우리 대학의 입시, 홍보, 국제교류 등을 잘 이끌어 성과를 내는 일이고 다른 하나는 에세이집 원고를 다듬는 일이고 또 다른 하나는 희망의 철학자 가브리엘 마르셀에 대해 읽은 후 그에 대해 글을 하나 쓰는 일이다. 그런 조바심이 나를 집의 서재에서 나서게 했다.

지금 내가 우산을 들고 서 있는 곳은 제1 만덕터널 길의 동래 쪽 지점이다. 터널이 하나 더 생기기 전에는 그냥 만덕 고갯길이었는데 터널이 새로 하나 더 생기고 도로명 주소를 사용하기 시작한 후부터는 이 길이 '구만덕로'라고 불리고 제2 만덕터널 길은 '만덕로'라 부른다. 나는 지금 '구만덕로'를 말하고 있다.

만덕 고갯길 이 길은 양옆에 나무들뿐이다. 숲속 도로는 아니지만, 교통량이 많은 도심의 도로치고는 숲속 길이라 불러도 될 만큼 숲이 짙은 금정산 끝자락 길이다. 늘어서 선 여러 종류의 나무들이 제각기 꽃들을 달고 있다. 생강나무꽃은 피었다 졌고 이어서 핀 산목련, 벚꽃, 산돌배, 아카시아 등이 연초록 잎들과 어우러져 숲을 형형색색 장식하고 있다. 꽃은 화려하다. 추운 겨울을 지나고 봄에 피는 꽃들은 움츠렸던 우리의 마음을 그들 꽃처럼 부풀게 하고 화사하게 한다. 그래서 핀 꽃들 사이로 핸들을 잡고 달려가는 일은 즐거운 일이다.

하지만 인생사 무거운 짐을 지고 길 나선 사람들, 어디론가 가야 하는 사람에게 양옆의 꽃나무 숲이 눈에 들어오기나 할까? 우리네 삶은 무거운 것과 가벼운 것으로 얽혀있지 않은가. 꿈과 현실, 희망과 좌절, 휴식과 일, 기쁨과 슬픔, 활기와 피로, 웃음과 눈물 등으로 말이다. 그래서 길은 삶의 긍정적 밝은 면을 채색한 화폭일 수도 있지만, 고통과 슬픔이라는 삶의 그늘이 드리운 우울한 그림일 수도 있다.

막무가내로 달리는 차도 있겠지만 급한 일 때문에 달리는 차도 없지 않을 것이다. 좋은 일이 기다리고 있어서 내는 속도보다는 궂은일 때문에 내는 속도의 차도 많을 것이다. 지금 서서 보고 있는 내 눈엔 달리는 차들의 속도가 그렇게 읽힌다. 일요일이지만 누구는 일터로 또 누구는 병원 입원실이나 장의 예식장으로 바삐 달려가고 있을 것이다.

'가야만 하리(He'll have to go)'라는 노래가 생각난다. 짐 리브스가 아주 오래전에 부른 노래다. 내용보다는 노래 제목이 내 마음을 끈다. 맞다. 가야만 한다. 인간은 끊임없이 어디로 가야 하는 존재다. 하남석의 노래 '나는 가야 해'도 생각난다. 이는 제목보다 그 내용 때문에 생각나는 노래이다, 이 노래에는 이런 구절이 있다. "오늘은 어디든지 떠나가 보자. 바람 같은 세월인데 한 번뿐인 인생인데 그냥 이렇게 살 순 없어. 꿈을 꾸는 세상만큼 그만큼만 다가오네. 나는 가야 해."

맞다. 가야만 한다. 만덕 고갯길 이 길을 달리는 저 차들의 운전자들이 꽃바람 풀잎 내음을 맡으면서 또 나무 하나에도 감사하면서 즐겁게 그러나 좀 천천히 달렸으면 좋겠다. 꿈을 꾸는 그만큼 세상은 내게로 다가오는 것이니 꿈을 찾아서 희망의 나래를 펴고 이 길을 따라 자기들의 목적지까지 잘 갔으면 좋겠다.

길, 길은 그 길에 들어서는 사람에게 희망을 따라 떠나라 하고 그
리움을 간직한 채 돌아오라고 말한다. 하지만 길은 우리에게 핑비 총
알처럼 달려가거나 달려오라고 요구하지는 않는다. 물론 길에 올라서
면 속도를 내 생각대로 제어하기는 쉽지 않다. 그래서 제한속도를 지
키는 건 나에게도 과제로 남아 있다.

우산을 접고 차에 올라 시동을 걸고는 뒤를 잘 살피면서 아주 조
심스럽게 가던 길로 들어섰다.

사는 곳 여기

나는 부산 북구 만덕동에 36년째 살고 있다. 그때 이사 들게 되는 아파트 단지는 새로 조성한 곳이어서 '신 만덕'으로 불리었다. 물론 행정적 지명은 만덕2동이었지만. 나는 신 만덕 단지가 조성되었을 때 맨 먼저 입주한 몇 명 안에 든다. 이사 직후의 폭우가 잊히지 않는다. 비가 얼마나 쏟아졌던지 아파트 단지 가운데의 경사진 도로포장이 완전히 벗겨져 여러 날 동안 차가 다니지 못했다. 물론 그 이후로 장마철이나 태풍 때 폭우 규모는 그때 그것을 훨씬 능가하기에 지금 생각하면 그것은 폭우 중에 들지도 못하지만.

처음 살림방을 차린 망미동에서 이곳 신 만덕으로 이사한 날은 결혼 후 5년 만인 1984년 8월 30일이다. 만덕 고개를 기준으로 볼 때 살고 있던 망미동이 성안이라면 살려고 이사 가는 만덕동은 성 밖인 셈이었다. 이사할 때 성안에서 성 밖으로 밀려난다는 느낌도 영 없진 않았다. 또한 낡고 협소한 터널을 적어도 하루에 두 번 거쳐야 하는 것에 대한 두려움도 있었다. 그리고 교통이나 기반시설이 상대적으로 열악한 새로운 주택 단지로 가는 것에 대해 걱정해주는 지인들도 많았다.

하지만 그 당시 내 조건에서는 만덕동이 최선의 장소였다. 이곳 말고 대안으로 생각할 수 있는 다른 곳이 없었다. 18평형 주공 아파트 추첨에서 당첨을 알리는 내 이름이 불렸을 때 나는 환호작약했었고 큰 소리로 "네" 하고 대답했을 정도로 기다리던 땅이었다. 하마터면 영화 '자이언트'의 주제가, "그래, 여긴, 텍사스야. 별 하나뿐인 텍사스주. 그래, 여긴, 내가 사랑하는 땅 텍사스야."[3]를 흉내 내 "그래, 여긴 내가 사랑하게 될 만덕 땅, 내가 살아갈 만덕동!"이라고 노래할 뻔했다. 영화에서 제임스 딘이 시추공 구멍에서 석유가 솟아오를 때 그 검은 액체를 잔뜩 뒤집어쓰고 춤추듯 걷던 그 발걸음이 생각난다. 우산 속에서 당첨자 명단에 내 이름이 있기를, 당첨자로 이름 불리기를 초조하게 기다리던 그때도 생각나고.

　만덕에 살면서 만덕터널을 지나다니지 않을 수 없다. 지나다니다가 그 터널 길에 든 정도 깊다. 나는 이 터널 길을 통해 직장과 집을 긴 세월 동안 오갔었다. 그러니 이 길은 내게 밥벌이 길이었고 삶의 길이었다. 직장인 부산가톨릭대학교는 터널 저쪽인 금정구 부곡동에 있었고 집은 이쪽인 북구 만덕동에 있다. 그러니 출퇴근하려면 이 터널을 하루에 두 번 반드시 통과할 수밖에 없었다. 방학 때에도 거의 연구실에 갔으니 예외는 없었고. 이 터널을 나는 만덕동으로 이주한 해 1984년 후반기부터 지나다니게 되었다. 1988년에 제2 만덕터널이

---

3)　영화 자이언트의 주제가 일부. "This, then, is Texas. Lone star state of Texas. This, then, is Texas land I love." 제임스 딘이 척박한 땅에서 석유를 캐내는 데 성공, 위로 솟구쳤다가 다시 아래로 떨어지는 시커먼 원유를 맞은 그 장면은 영화사에서 길이 남을 컷이라고 한다. 그는 이 영화 촬영 후에 바로 자동차 사고로 죽음을 맞이함으로써 결과적으로 자신이 영화를 전설로 만들었다고 한다.

개통되었지만, 유료화 터널이었기에 특별한 경우를 제외하고는 이용하지 않았다. 1988년은 하계 올림픽이 서울에서 개최된 해이다.

1987년 가을에 첫 승용차 르망을 중고차 시장에서 구매할 때까지 약 3년 동안 난 제1터널을 통과하는 시내버스로 출퇴근했다. 스쿨버스가 내 사는 곳까지는 오지 않았기 때문이다. 제1터널은 높은 곳에 있고 길도 터널도 왕복 2차선 그러니까 편도 1차선인지라 출퇴근 시간대의 차량 정체는 말할 수 없었다. 양방향 어느 쪽으로라도 올라갈 땐 만원 버스 꽁무니에 매연이 꼬리에 꼬리를 물었다. 터널 안으로 들어가기 전엔 반드시 버스 창문을 다 닫아야 했다. 미처 닫지 못한 창문이라도 있다면 터널이 내는 굉음과 미지근한 공기와 매캐한 냄새를 감수해야 했고.

하지만 이 길 외엔 둘러갈 길이 없다. 그러니 이 길과 터널에 미운 정 고운 정 다 들 수밖에. 편과 둘이 앉아 살아온 시절을 회상하면 터널 길 시내버스 얘기는 거의 입에 오른다. 날씨는 덥지, 버스는 만원이지, 차는 밀리지, 등에 업힌 막내는 계속 울어대지… 터널 속에 갇히기라도 하는 날에는 그야말로 진퇴양난, 우리 자녀들은 모두 버스 안에서 많이도 보챘다. 그래도 터널 길 그 시절을 아름답게 회상한다. 그때가 있어서 지금이 있기에.

지금에 와서 억지로라도 내 부산 삶의 저쪽과 이쪽의 연결고리를 찾아보자면 한글 자모 초성 'ㅁ'이다. 내가 부산에서 산 단 두 군데 동네 이름은 'ㅁ'에서 'ㅁ'으로 이어지기 때문이다. 앞의 'ㅁ'은 그전 망미동을 말하고 뒤의 'ㅁ'은 지금 만덕동을 말한다. 또 다른 공통분모도 있다. 유소년 시절의 우리 집 소재지가 경남 사천시 축동면 '하동'이었는데 지금 머무는 곳도 하동군의 '하동'이다. 앞엣것은 마을 이름이어서 범주가 작고 뒤엣것은 군 이름이어서 범주가 크긴 하지만. 그래서 'ㅁ'과 'ㅎ'은 내가 좋아하는 한글 초성이다.

나는 지금까지 만덕동을 떠나지 않고 있다. 아파트만 바뀌었을 뿐 지금까지 이 동네에서 쭉 살고 있으니 편과 나는 신 만덕 원주민이다. 게을러서 그랬건 자금력이 달려서 그랬건 그건 문제 되지 않는다. 내 사는 곳 만덕 땅, 백양산 기슭의 이곳에서 우리는 가정사 많은 일을 힘을 합쳐 이루었다.

이곳과 저 터널 길에 든 정은 절대 얕지 않다. 사는 곳 여기 만덕이 내게는 참 좋다.

내 어깨

내가 편에게 가장 자주 듣는 말 중의 하나는 어깨를 좀 펴라고 하는 말이다. 내 어깨, 거울 앞에 섰을 때 내가 봐도 구부정하다. 옷을 입어도 모양이 나질 않는다. "앉아 있을 때 턱 좀 괴지 말고, 섰을 때 어깨 좀 펴고, 허리 구부리지 말고…" 어젯밤에도 이 말을 들었다.

사평역의 늙은 역장이 어깨를 떨어보는 장면이다. 깊은 산골의 간이역 늙은 저 역장도 나처럼 어깨가 구부정한 사람일까? 나도 공연히 어깨를 떨어본다.

> 어둠에 삼키어져 버린 철길의 끝이 오늘 밤은 까닭 없이 늙은 역장의 가슴 한구석을 썰렁하게 만든다. 그는 공연히 어깨를 떨어 보며 오른편 유리창 쪽으로 몸을 돌린다. 그쪽은 대합실과 접해 있는 이를테면 매표구라고 불리는 곳이다.[4]

처음에 나는 '사평역에서'와 '사평역'을 구분하지 못했다. 앞엣것은 곽재구의 시이고 뒤엣것은 임철우의 소설이다. 알고 보니 시가 먼저

---

[4] 임철우 지음, 『사평역』, (주)사피엔스21(2019), 14쪽.

이고 소설은 나중인데, 소설가 임철우가 이 시를 읽고 그 느낌과 장면을 모티프로 삼아 소설의 형식으로 구성한 것이라고 한다. 두 작품은 모두 사평역이라고 하는 어느 산골 간이역 대합실을 공간적 배경으로 삼고 있고, 눈이 내리는 늦은 겨울밤을 시간적 배경으로 삼고 있다. 대합실 안에는 몇몇 사람들이 톱밥 난로를 에워싸고 앉아 그날의 막차를 기다리고 있다. 톱밥 난로, 더 훈훈하다.

문득 돌아보니 걸어온 내 길이 제법 길다. 다시 돌아보니 살아온 세월도 짧지 않다. 길이라, 길이 나를 데리고 온 것인지 내가 길을 끌고 가는 것인지. 세월이라, 세월이 나를 자기 수레에 태워 여기까지 온 것인지, 내가 세월을 어깨에 걸머지고 길 재촉하는 것인지…. 세월과 길, 이제 내 나이도 세월이 주는 그루터기에 앉아 가끔 살아온 길을 돌아볼 때도 되었다. 이를테면 반추! 웅크린 내 어깨가 쫙 펴지도록 두 팔을 공중으로 쭉 뻗어 본다.

> 역장은 웅크렸던 어깨를 한번 힘차게 펴 보기도 하고 두 팔을 앞뒤로 흔들어 보기도 한다. 역시 춥긴 마찬가지다. 그새 손발이 시려 오기 시작했으므로 역장은 코를 훌쩍이며 엉금엉금 책상 앞을 되돌아간다. 그리고는 사무실용으로 쓰고 있는 석유 난로를 마주하고 앉아 손발을 펼쳐 널었다. (『사평역』 14쪽)

간이역을 지나는 열차에 내가 앉아 있다. 물론 상상이다. 철길 둑에 서 있는 저 나무들, 기차가 앞으로 가면 나무들은 뒤로 달음박질한다. 나무들도 가는 것인가? 그 기차를 타고 나 지금 어디론가 가고 있다. 자리에서 일어나 객실 밖으로 나와 섰다. 서 있는 나는 가지 않는 것인가? 문득 하늘을 본다. 겨울 초 하늘이다. 오늘은 어깨 좀 펴고 살아야지. 허리 꼿꼿이 세우고 걸어야지. 목에 힘도 좀 줘야지. 내 어깨, 나를 메고 다닌다고 고생한다.

늦가을 지금, 시내 원예고등학교의 국화전시회에라도 다녀와야지. 가서 이번에는 어깨를 펴고, 어깨를 펴기 위해 배에 힘주고 국화 앞에 서야지.

기차, 기차역 그것도 간이역을 주제로 한 것은 그것이 소설이건 시이건 영화건 간에 아련한 감동을 주면서 여운도 남긴다. 영화 '철도원'이 그렇고 시 '사평역에서'가 그러하며 소설 '사평역'이 또 그러하다.

> 톱밥은 우선 당분간 창고에 남아 있는 것으로 이럭저럭 견디어 낼 수 있으리라. 대합실 난로는 하루 두 차례씩만 피우면 되니까. 역장은 웅크렸던 어깨를 한번 힘차게 펴 보기도 하고 두 팔을 앞뒤로 흔들어 보기도 한다. 역시 춥긴 마찬가지다. 그새 손발이 시려오기 시작했으므로 역장은 코를 훌쩍이며 엉금엉금 책상 앞으로 되돌아간다. 그리고 사무실용으로 쓰고 있는 석유 난로를 마주하고 앉아 손발을 펼쳐 넣었다. (『사평역』 17쪽)

역장의 저 어깨를 내 어깨로 치환해 본다. '늙은 역장'이라, 어둠에 삼키어져 버린 철길의 끝 어느 역의 역장이 젊은 역장이었다고 하더라도 그랬겠지만 늙은 역장이라고 하니 더 아련하다. 나, 지금의 나는 저 역장보다 세월을 더 많이 산 '나이 든 나'이다. 그러니 내 어깨는 더 구부정할 것이다. 어깨를 펴는 운동을 부지런히 하고 있기는 하지만.

웅크렸던 어깨를 쫙 펴 본다. 두 팔을 앞뒤로 흔들어 보기도 한다. '방방이'라고도 부르는 트램펄린에 올라가 하나 둘 세면서 1,000번을 뛴다. 누워서는 폼 롤러를 등에 대고 앞뒤로 구른다.

큰마음 먹고

"큰맘 먹고 장만하는 건데 좋은 걸로 고르소. 아무거나 가져오지
는 마소"하고 편은 내게 신신하게 당부했다. 그러니까 돈 좀 더 주고
서라도 좋은 제품 집으라는 거였다.

색소폰 파는 상점에 갔다. 부산에서 제일 클 뿐 아니라 판매망이
전국으로 뻗어 있는 M 악기점이다. 비가 슬금슬금 내리던 어제, 그러
니까 10월 하순의 수요일 오후였다. 가격이 380여만 원 정도인 프랑
스 산 셀마(Selmer) Super Action Ⅱ Gold를 사겠다고 가는 길이다.
속으로 '깎아야지, 깎아야지' 하고 각오를 연방 다지면서 가는 길이
다. 나도 모르게 두 주먹도 불끈 쥐곤 했던 모양이다. 땀에 젖어 있
는 손바닥을 보고 흠칫 놀랐다.

가서 보니 사려고 한 그 제품 Ⅱ가 없었다. 가는 날이 장날이라더
니 하필 내가 갔을 때 없을 게 뭐람, 두 주먹까지 쥐어 가며 왔는데
말이다. 주문하여 프랑스에서 오려면 한 보름 걸린다고 주인이 말한
다. 나는 기다리겠다고 했다, 기다리는 데는 이골이 나 있다고, "보름
쯤 기다리는 건 삶은 고구마 먹기"라고 말하고 일어서려 했다. 그런
데 함께 간 색소폰 선생님이 옆에서 소매를 잡아끈다. 악기란 땅과
마찬가지로 임자가 따로 있다는 것이었다. 찾는 악기가 없는 건 한

단계 위의 악기를 사라는 인연이니 저 악기의 임자가 되지 않겠느냐는 거였다.

그가 손가락으로 가리키는 색소폰은 내가 사려고 했던 것보다 한 단계 위인 Selmer Super Action III였다. 가격은 색상 값을 포함하여 II보다 근 100여만 원이나 더 비쌌다. 저 색깔은 연한 골드 즉 무광택 골드인 마트(Mart)라고 하는 건데 색깔만으로도 골드보다 15만 원 더 한다는 것이다. II를 사겠다고 결심하는데도 일 년 이상을 끌었는데 III라니….

대책이 안 섰다. 판단이 안 선다. 손전화기를 눌렀다. 요샌 꾹꾹 눌러도 숫자 몇 개는 영 안 눌러진다. 손가락에 힘을 더 주고서 꾹 눌렀다. "무슨 소리 하느냐고, 우리 집 가장이 그까짓 거 쓰리(III) 하나 사는데 시비 걸 사람 어디 있겠느냐고, 팍팍 긁고 오라"고 한다.

최고다, 편! "임자가 데끼리다. 이녁 믿고 내 산다 아니가." 긁었다. 눈 감고 딱 긁었다. 내 사인은 눈 뜨고 긁으나 눈 감고 긁으나 글자 형태가 별로 달라지지 않는다. 오른손으로 긁으나 왼손으로 긁으나 그것도 마찬가지다. 손으로 연필 잡고 긁으나 발로 연필 잡고 긁으나 또한 마찬가지일 것이다. 비슷할 것이다.

Selmer 그것도 Super Action III를 내가 가지게 될 줄 몰랐다. Gold가 최고인 줄 알았는데 골드 위에 Mart가 있었던 거였다. "1층 위에 2층, 2층 위에 3층, 3층이 최고!"라더니. 이 노래는 우리가 초등학생 시절에 단체로 외쳤던 응원가이다. 학교 대항 시합이 있을 때에는 1층 2층 대신에 학교 이름이 들어 간다. 가령 이런 식이다. "○○ 위에 △△, △△위에 □□, □□이 최고야! 아냐 아냐 ◎◎이 최고지!"

여기서 ◎◎은 자기 학교 이름이다. 연한 무광택 골드, 은은하다.

뒷날 아침이다. "당신 새 거 엔간히 좋아 안하요. 좋아서 잠은 우찌 잤소?" 한다. 속으로 "뭘, 같이 잤으면서"라고 생각하면서 퍼뜩 보니 머리맡에 Ⅲ가 그대로 있다.

더 고가의 색소폰도 많이 있지만 내 수준에서 셀마 Ⅲ는 꿈의 악기다. 꿈꾸는 것 같다.

오늘따라 불고 싶다

연필로 글을 쓸 때는 손이 하나만 필요하다. 주로 오른손이다. 하지만 연필을 잡고 글을 쓸 때는 손등이 잘 보이지 않는다. 요새는 두 손으로 글을 쓴다. 즉 손가락 열 개를 다 사용하여 자판을 두들긴다. 그러니 손을 다 펼칠 수밖에 없다. 그래서 자판을 두들길 때 손등을 내려다보게 된다.

오늘따라 손등이 눈에 들어온다. 자판 두들길 때 난 앞의 피시 모니터를 보지 않고 아래로 눈을 내리까는 편이다. 그러니 두 손, 손등을 다 보게 될 수밖에. 타자 법을 제대로 익혔으면 손등 볼 일이 없겠지만 독수리 타법과는 또 다른 나만의 '손가락 마음대로' 타법인지라 손등을 자주 보게 되는 것이다.

손, 나의 두 손, 나를 위해 애를 참 많이도 썼다. 지금까지 나를 따라다니면서 내 시키는 대로 다 해주었다. 손은 나를 위해 궂은일 힘든 일 마다치 않았는데 나는 손을 위해 해 준 게 별로 없다. 손에 미안한 생각이 든다. 자판을 두들기던 손을 들어서는 맞잡고 비볐다. 호호 입김도 불었다. 따스하다. 지금은 겨울이 아니다. 입김 불어 손등 덥힐 때가 아니다. 그래도 난 불었다. 겨울이 오면 겨우 내내 입김으로 손등에 불어야지. 고마움을 새삼 느낀다.

오카리나를 불겠다고 들고 다닌 지가 석 달이 지났다. 좀 초조해진다. 1년 후에는 산장에서 두어 곡 독주하겠다고 공언했는데 오카리나를 잡을 시간이 영 없다. 매일 한 시간 정도 혼자서 연습하면 되겠다고 짐작했는데 도대체 지속해서 잡을 시간을 갖지 못한다.

노래 부르는 것과 악기를 부는 것 중에서 악기 부는 것에 좀 더 시간을 투자하기로 한 터이다. 물론 나의 목소리가 노래 부르기에 부적합하다고 생각하지 않는다. 즉 노래깨나 부르는 축에 든다고 생각한다. 오징어 한 축은 열두 마리, 그렇다면 열세 명 노래하면 열두 명째 안에는 내가 든다는 말이다. 아무튼, 음색은 그럭저럭 괜찮은데 박자감과 리듬감이 영 부족하다는 아쉬움을 가지고 있다. 오카리나, 하모니카, 색소폰은, 멋들어지게 한번 불어보려는 나의 꿈을 이루어줄 애물(愛物)들이다. 자판 두들기는 손, 손등을 호호 불다 말고 오카리나 불고 색소폰을 불 꿈을 꾼다.

논리학 이론과 언어철학에 관한 독창적이며 중요한 철학적 사유체계를 제시한 비트겐슈타인(L. Wittgenstein)은 휘파람을 즐겨 불었다고 한다. 음악적 재능이 상당한 수준이었던 모양이다. 청년 시절에 클라리넷을 연주했으며 음악가가 될 꿈을 꾸기도 했다고 한다. 어려운 고전음악 작품 하나 전곡을 휘파람으로 불어 제낄 정도였으니 그 음악적 재능이 짐작되고 남는다.

그런데 비트겐슈타인과 동갑내기인 히틀러도 또한 휘파람으로 바그너의 모든 곡조를 따라 부를 수 있었다고 한다. 오스트리아 레알슐레에 같이 다닌 어린 시절 비트겐슈타인과 히틀러의 공통 관심사는 바그너였다는데 비트겐슈타인은 바그너의 오페라 '뉘른베르크의 명가수'를 통째로 외웠다는 것이다. 뉘른베르크의 명가수는 히틀러도 무척 좋아한 오페라였다고 한다.

유대인에 대한 히틀러의 증오는 비트겐슈타인과도 크게 관련 있을 것이라고 보는 견해도 있다. 어린 시절 비트겐슈타인에게서 느낀 상대적 박탈감과 질투가 그 원인의 하나일 수 있다는 것이다. 아무튼, 휘파람으로 바그너를 불어제치는 철학자 비트겐슈타인에 곁들여 독재자 히틀러의 휘파람 실력까지 알게 되었다.

휘파람으로 연주되는 고전 음악, 생각만 해도 신선하다. 휘파람을 부는 철학자, 유산을 한 푼도 남기지 않고 깡그리 남에게 주어 버리고는 춥게 자고 질박하게 먹고 검소하게 입고 지냈다고 하는 비트겐슈타인의 휘파람은 생각만 해도 신선하다. "말할 수 없는 것에 관해서는 침묵해야 한다"는 명제를 남긴 그는 불 수 있는 건 불어야 한다고 생각하기도 했던 걸까. 침묵과 휘파람으로 말하려 했던 것일까.

오늘따라 불고 싶다. 지금 호호 불던 손등을 겨울에는 호호호 불어야겠다. 오카리나와 색소폰 그리고 휘파람도 오늘은 더 간절히 불고 싶다.

수문처럼 번져가는 색소폰 소리

색소폰 Selmer Ⅲ를 손에 넣은 흥분이 오랫동안 가시지 않는다. 색소폰을 꺼내 만져 본다. 감촉이 좋다. 내가 색소폰으로 내는 소리는 '수문처럼 번져가는 소리'이기를 상상해 본다. 이는 이범선의 단편 소설 '갈매기'에 나오는 표현이다. 그리고 색소폰을 불 장소는 불이 들어온 등대 아래이고 불 곡은 '집시의 달'이다. 소설의 줄거리는 대강 이렇다.

부산항에서 출발해 도착하는 어느 섬 포구에 다방이 한 집 있다. 이름이 '갈매기'다. 다방이라야 일본 사람이 살다 간 목조 건물 이층을 피난 온 젊은 부부가 약간 뜯어고친 것이다. 섬마을 선생인 주인공 훈은 때때로 이 다방에 들른다. 훈은 이 다방에 올 때마다 언제나 정해진 창가 자리에 앉는다. 탁자 위에는 선인장이 놓여 있고 창에는 푸른색 커튼도 드리워 있다. 창 밑이 곧 한길이고 그 길 가장자리가 바로 바다다. 훈이 앉아 커피를 기다릴 때 갈매기 한 마리가 펄럭이며 다방 창문을 스치고 지나간다. 팔만 내밀면 잡힐 것도 같다. 그래서 다방 이름이 갈매기인지도 모른다.

훈이 자리에 앉았을 때 안방 문이 열리면서 주인이 나온다. 마룻바닥에 발을 질질 끌며 한 걸음 한 걸음 훈의 테이블 가까이까지 와서 서며 두 손을 내밀어 불안스레 허공을 더듬는다. 그는 눈을 못 보는 시각 장애인이다. 훈은 얼른 그의 한쪽 손을 잡아 준다. 별일 없었느냐는 훈의 물음에 별일 없이 그저 그렇게 지내고 있다고 그는 답한다. 그가 그저 그렇게 지내고 있다는 것은 훈도 안다. 그 어떤 추억을 약처럼 갈아 마시며 외롭고 슬프게 그저 그렇게 살아가는 피난민 부부의 모습이었기 때문이다.

훈은 어제저녁에도 그 '집시의 달'을 들었다. 두 등대에 불이 들어와 청홍(靑紅)의 물 댕기를 길게 수면에 드리울 때, 고요한 밤하늘에 수문(水紋)처럼 번져 나가는 색소폰 소리, 자꾸자꾸 그의 상념을 옛날로 옛날로 밀어 세우는 그 서러움에 목쉰 소리, 밤마다 흐느껴 흐르는 그 색소폰 소리를 들으면, 누가 부는 것인지도 모르는 대로 그는 자기 방 마루 기둥에 기대앉은 채 별이 뿌려진 밤하늘을 우러러 꼼짝도 할 수 없었다.[5]

나는 집시의 달이라는 노래를 이리저리 찾아보았다. 그랬더니 손목인의 집시의 달이 눈에 들어온다. 물론 시간을 많이 들여 어렵사리 찾아냈다. 그 가사는 이렇다. "외로운 집시의 달이여 / 애달퍼 우는 이 가슴에 / 비치어주는 사랑의 빛 / 희미해 가는 집시의 달."

물론 원곡은 스페인의 작곡가이면서 바이올리니스트인 사라사테의 작품 중에서 가장 잘 알려진 '치고이너바이젠(Zigeunerweisen)'이

---

5) 이범선 지음, 『학마을 사람들』, 전자책, 사피엔스21(2014), 〈갈매기〉, 117쪽.

다. 이 곡은 화려하고 세련된 애상과 정열을 담고 있는데, 그가 헝가리를 여행했을 때 그 지방 집시들이 부르는 노래를 듣고 그 멜로디를 바탕으로 작곡한 것이라고 한다. 느리게 연주하는 1부는 변화무쌍한 악상을 담고 있고 이어서 애상적인 2부가 이어지는데 이 부분의 멜로디는 집시의 달이라는 노래로 불리기도 한다고 한다.

바로 이 집시의 달을 1939년에 작곡가 손목인 선생이 아코디언 반주로 직접 불렀다고 한다. 이 노래를 듣고 나는 이범선의 갈매기에서 말하는 집시의 달은 바로 이거라고 생각했다. 왜냐하면 이 소설의 시대적 배경은 1950년대 후반이고 노래의 취입 연도는 그보다 앞선 1939년이니까 이범선 소설가도 이 노래를 알고 있었으리라고 짐작되기 때문이다.

그리고 이번에는 블루벨스가 노래한 집시의 달이다. 1960년대 국내의 대표적인 남성 사중창단인 블루벨스가 집시의 달을 포플러 송으로 개사하여 불러, 당시 대중가요의 차원을 한 단계 높였던 곡으로 평가받고 있다고 한다. 그 가사는 이렇다. "달이여 집시의 달이여 / 우리를 비치어다오 / 끝없이 흘러 다니는 / 애달픈 집시의 달이여 // 음음음 음음음 음음음 / 망향의 슬픔을 안고 / 끝없는 유랑의 손 / 외로운 집시의 달이여"

집시의 달 악보를 구해서 색소폰으로 불고 싶다. 밤, 불이 들어와, 켜지지 않던 그 등대에 불이 들어와 청홍의 물 댕기를 수면에 길게 드리울 때, 고요한 밤하늘에 수문처럼 번져 오르는 색소폰 소리를 내고 싶다. 그렇게 하면 마음은 이미 도착하는 배일 터.

하지만 색소폰용 악보는 아직도 구하지 못했다. 그래서 내가 만들어야 하는데 아직 만들 엄두를 내지 못하고 있다. 원곡 악보를 구하게 되면 악보 제작용 프로그램인 앙코르(Encore)에서 만들면 된다. 그건 나도 할 수 있다. 두 등대에 불이 들어와 청홍의 물 댕기를 길게 수면에 드리울 때 나도 고요한 밤하늘에 물무늬처럼 번져 나가는 색소폰 소리를 내고 싶다는 생각은 이범선의 갈매기를 처음 읽었을 때부터 줄곧 해온 생각이다.

> 훈은 다방 한구석 자리에 은빛 색소폰을 어루만지고 있는 장님을 보았다. 그 사람이 바로 다방 주인이었다. 훈은 놀랐다. 그러나 곧 그럴 게라는 생각이 들었다. 옛 친구를 만난 것처럼 둘은 가까워졌다. 그렇게 훈이 때때로 이 허술한 다방을 찾아오는 것은 그 여인이 풍로에 부채질해가며 끓여다 주는 사탕 물 같은 코오피를 마시기 위함이 아니다. (『학마을 사람들』 117쪽)

은빛 색소폰을 어루만지는 시각 장애인인 남편의 색소폰 소리와 그리고 사탕 물 같은 코오피를 끓이기 위해 풍로에 부채질하는 아내의 손놀림…, 1950년대 후반의 섬 포구 삶의 정경이 눈에 선하다. 코오피라, 맞다. 커피를 코오피라 부르던 시절이 있었지. 내 젊었던 시절에도 커피는 커피가 아니라 '코피' 아니면 '코오피'였던 것 같다. 또한 그 시절 코오피는 달아도 한참 달아야 했지. 내가 마신 마지막 설탕 커피가 언제였더라? 편과 나는 일찍부터 커피는 블랙으로 마시고 있다. 연구실에 있을 땐 하루에 다섯 잔 정도 마시던 커피를 요즈음엔 겨우 한잔 정도 마신다.

추석 나흘 전, 섬에 불어닥친 바람이 거세다. 집채 같은 파도가 큰 소리를 지르며 밀려든다. 방파제를 때리고 부서진 파도가 허옇게 거품이 되어 등대 꼭대기를 넘는다.

이틀 후에 파도의 광기는 멎었는데 훈은 학교 사환 애에게서 슬픈 소식을 듣게 된다. 갈매기 다방의 부부가 죽었다는 것이다. 그 파도가 무섭던 날 밤, 밖에 나왔던 다방 주인이 잘못하여 물에 휩쓸려 들어가자 그를 구한다는 게 그만 부인마저 빠졌다는 것이다.

훈은 수업하면서도 문득문득 눈을 창밖의 바다로 보낸다. 그때마다 훈은 꼭 껴안고 물로 뛰어드는 젊은 부부를 생각했다.

마당으로 내려선다. 바둑이가 마루 밑에서 기어 나온다. 어느새 달은 꽤 높이 솟아올랐다. 가는 구름이 둥근 추석 달에 가로 걸렸다. 어디선가 색소폰의 그 목쉰 소리가 들려오는 것 같다. 집시의 달. (『학마을 사람들』 128쪽)

내가 가는 포구는 경남 사천시 서포면의 어느 마을 바닷가에 있다. 그 동네는 나의 편 그러니까 우리 아이들 어머니의 친가 동네다. 그 포구에 등대는 없어도 방파제와 가로등은 있다. 바다를 비추는 그 등은 천지가 어둠에 잠겨도 잠들지 않는다. 밤에는 청홍의 물 댕기를 가로등은 수면에 길게 드리운다. 달이 뜨면 물결은 은파다. 그곳에 가서 서면 난 해변의 길손이 된다. 그 포구에 다방은 없다. 목조 건물 2층도 없다. 집은 아예 없다. 마을로부터 저만치 비켜서 있다.

거기 가서 해변의 길손을 분다. 물론 상상이다. 집시의 달도 또 안개도 불 것이다. 청홍의 물 댕기가 수면에 드리울 때 밤하늘에 물무늬처럼 번져가는 색소폰 소리….

기분이 좋다. 색소폰, 꺼내서 만지다가 닦은 후 케이스에 조심스레 넣었다. 멜로디만 조금 아는 집시의 달을 홍얼거리면서.

오늘의 이곳

오래전에, 그야말로 아주 오래전 7월에 다녀온 진도 이야기다. 두 번째 하는 그곳 나들이였다. 처음에는 혼자서 다녀왔는데 이때 나는 군산 위의 충남 서천군에 있는 장항읍에서 출발하여 늦은 오후에 진도에 도착했었다. 그때의 진도대교 낙조는 지금도 눈에 선연하다.

두 번째의 진도 나들이는 가족과 함께한 여행이었다. 전남의 낙안읍성과 강진의 영랑 생가 및 도요지를 둘러본 후 진도에 도착, 진도를 둘러보고 돌아오는 길에는 완도에도 들릴 참이어서 새벽부터 서둘렀다. 그때 큰아이는 고3, 둘째는 고1, 막내는 초등학교 6학년이었다. 이때 나의 머리는 지금처럼 흰색이 아닐 때였다. 사진을 보니 그때 나의 머리는 그런대로 검정이었다,

그때에도 막내는 출발 조금 후, 다 와 가느냐고 어김없이 물었다. 좀 후에 또 물었다. 언니들과 엄마의 웃음을 동반한 핀잔이 또 어김없이 나왔다. "얘는 차만 타면 휴게소 들어갈 생각만 한다. 아빠는 핸들만 잡으면 또 막내를 놀린다."

그건 나와 막내의 차내에서 하는 게임 방식이었다. 핸들을 내가 잡고 있으니 뒷자리에 앉은 막내보다 시야가 넓다. 휴게소를 가리키는 도로 표지판을 내가 먼저 보게 된다. 그러면 나는 슬그머니 휴게

소를 암시한다. 그리고는 들를 거냐고 물어보지도 않는데 안 들르고 지나쳐 갈 것이라고 말한다. 그러면 막내는 휴게실에 들러야 한다는 반응을 이리저리한다. 그러면 나는 못 이기는 척하면서 들르곤 했다. 이 패턴이 반복되다 보니 막내는 이제 차만 출발하면 "휴게소, 휴게소"하는 것이다. 그러다가 막내의 묻는 방식이 한 걸음 더 나아가 이제는 아예 도착지를 묻는 것까지 확대되었다.

조금 후 그는 언제 도착하느냐고 또다시 물었다. 도착? 아직 멀었다. 부산에서 진도까지 거리가 얼마인데, 얼마나 먼 길인데, 아직 전라도도 못 들어서고 있는데 벌써 도착이라니. 도착할 때까지 그는 몇 번을 더 물을 것이다. 물론 휴게소는 지나칠 때마다 다 들러야 할 것이다. 휴게소에서 사 먹는 그때의 아이스크림, 얼음과자는 내게도 맛이 있었다.

사실 '언제 도착하는데'하는 물음은 아이만 묻는 것이 아니다. 어른들도 일찍 도착하는 일에 급급하여 도중의 풍경을 놓치는 수가 많다. 여행길은 속도를 줄여야 할 길임을 요즈음 와서 더욱 깨닫는다.

'언제 도착하느냐'는 이 물음을 삶의 여정에 비추어 본다. 알고 보면 우리는 이런 식으로 살아왔고 또 살아가고 있다. 아이들은 빨리 커서 어른이 되고 싶고 학생은 빨리 졸업하여 사회인이 되고 싶다. 머물기보다는 벗어나고 싶어 한다. 미래의 어느 지점에 일찍 도착하여 그 자리에 서고 싶어 한다. 그 자리는 성공이라는 자리일 수도 있고 소위 말하는 출세라는 자리일 수도 있다.

물론 그래야 할 것이다. 머물러 정체할 것이 아니라 삶의 단계들을 차례로 거쳐 성장해야 할 것이다. 하지만 문제는, 삶은 도착, 도달이 아니라 여정, 살아가는 과정이라는 사실을 잊어버리는 데 있다. 도착할 '그곳'에 지나치게 매달리는 데 있다. 사실 그곳이 아니라 '이곳'이 지금 내가 서 있는 지점인데 말이다.

또 우리는 '오늘'보다는 '내일'에 더 매달리는 사람들을 더러 보게된다. 내일에 대한 기다림을 깎아내릴 생각은 전혀 없다. 다만 오늘은 내일을 기다린 사람이 그토록 기다린 그 내일이 바로 오늘임을 말하고 싶을 따름이다.

그건 '이곳'도 마찬가지다. 그곳과 내일을 지나치게 기대하고 있는 한 이곳과 오늘을 놓치는 우를 피하지 못하게 된다. 설령 내일의 행복과 그곳의 복락을 꿈꾼다 해도 그건 오늘과 이곳에서 시작되는 것이지 내일 그곳에서 뜬금없이 주어지는 것은 아닐 터이니.

낙안읍성 및 강진의 영랑 생가와 도요지를 거쳐 진도로 들어갔다. 진도대교를 지나 남진 미술관에 먼저 도착했다. 남진 미술관, 남편과 아내의 이름 한자씩 따내어 지은 미술관 이름이 '남진'이라고 했는데 그 미술관에서 우리는 오래 머물렀다. 그리고 진도 석성과 운림산방을 거쳐 그 옆의 쌍계사에 갔을 때는 기울어지는 오후였다. 경남 하동의 쌍계사와 이름이 같다. 문득 뉘 부르는 듯 소리 있어 절 앞 계곡으로 가서 보니 소리를 배우는 사람들이 피를 토하듯 절규의 소리들을 내고 있었다.

그때 다녀온 진도의 여러 풍경이 아련히 살아난다. 섬을 돌아 나올 때의 서쪽 개펄 위로 스며들던 노을의 풍경이 더욱 생각난다. 그때 마침 차의 라디오에서는 "이른 아침에 잠에서 깨어 너를 바라볼 수 있다면" 하는 노래가 흘러나오고 있었다. 그 노래는 그 무렵에 막 나온 노래인 걸로 알고 있다. 개펄 위의 일몰, 황혼, 노을과 더불어 어우러지는 이 노래를 그때 나는 환상으로 들었다.

개펄 위의 황혼이, 파도 위의 황혼이나 강물 위의 황혼, 숲 위의 황혼과는 또 다른 분위기를 연출함을 그때 보았다. 황홀함의 극치였다. 이건 디오니소스의 축제라고 생각했다. 황혼의 개펄에서 추는 게들의 춤, 군무를 본 적이 있는가?

그때 초등학교 6학년이던 막내도 어느덧 자라 대학을 졸업하고 결혼도 했다. 요즈음엔 같이 차를 탈 일이 자주 없고 또 함께 탄다고 해도 휴게소에 들어가자고 떼쓰는 법도 없다. 언제 도착하느냐고 묻지도 않는다. 세월이 많이 흐른 것이다. 내일을 위해 부지런히 오늘의 이곳을 살아가는 자녀들을 나는 멀리 또 가까이서 지켜보고 있다.

나 또한 이곳에서 오늘과 이곳을 사랑하며 살고 있다.

한편과 반편

　나는 아내를 '편'이라 부른다. 이 용어의 사용 시점은 둘이 혼인하고 한 이불을 쓰기 시작한 후 얼마 되지 않아서부터이다. 나는 '자기편'이고 자기는 '내 편'이라는 생각을 했다. 그래서 우리는 '한편'이라고 생각했다. 그리고 내가 남편이라면 그녀는 여편이라고 생각했다. 그러니까 우리는 둘이 합쳐 한편이 되어야 완전한 사람이 된다.

　플라톤은, 우리들 각자는 하나가 둘로 나누어진 존재 즉 반편(半偏)의 사람이어서, 그 모습이 마치 넙치 같으며 그리하여 우리들 각각은 자기로부터 나누어져 나간 또 다른 반편을 끊임없이 찾게 되는 것이라고 말했다.[6] 나아가 둘이 합쳐서 한편이 된 완전한 사람은 바로 '달의 사람'이라고 했다,

　　사실 남성은 본래 태양의 자식이고 여성은 지구의 자식이며, 그 두 종의 성질을 모두 지닌 이 세 번째 종은 달의 자식인데, 그 이유는 달이 그 두 행성에 모두 관여하고 있기 때문이라네. 그리고 그들의 형태가 동그랗고 그들의 걸음걸이 또한 원형을 띠고 있는 것은 그들이 자

---

6) 플라톤 지음, 박희영 옮김, 『향연』, 문학과지성사(2005년), 87쪽.

신의 조상과 닮았기 때문이라네. 그리하여 그들은 대단한 힘과 능력 그리고 오만함까지 지녀서 신들을 공격할 정도였다네. (『향연』 83~84쪽)

신들이 무서워서 제발 반편으로 쪼개어 달라고 제우스에게 그리 부탁했다고 하는 달의 사람 즉 온몸, 그 온몸은 둥근 모양이었으며 공처럼 굴러다녔다고 하니 부부로서의 우리는 둥글게 살아야겠다고 생각하기도 했다. 동그라미는 부드러우면서도 강한 이미지 아닌가.

"니, 반피 아이가."

"이 밤피야, 이것도 하나 못 하나."

"그래 내 반피, 밤피다. 우짤래."

'반피' 또는 '밤피'라는 말은 우리가 어릴 때 많이 듣고 자란 말이다. 많이 들었을 뿐 아니라 많이 쓰기도 한 말이다. 자랄 때 우리는 이 말을 입에 달고 다녔다. 반편을 뜻하는 이 두 말은 하는 일이 온전하지 못하고 깔끔하지 못한 사람에게 주로 적용한다. 반풍수라는 뜻도 된다.

핀잔을 줄 때 나아가 질책할 때 튀어나오는 표현이어서 '인간은 반편의 존재'라는 명제를 입증하기 위한 예로 사용하기는 좀 뭣하다. 하지만 그래도 구태여 끄집어낸 것은, 둘이 합쳐 한 몸이 되겠다는 부부는 어떻게 해서든지 하나 되려는 노력을 멈추지 말아야 함을 말하고 싶어서이다.

애초에 인간은 남자와 여자가 서로 붙은 모습이었다. 완전한 조화를 이룬 인간은 신들을 위협할 정도로 강력한 존재였다. 이런 인간을 두려워한 신들의 수장 제우스는 완전한 인간을 반으로 쪼개 버렸다. 이렇게 해서 인간은 남자와 여자로 나누어졌다. 완전한 하나의 인간에서 둘로 나누어진 인간은 신에게 맞설 수 없을 만큼 약한 존재가 되어버렸다. 둘로 쪼개진 남자와 여자는 각각 '잃어버린 자신의 반쪽'을 찾아 떠돌아다니게 되었다. 플라톤의 『향연』에 나오는 에로스 론의 일부이다.

플라톤에 의하면 '태양의 자식'은 남자 두 명의 등이 붙은 사람, '지구의 자식'은 여자 두 명의 등이 붙은 사람, '달의 자식'은 남자와 여자의 등이 붙은 사람이다.

그런데 왜 남자와 여자의 등이 붙은 사람이 지구의 자식이 아니고 달의 자식일까? 태양은 양을 상징하고 달은 음을 상징하니 지구는 태양의 양기와 달의 음기를 모두 간직하고 있음으로 지구의 자식이야말로 남과 여가 붙어 있는 모습이어야 하지 않을까 생각해 본다.

내 생각과는 달리 플라톤은 달은 지구와 태양 모두에게 영향을 끼치는 행성이어서 그렇다고 하니 내 생각은 거둘 수밖에 없다. 인류의 대 스승인 플라톤이 태양의 속성과 지구의 속성을 모두 간직한 존재 그러니까 남자와 여자의 등이 붙은 자식을 달의 자식이라고 하는데 내가 어찌 시비를 걸겠는가.

아내를 편이라고 부르기 시작한 세월도 그럭저럭 30여 년이 다 되었다. 맞지 않는 어법이다. 그러나 나에게는 스스럼없이 입에서 나오는 표현이다. 지인인 국문학 교수에게 교정을 부탁하면 여지없이 지적당하는 단어다. 어법적으로도 문법적으로도 맞지 않는 말이라는 것이다.

그래도 이 말만은 그대로 글 중에 사용하겠다는 말을 난 완곡히 한다. 내 출생지 지역의 반피 혹은 밤피라는 말의 영향도 좋게 받았음을 부정할 수 없다.

남자, 동굴 속 황제

　나를 제대로 이해하기 위해, 나를 제대로 바라보기 위해 거울을 만들고 있다. 사물로서의 거울을 제작하고 있다는 말이 아니다. 나를 비춰보기 위한 내면의 거울을 만들기 위해 유소년 시절에서 지금에 이르기까지의 내 삶의 조각들을 모으고 있다는 말이 되겠다. 우리 대학교 옆의 고등학교 행정실에 부탁하니 나의 초, 중, 고 생활기록부를 교육청을 통해 서로 연결돼 행정 전산망에서 받아 내게 가져다주었다. 졸업 후 처음 들여다보는 내 초등학교 생활기록부, 볼수록 얼마나 신기하던지. 지금에 와서 그 나이 때의 생활기록부를 보니 '내'가 다시 그려진다.

　그렇게 하고 있던 차에 읽게 된 전인권의 『남자의 탄생』은 나의 거울 복원 작업에 도움을 준다. 사실 우리는 외부의 시선을 통해 나를 이해하는 수가 많다. 진짜 내 모습보다는 외부의 시선에서 그려진 내 모습이 '나'인 줄 착각하는 것이다. 있는 그대로의 나를 바라보려는 노력이 필요하다. 외모를 비추는 거울이 아니라 내면의 거울로 나를 비춰 봐야 한다는 뜻이다. 그때 비로소 남들에게 보인 내가 아니라 내 안의 나 즉 '나'를 찾아내게 될 것이다.

　부산 독서 아카데미 제50차 독서회가 정월 첫 주 추운 목요일에 부산 자모여성병원 7층 회의실에서 있었다. 지난 한 달 동안 읽고 온 책은 남자의 탄생이었고 해설자 없이 상호토론으로 진행하였다. 여느 때처럼 토론은 진지하게 이루어졌다. 지금까지 해 오던 장소 즉 영광도서의 토론실과 새로 옮겨 온 이곳 자모 여성 병원의 토론실은, 한 곳은 부산의 가장 유서 깊은 서점이고 또 한 곳은 역시 이곳 부산의 '산모와 탄생하는 아이들을 위한 가장 우수한 병원'이라는 점에서 분위기가 다르다면 좀 달랐다.

남자의 탄생은 저자 자신의 어린 시절을 소재로 펼쳐 보이는 한국 남성의 사회화 과정 탐구이다. 저자는 이 책의 소재가 매우 평범하다고 말한다. 즉 열 살 전후의 저자 자신이 가족과 학교에서 겪었던 일들의 세세한 기록이라는 것이다. 이는 한국인이라면 누구나 경험했을 법한 일들, 보편적인 일들이라고 그는 보고 있다.

물론 세세한 기록이 이 책의 의도는 아니다. 저자는 평범한 일상에 현미경을 들이대어 한국 남자가 탄생하는 문화적 장치를 읽어 내고자 함이 집필 의도라고 한다. 그 결과 이 책은 '개인적인 것은 정치적인 것'이라는 명제를 보여주는 텍스트로서의 의미로 쓰이게 되었다고 그는 말한다.[7]

저자는 지금의 자신을 누구에게나 좋은 사람이 되기 위해 노력해 온 평범한 남자였다고 보았다. 그러던 어느 날 문득 자신의 인간관계가 실패로 얼룩져 있다는 것을 깨닫게 되었다. 그러자 또 하나의

---

7) 전인권 지음, 『남자의 탄생』, 푸른숲(2003), 11~13쪽 참조.

의문이 떠올랐다. 도대체 나는 누구인가? 나는 내가 무엇을 좋아하는지, 어떤 사람인지 자신에게 대답할 수 없었다. 어쩌면 나는 밖을 볼 수 없는 동굴에 들어앉아 혼자 그럭저럭 잘하고 있다고 스스로 위로해 왔던 게 아닐까 생각하고 저자는 자기 자신을 좀 더 잘 알기 위해 '어린 시절의 나부터 찾아보기로 한 것이 이 책의 집필 동기라고 한다.

저자는 자기 아버지와 제대로 된 대화를 나눈 기억이 없다고 회상한다. 아버지는 당신의 의무와 책임감만 생각할 뿐, 가족들과 사귀는 방법을 모르고 있었다. 결국, 아버지와 나는 같은 집에 살았지만, 완전히 딴 세상에 있는 사람이었다. 그런데 어느새 나는 그토록 미워했던 아버지를 똑 닮은 남자가 되어 있었다.

저자는 또 자기의 어머니를 '세 얼굴을 가진 어머니'로 회상한다. 어머니는 여러 자식 중 자기를 가장 사랑했다고 보았다. 그러나 알고 보니 3형제 모두가 다 각각 그렇게 생각하고 있었다. 그렇게 어머니 사랑의 참모습을 알기까지 무려 30년이 걸렸다. 사람들은 누구나 자신의 어머니를 잘 알고 있다고 생각하지만, 저자가 보기에 그건 착각이다. 저자는, 한국의 어머니들은 왜 딸보다 아들을 더 사랑했는지, 왜 우리 어머니는 세 아들을 각기 다른 얼굴로 사랑했는지, 극진한 사랑 속에 감춰진 진실은 무엇인지에 대해 끈질긴 사색을 전개한다.

결론으로 저자는 자기의 아버지를 비롯한 한국의 남자들을 '동굴 속의 황제'유형의 인간들이라고 한다. 그에 의하면 한국의 남자들은 언제 어디서나 황제이길 원한다. 자기 아버지는 황제로서 아들에게 황제다운 언행을 보여 주었고 어머니 또한 아들을 황제로 받들고 길렀다. 그러니 나도 황제로 길러졌다.

하지만 나는 동굴 속에 갇힌 황제에 불과했다. 자기애와 권위주의의 동굴에 갇힌 나는 주위 사람들과 진정한 우정과 사랑을 나누지 못했다. 아무튼 저자에 의하면 한국 특유의 가족문화가 낳은 인간형이 바로 동굴 속의 황제이다. (『남자의 탄생』 154~156쪽)

저자는 다섯 살부터 두 살까지 자신의 유년기를 소재로 삼아 한국 남자의 인성 형성과정을 심리적, 정치적, 사회적 맥락에서 분석해 보여 준다. 그의 눈을 통해 이 시대 한국 남자들의 정체성을 결정지은 한국 특유의 가족문화와 한국사회의 구조적 특징들이 적나라하게 드러난다.

한 개인이 자기의 심리 형성과정을 탐구하고 분석한 자기 분석서인 이 책은 무엇보다 사적인 기록을 통해 현대 한국사회의 모습을 조명하는 텍스트로서 중요한 의미를 지닌다.

그럼 나는? 저자는 기억력과 그 기억을 풀어내는 묘사력 혹은 복원력이 대단하다. 나도 나의 유소년 시절 즉 다섯 살에서 열두 살까지를 회상해 내려고 애를 쓰는데 이 책을 읽고 나니 주눅이 든다. 도저히 이 정도로 회상해 내지 못하겠다. 그리고 나는 그 나이에 그런 생각을 하지 않았던 것 같다. 저자가 말하는 자기의 아이 시절의 생각은 어른 된 자기 생각이라는 생각이 글을 읽는 내내 들었었다.

그리고 저자는 자기의 유소년 성장과정을 한국의 남자들이 겪는 보편적인 삶의 유형이라고 하는데 내 눈에는 그렇지 않다. 자기의 이론을 입증하기 위해 만들어진 유년 체험도 있는 것 같다. 없는 유소년 체험을 설정한다는 뜻이 아니라 어떤 이론의 틀을 가진 지금 그 틀에 맞추어진 유소년 체험이, 유소년의 사고가 묘사되고 있는 것 같다는 의미이다.

하지만 이 책은 유용하다. 보기 드물게 솔직하고 대담한 자기 분석이 돋보인다. 어디 그뿐인가? 이 동굴 속 황제의 성장기는 아련한 향수를 불러일으키기도 한다. 이 이야기가 재미 그 이상인 것은 이것이 바로 내 부모 혹은 나의 이야기일 수도 있기 때문이다. 우리 아이들이 이 책을 읽으면 "그래, 이 책 이야기는 바로 우리 아빠 얘기"라고 말하지 않을는지 모르겠다.

푸른 빛의 항케지

월요일의 약속

『철학 콘서트』라는 책을 재미있게 읽었다. 정확한 이름은 '지혜로운 삶을 위한 철학 콘서트'다. 책의 어깨에 쓰여 있는 저자 소개를 보면 저자는 성공한 여성 사업가이다. 철학을 전공한 바탕으로 이 책을 썼다고 한다. 철학자 열다섯 명을 알기 쉽게 풀이하고 있는 책인데, 본문에서 우디 앨런의 영화 이야기가 여러 번 소개되고 있다.

저자는 흄의 인식론을 말하는 중에 우디 앨런의 영화, '카이로의 붉은 장미(The Purple Rose of Cairo)'를 예로 들었었다. 나는 그때까지 우디 앨런을 잘 모르고 있었다. 양녀로 맞아드린 한국계 입양아 순이와의 로맨스로 인해 신문에서 몇 번 봤던 정도의 기억뿐이었다. 그때까지 그가 감독한 영화는 한 편도 보지 못한 상태였다. 나는 우디 앨런을 '철학 콘서트'를 통하여 만난 것이다.[8]

서울 올라간 김에 큰아이에게 물었더니 그는 우디 앨런에 대해서 내게 체계적으로 말해 주었다. 그뿐만 아니라 '카이로의 붉은 장미'를 비롯하여 우디 앨런의 영화 여러 개를 구해 주었다. 나는 이 영화를 반복해서 봤다. 이 영화의 여주인공도 영화에서 같은 영화를 여러

---

[8]   에델 다이아몬드 지음, 조승철 옮김, 『철학 콘서트』, 창작시대사(2003), 101쪽.

번 본다. 내가 주인공의 흉내를 내려고 한 것은 아니지만, '철학 산책' 강의 시간에 학생들과 함께 보다 보니 반복해서 보게 된 것이다.

영화 줄거리는 이렇다. 1930년대, 대공황이 배경이다. 미국 뉴저지, 술주정뱅이에다가 바람기까지 있는 남편의 무시와 희망이 보이지 않는 식당 종업원 생활에 지친 세실리아(미아 패로우)는 극장에서 영화를 보는 것을 유일한 낙으로 살아간다. 어느 날, 극장에서 카이로의 붉은 장미라는 영화를, 몇 번 본 것인데도 또 온종일 반복해서 보던 세실리아에게 놀라운 일이 벌어진다. 바로 영화 속의 주인공인 고고학자 탐이 영화가 진행되는 도중 그녀에게 말을 걸어온 것이다. 영화 속 다른 인물들의 만류에도 불구하고 탐은 영화 밖으로 나오고, 주인공이 빠져나간 영화는 중지된다.

영화사에서는 난리가 나고 탐의 역할을 맡았던 배우 길은 사태를 파악하기 위해 뉴저지로 온다. 1인 2역이다. 자상하고 사려 깊은 탐과의 데이트로 현실에서의 고통을 모두 잊은 세실리아는 행복한 시간을 보낸다. 더구나 우연히 세실리아를 만난 길마저 순수한 그녀에게 호감을 보이고, 세실리아는 현실 속의 배우 길과 영화 속 인물 탐으로부터 동시에 사랑을 받는다.

이런 꿈같은 일이! 배우 길은 자기의 캐릭터인 탐이 필름으로 도로 들어가게 되자 목적을 달성했기로 뉴저지를 떠난다. 길의 사랑 고백을 믿고 이튿날 극장으로 오니 카이로의 붉은 장미 광고판은 내려지고 다른 영화 광고판이 걸려 있다.

이 영화에서 객석의 세실리아는 영화 같은 삶을 꿈꾸고, 셀룰로이

드 필름 안의 탐은 현실 같은 삶을 꿈꾼다. 어느 게 진상이고 어느 것이 허상인지. 나는 객석에서 영화의 삶을 보고 있는 사람인지, 영화 필름 안에서 영화 밖의 세상을 보고 있는 사람인지, 가만 생각하니 그것도 헷갈린다. 플라톤의 인식론과 흄의 인식론 사이에서 주춤거린다. 카이로의 붉은 장미는 파라오가 여왕을 위해 그린 붉은 장미가 여왕의 무덤에 피어났다는 데서 유래한 장미라고 한다. 그렇다면 카이로의 장미는 참 아름다운 자줏빛 장미다.

이 영화는 '영화 속의 영화'라는 주제를 가지고 있다. 영화에 나오는 영화감독은 어떤 일이든지 다 일어날 수 있다고 말한다. 그의 말대로, 등장인물 중 한 사람이 갑자기 스크린 밖으로 걸어 나와 현실의 삶으로 들어간다. 스크린의 세계와 현실 세계는 별개의 세계로서 서로 연관이 없었는데, 조금 전 말한 대로 현실의 삶에서 지친 여주인공이 객석에 앉아있는 것을 본 필름 속의 고고학자가 스크린 밖으로 튀어나온다는 기괴한 사건 때문에 그 두 세계가 서로 연결된다.

그 등장인물이 스크린을 벗어나면 그와 관련된 대사는 모두 중단된다. 탈출한 등장인물이 필름의 세계 밖에 머물러 있는 동안은, 스크린 안에 남아 있는 인물들은 이러지도 저러지도 못하고 정해진 자신들의 역할을 더는 전개하지 못하는 처지에 놓인다. 탈출한 등장인물이 스크린 밖에서 자유롭게 돌아다니는 동안, 필름의 세계와 현실 세계에 사는 사람들이 서로 스크린을 사이에 두고 대화를 주고받으며 상황을 수습하려고 애쓰기도 한다. 마침내, 필름의 세계에 사는 등장인물 가운데 한 사람이 자기 동료들에게, "우리 자신을 현실 세계라고 하고, 저 사람들을 가상과 그림자의 세계라 가정하자"라고 제안한다. 그렇게 하면 "우리가 현실이고, 객석의 저 사람들이 가상으로 된다"라고 말한다.

이 영화는 페이소스 어린 영화다. 웃음을 통해서 눈물을 보이게 하는, 우스우면서도 슬픈 영화다. 여주인공은 궁핍한 현실을 잠시나마 잊기 위해 영화관으로 가고, 필름 안의 남자 주인공은 영화 속의 화려한 삶이 싫어 스크린 밖으로 뛰쳐나온다.

또한 인식론적 영화다. 플라톤의 이데아 이론, 동굴의 비유 이론을 새삼 생각해 보게 했다. 흄이라는 철학자가 비판하려고 한 것은 바로 이 점이었다. 흄은 플라톤 이후 서양철학이 혹은 우리가 바로 이런 식으로 언어의 유희를 즐기고 있다는 것이다. 개념을 만들어 내고는 그것을 참된 지식이라 부르고 또 그것을 현실이라고 주장하고 있다는 것이다. 말하자면 속고 속이고 있다는 것이다. 흄이 말하고자 하는 것은, "이제 우리 자신에게 정직하자. 우리는 아무것도 확실히 알 수 없다. 물리적으로 경험할 수 없는 것은 더더욱 알 수 없다"(『철학 콘서트』 103쪽)는 것이다.

다음 월요일에 누구누구랑 만날 약속을 오늘 했다. 셋이서 만난다. 좋은 만남이다. 나의 경우 만남 약속 기회가 아주 드문 편이다. 술을 마시지 않으니 모임 기회가 적을 수밖에. 그래서 테이블 캘린더 해당 날짜에다 붉은 동그라미를 겹으로 쳐두었다. 만나기로 한 장소는 서면 L 호텔 커피숍. 만나기로 한 셋 중 한 명은 나이고 다른 한 명은 한얼신경정신과의원 독두 원장이다. 그런데 만나기로 한 세 사람 중 마지막 한 명은 사이버 공간에서 글을 통해서만 교류가 오간 사람이다. 그래서 독두 원장과 나는 아는 사이이지만 우리 둘은 그 사람의 얼굴을 모르고 그 사람은 우리 둘의 얼굴을 모른다.

그래서 나는 그에게 '내가 바로 나'임을 증명하는 방식으로 카이로의 붉은 장미를 가슴에 꽂고 나가겠다고 말했다. 얼떨결에 장난삼아서 한 말인데 처음엔 그럴듯한 발상이라고 스스로 흐뭇해했다. 그런데 문제는 그다음부터다. 카이로의 붉은 장미를 어디서 구하느냐의 문제가 생긴 것이다. 장미 한 송이 구하러 카이로까지 갈 수도 없다. 물론 부산 장미 한 송이를 가슴에 꽂고 나가면 되기는 된다. 그러나 그렇게 하는 것도 우습다. 또한, 그런 표식 없어도 만남 장소에 나가면 만나 지게 된다.

아무튼, 이런 얼떨결에 내뱉은 장미 그것도 카이로의 장미라는 말 때문에 지금 낑낑대고 있다. 하지만 며칠 여유가 있다. 그때까지 설마 무슨 수가 생기지 않겠는가 싶기는 하다.

둘,

연구실 화분

버찌는 익었는데 사과꽃은

팔을 벌려 바람을 맞았다. 몸살일까. 머리가 온종일 아프다. 신체적으로는 몸살을 할 일이 없다. 물론 못 잔 잠 탓에 누적된 피로는 있을 것이다. 정서적으로? 누구와 무엇과 충돌을 일으킨 일이 없다. 업무적으로? 내가 책임지고 있는 우리 대학의 입시 지원율과 내가 회장으로 있는 가톨릭 부산교구 교수회의 주관으로 치러질 부산, 대구, 마산, 안동 등 네 개 지역 교수회 여름 합동 세미나 진행 건 등은 물론 내게 중압감을 주고 있긴 하다.

오후 5시쯤, 구내 체력 단련장으로 갔다. 운동기구를 한 시간여 들고, 제치고, 굽히고, 펼치고 또 그 위에서 달리면서 땀을 흘렸다. 밖으로 나와 연구실로 돌아오는 길에 붙어오는 금정산으로부터의 바람이 너무 상쾌했기로 팔을 벌렸다. 한껏 벌려 바람을 맞았다. 이런 바람이라면 여름 내내 맞았으면 좋겠다. 문득 'Cherry pink and apple blossom white'라는 노래의 멜로디가 떠올랐다. 우리말로는 '체리 핑크 맘보'라는 제목으로 불린 이 노래는 원래 샹송인데 멕시코로 건너가서는 남미의 분위기가 물씬 풍기는 리듬으로 바뀐 노래다. 아무튼, 경쾌한 그 리듬을 소리 내어 흥얼거렸다. 누가 듣거나 보건 말건. 분홍 체리와 흰 사과꽃이라….

'체리의 향기'라는 영화가 있다. 압바스 키아로스타미(A. Kiarostami)가 제작·감독·각본·편집까지 1인 4역을 도맡아 만든 영화다. 이란 정부의 출국 금지로 1997년 칸영화제 공식 상영작 리스트에도 오르지 못한 상태에서 영화제 폐막 사흘 전에 출품, 황금종려상을 획득하였다고 한다. 이 영화를 보니 재미로 볼 영화는 아니었고 찬찬히 볼 영화였다. 대강의 줄거리는 이렇다.

중년의 사나이가 차를 몰고 가고 있다. 그의 이름은 바디다. 그는 모래 산을 지나가는 사람들을 유심히 살피며 함께 탈 사람을 찾고 있다. 그는 자살을 결심했다. 더는 이 세상에 미련이 없다. 감독은 그가 왜 죽으려 하는지 설명하지 않는다. 어쩜 바디는 세상의 무거운 짐들을 안고 사는 우리 자신인지도 모른다. 그는 수면제를 먹고 구덩이에 들어갈 자신을 묻어줄 사람을 찾는 중이다. 돈은 얼마든지 주겠다는 간절한 부탁에도 사람들은 외면한다. 어린 군인도, 사나운 얼굴의 신학도도 모두 외면한다. 마침내 박물관에서 새를 박제하는 노인이 그의 제안을 수락한다.

바디가 만난 이 세 사람은 모두 죽음이라는 명제와 가까이 있는 사람들이다. 전쟁에서 언제 죽을지 모르는 군인, 임종 순간을 지킬 신학도, 시체를 만지는 노인 등. 노인은 불행한 결혼생활 끝에 자살을 시도하다가 달콤한 체리 열매 때문에 마음을 돌린 자신의 경험담을 이야기해 주며, 작지만 소중한 삶의 기쁨들을 들려준다. "누구의 삶이나 문제가 있기 마련이지. 하지만 생각해봐요. 삶의 즐거움을. 갓 떠오른 태양의 아름다움, 맑은 샘물의 청량함, 그리고 달콤한 체리의 향기를…."

죽으면 체리의 향기도 맡을 수 없다는 노인의 말에 바다는 새삼 삶에 대한 애착을 느낀다. 밤이 오자 바다는 수면제를 먹고 자신이 파놓은 구덩이 안에 눕는다. 갑자기 비가 내리고 번개가 친다. 순식간에 장면이 바뀌며 촬영이 끝났으니 모두 돌아가서 쉬라는 감독의 목소리 너머로 꽃을 들고 한가로이 장난을 치는 군인들의 모습이 보이고. 바다는 일어나 커피를 마시며 밝은 햇살 속을 걸어 다닌다. 너무나 눈부신 하루가 또 시작된 것이다.

사람은 누구나 아픔과 슬픔을 가슴에 담고 살아간다. 깊이 얘기를 나누다 보면 그렇다는 것을 느끼게 된다. 누구에게나 자기만의 삶의 무게와 어둠이 있다는 것을 말이다. 아프다.

우리나라 어디에서도 볼 수 있는 벚나무, 벚나무들이 버찌를 맺었다. 그 벚나무에서 꽃이 지거든 버찌를 기다리자. 목매 죽으려고 체리 나무에 올랐던 노인이 버찌 한 알 입에 넣고 오물오물하다가 그 향에 반해서 살맛을 다시 살려냈다지 않는가. 마음 아픈 이들이여, 고독한 이들이여, 버찌를 따 먹자. 고독하고 아픈 가슴, 털며 나누며 손을 꺼잡고 비틀거리더라도 함께 걸어가도록 하자. 갓 떠오른 태양이 아름답지 않은가. 맑은 샘물이 청량하지 않은가.

그저께 다녀온 양산 통도사의 맑은 냇물이 생각난다. 그 냇가 길섶의 벚나무 체리들, 꽃이 지고 나면 우리가 눈길 한번 제대로 주지 않는 사이에 맺혀 익고는 떨어져 밟히는 그 체리 버찌들, 하나 주워 다시 보니 그 열매가 매혹적이기만 하더라. 그 향도 그랬다.

연구실로 돌아와 창을 통해 금정산을 본다. 산 너머 어디에 있을 어느 과수원 사과나무들, 꽃을 다 떨구고 매단 열매가 지금쯤은 제법 컸을 것이다. "참사랑이 그대 앞에 나타나는 것은 벚꽃이 연분홍으로 사과꽃이 하얗게 만발할 때"[9]라고 노래는 말한다.

---

9) '체리 핑크 맘보' 가사의 일부. "It's Cherry pink and Apple blossom white when your true lover comes your way."

연구실 화분

버려진 화분이 하나 연구실에 이르는 복도 한편에 놓여 있었다. 화분의 모양새는 볼품이 없었고 화분 속의 군자란도 시들시들 거의 말라비틀어지기 직전이었다. 별생각 없이 지나쳤는데 다음날도 그대로 있었다. 다음 날도 그다음 날도….

그 화분을 연구실 안으로 들여놓았다. 들여놓고 보니 그 행색이 더욱더 초라했다. 정도 별로 가지 않았다. 나의 무의식 속에는 언젠가 이 화분이 버려질 것이라는 생각도 있었던 것 같다. 시들시들 말라비틀어지기 직전인 저 군자란이 곧 시들어 죽을 것이라는 생각이 들었고 그리되면 당연히 화분은 버려질 것이었다. 화분은 한구석에서 그렇게 버려지다시피 방치되어 있었다. 그래도 사이사이 물은 주었다. 하지만 물을 주는 간격은 불규칙했고 그 간격도 짧지 않았다.

거두어 준 나에게 보은이라도 할 생각이었을까? 아니면 살아남아야겠다는 끈질긴 집념 때문이었을까? 군자란은 죽지 않고 살아 계속 버티고 있었다. 꽃은 피우지도 않으면서 말이다. 햇살 바른 창가에 두지 않고 그늘진 뒤쪽에 두어서 그런지 잎은 목을 길게 빼고 또 뺐다. 그런 잎의 모양은 배고픈 형상이었다.

그렇게 한 10여 년을 군자란 화분은 내 연구실에서 머물렀다. 버려질 줄 알았던 군자란은 버려지지 않았고 시들어 죽을 줄 알았는데 죽지도 않았다. 몇 년 전엔 분갈이해주었다. 그 화분도 또한 별 모양새가 없는, 군자란과 어울리지 않는 화분이었다. 사실 마지못해서 해준 분갈이였다. 그런데 한 3년 전부터 꽃을 피우기 시작했다. 신기했다. 관심도 사랑도 그리 받지 못했는데 살아남아서는 말없이 피운 꽃…. 꽃을 피웠다기보다는 군자란이 꽃을 보듬고 있는 것으로 보였다. 미안하고 또 미안했다. 살아서 꽃을 피워주는 군자란이 고맙기도 했다.

지난 3월 1일, 새로운 연구실로 이사했다. 새 연구실은 전망도 좋고 크고 산뜻하다. 하늘이 그냥 보인다. 비가 오니 그 비가 연구실로 들이닥치는 듯이 보이기도 한다. 그 입체감이란. 새 건물인지라 페인트 냄새가 나는 것이 아직은 흠이지만 그 냄새는 곧 사라질 것이다. 큰 통유리 창 쪽에 화분을 놓았더니 맑은 유리와 유리 너머의 푸른 하늘과 군자란의 잎이 잘 어울린다. 이사 올 땐 꽃이 망울져 있더니 따스한 햇볕 때문이었을까? 앉혀 주는 자리가 좋아서일까? 군자란이 활짝 꽃을 피웠다.

출근하여 연구실 문을 열고 들어서면 웃으면서 나를 맞이한다. 함박웃음이다. 반가워 꼬리 치며 온몸으로 웃는 강아지의 몸짓보다 더 친근한 시선으로 나를 맞이하는 것 같다. 저 꽃이 지고 나면 화분을 바꾸어 주어야겠다. 군자란이라는 품위 있는 이름에 어울리는 품격 있는 화분을 그의 집으로 주어야겠다.

모양새 없는 저 화분 그 속의 군자란이 대견하고 사랑스럽다. 이제

제일 좋은 저 자리를 군자란 자리로 자리매김해주어야겠다. 어이, 군
자란, 내 이제부터 너를 사랑 할거구먼. 관심을 보이고 또 보일 거구
먼….

흰 칼라 워킹 아이리스

　찬찬히 주어야지 하면서도 물을 늘 급하게 준다. 물을 줄 때마다 생각은 늘, "천천히 주어야지. 물을 줄 때만이라도 수양하듯 마음을 다스려야지"를 생각한다. 다른 말로 하자면 느림을 희구한다. 그런데도 서너 개뿐인 화분에 물을 줄 때 나도 모르게 걸음이 빨라진다. 연구실 화분들 얘기다. 실내이니 싱크대 수도꼭지와 화분의 자리까지 거리가 거기서 거기일 뿐인데도 그렇다.

　어디 그뿐인가. 물뿌리개가 너무 작다는 생각이나 물뿌리개에 담긴 물이 왜 이리 굴지 않는지 모르겠다는 생각을 물을 줄 때마다 하게 되니 이런 점에서 보면 나는 느림에 합류하기 어려운 성질을 처음부터 가지고 있었던 게 아닌가 싶기도 하다.

　세 화분 중 하나, 물을 주다 보니 꽃봉오리가 맺혔다. 한 이틀 후 피겠다고 생각했다. 그런데 이틀 후에 와서 보니 피기는 피었는데 다 지고 없다. 시들면 바로 떨어지는 걸 그 전에 본 적이 있다. 급행! 나도 급하지만, 꽃 자기는 더 급했던 모양이다. 급하면서도 그리워하는 건 늘 완행이다. 이틀은 고사하고 하루도 기다려주지 않는 저 급한 성질머리를 내 어떻게 뜯어고쳐 준담? 성질하고는.

　그런데 도대체 이 꽃의 이름이 뭐지? 무슨 부채란이라고 들은 것 같은데 잘 모르겠다. 부채란을 축으로 해서 이리저리 찾아도 찾기질 않는다. 알 만한 사람에게 물어봐도 모르겠다고 한다.

꽃의 이름을 드디어 알아냈다. 그것은 네오마리카 그라실리스(Neo-marica Gracilis)였다. 세상에, 연구실에서 함께 머문 세월이 그 얼마인데 정년퇴직으로 연구실을 비워주기 직전인 이제야 알게 된다니 화분 주인 체면이 말이 아니다. 하지만 비록 늦었지만, 지금이라도 알게 된 건 헤어지기 전의 화분에 대한 도리를 조금이라도 한 것 같아 위안이 된다.

네오마리카 그라실리스는 '날씬한 새로운 마리카'란 뜻인데 마리카는 로마 신화의 요정 이름을 붙인 식물을 말하며 스페인어로는 '까치'라고 한다. 또 다른 이름으로는 '워킹 아이리스'(Walking Iris)인데 이를 우리나라에서는 '학란'이라고 하며 원산지는 브라질이었다.

워킹 아이리스는 말 그대로 '걸어 다니는 붓꽃'이라는 뜻이라고 한다. 이런 이름이 붙은 것은 꽃이 핀 줄기에서 꽃이 지고 난 뒤 뿌리가 나며, 그 무게 때문에 지면으로 기울어져 땅에 닿은 줄기가 뿌리를 내려 이곳저곳 번지는 모습이 마치 걸어 다니는 것 같아서 그렇게 부른 거라고 한다. 또 '사도의 붓꽃'이라고 부르기도 하는데 이는 잎이 최소한 열두 개가 되었을 때야 꽃이 피기 때문에 붙은 별명이라고 한다. 그렇다면 이 꽃은 그리스도교 신앙적인 꽃이 된다.

단 하루만 피고 마는 워킹 아이리스, 꽃은 계속 피지만 유의하여 살피지 않으면 피어 있는 꽃을 보지 못한다. 피어있는 시간이 정확히 열여덟 시간이라고 한다.

시든 꽃이 아니라 막 피어난 꽃을 보리라고 결심한 후 며칠 만에 드디어 활짝 피어 있는 상태의 꽃을 봤다. 그런데 어디가 속이고 어디가 겉인지 모르겠다. 꽃송이는 오므린 남색 잎 세 개와 펼친 흰 잎 세 개 등 여섯 잎이다. 흰 꽃잎이 남색 꽃잎을 받쳐주고 있는 형상이다. 그렇다면 흰 꽃잎은 꽃받침이 된다. 오므린 남색이 속살이라면 펼친 흰 잎은 겉살이 된다.

내 눈에 더 들어온 것은 속살이 아니라 겉살 즉 흰 꽃잎이었다. 그건 흰 칼라였다. 그야말로 그 옛날, 우리 동네 또 그 옆 동네의 순이와 자야와 맹순이와 둘갑이, 상딸이와 또딸이 그리고 또상딸이와 덕남이 등 여자아이 중학생 교복의 흰 칼라였다. 시골의 가난한 집 아들딸들이어서 남루했지만 칼라만은 눈부시게 희던 그 교복들, 남학생인 우리도 겨울 동복에는 빳빳한 플라스틱 칼라를 부착하지 않으면 상급생 선도부원의 강력한 단속을 받지 않았던가.

그래서 워킹 아이리스 흰 꽃잎에서는 "까마득한 거리와 참을 수 없는 슬픔의 향연"이 묻어 나왔다. 흰 칼라를 떼면 "그것은 죽음의 새가 되기 위한 분장"으로 보이던 그 시절의 검은 교복 흰 칼라.[10]

오므린 남색 꽃잎은 머리인 것으로 보인다. 그렇다면 그것은 얼굴이다. 그게 얼굴이라면 워킹 아이리스는 '꿈꾸는 얼굴'이 된다. 피자마자 져야 하고 지고 나면 금방 또 피어야 하는 연쇄적인 착오의 끝도 없는 되풀이에 지쳐서, 지지 않고 피어 있고 싶은 꿈 말이다.

가지런함과 헝클어짐 이 두 연쇄 사이에서 보낸 청소년기의 서툰 청춘이 워킹 아이리스 이 꽃에서 수채화로 번져 나온다. 꽃송이 남색

---

10)   인용은 나희덕 지음, 『그 말이 잎을 물들였다』, 창비시선125(2019), 42쪽, '어느 날 아침' 일부.

머리는 어둡고 흰 칼라는 밝다. 그런 젊음이 파노라마로 스쳐 간다. 꿈, 좋은 꿈이든 나쁜 꿈이든 열정으로 꾸던 교복 사춘기가 내게도 있었다.

하룻밤 지나고 나면 꽃은 어디로 가버리고 없다. 그래서 이는 어느 꽃보다도 꿈같은 꽃이다. 꿈은 사라진다.

아련해서 꿈이고 사라져서 또 꿈인 꽃 워킹 아이리스, 정년퇴직이란 이름으로 물러 나올 때 연구실에 그대로 두고 나왔기에 지금은 내 곁에 없는 꽃 워킹 아이리스는 내 지나간 연구실 생활의 표상이다.

워킹 아이리스의 흰 칼라 남색 속살의 우아한 자태가 눈에 삼삼하다.

신과 함께 가랍신다

수요일 오전 대학원의 윤리 철학 세미나 시간이다. 우리는 이번 학기에 칸트의 『실천이성비판』을 읽는다. 그런데 지난주 수요일은 그 시간에 영화를 함께 보았다. 본 영화는 '신과 함께 가라(Vaya Con Dios)' 였다. 누가 CD를 가져와서 함께 보면 어떻겠냐고 해서 그렇게 했다.

영화는 한적한 독일의 칸토리안 수도원이 그 무대이다. 노래를 통한 찬양과 기도를 수행 방법으로 삼는 칸토리안 수도회는 가톨릭교회로부터 파문당해 두 개의 수도원만 명맥을 유지하고 있다. 그중 하나인 독일 칸토리안 수도원, 원장 수사가 죽자 나머지 세 명의 수도자들은 교단의 보물인 규범집을 챙겨 들고 마지막 남은 이탈리아의 수도원을 향해 떠난다.

참고로 종교개혁 이전의 가톨릭교회는 미사 중에 악기의 사용을 금하고 오직 단성부의 음악을 사용하도록 했다. 즉 그레고리안 찬트와 같은 단성부만을 허용하였는데 루터는 예배에서 회중 찬송인 코랄과 같은 화성부를 허용함으로써 '칸토라이(Kantorei)'라는 찬양대가 생겨나게 되었다. 하지만 30년 전쟁(1618~1648)이 끝나고 독일 남부지역이 다시 가톨릭으로 돌아서면서 칸토라이는 크게 쇠퇴한다.

영화의 칸토리안 수도자들은 이러한 코랄 찬송의 명맥을 이어나가는 자들이다. 영화의 클라이맥스에서 세 명의 수도자가 독일어 찬송가를 부르자 가톨릭 사제가 이를 제지하려는 모습에서 이 당시의 두 종파 간의 갈등을 읽어볼 수 있다. 그래서 이 영화는 가톨릭교회와 칸토리안 교단과의 갈등, 곧 독일의 신구교 사이의 마찰을 배경으로 전개되는 영화이다. 이 영화의 또 다른 이야기 축은 칸토리안 교단의 규범서를 가로채려는 가톨릭 내 큰 세력 수도회인 예수회의 집요함이다. 영화는 이 두 교파의 갈등을 이렇게 교회음악을 통해서 보고 있다.

이 영화는 세상의 갈등과 유혹 앞에 던져진 세 명의 수도자 이야기다. 이들 셋은 수도원을 떠나 처음으로 그들을 향해 미소 짓는 욕망과 대면한다.

이 영화에서 맏형 격인 벤노 수사는 학문에 대한 열정이 강하다. 그래서 제도적 안정과 지위의 유혹 앞에서 눈을 돌리지 못한다. 벤노는 지적 욕망에 흔들린다. 벤노는 베이스를 맡고 있다. 타실로 수사는 지적이지는 않아도 슈박하다. 삼십 년 만에 만나 어머니 곁을 떠나지 못한다. 그 혈육의 정에 흔들린다. 바리톤을 맡고 있다. 홍안의 미소년인 아르보 수사는 어린 나이에 수도원에 들어와 아직은 세상에 호기심이 많다. 성욕으로 방황의 시기를 맞는다. 그는 길에서 우연히 만난 여기자 키아라와 사랑에 빠진다. 카운터테너를 맡고 있다.

가족과 제도, 사랑 등 각자의 발목을 잡는 세 가지 유혹에 맞닥뜨린 세 수도자는 헤매고 좌절하면서도 결국 유혹을 딛고 일어선다. 특히 미소년 아르보 수사의 방황은 수도자의 이야기를 뛰어넘어 진정한 자기 자신에게 이르는 길을 찾기 위해 헤매는 사람의 여정을 대변한다. 수도자도 여성과의 사랑에 빠지느냐고 묻는 아르보 수사에게 벤노 수사는 "가능, 불가능의 문제가 아니다. 문제는 자기가 원하는 게 무엇인가를 아는 것"이라고 대답한다. 스스로 원하는 것이 무엇인지 몰랐던 아르보 수사가 그것을 찾기 위해 영화 마지막에 길을 떠난다.

나는 이 영화를 본 후 내가 본 것을 다섯 가지 측면에서 이렇게 정리해 봤다.

그 하나, 음악; 길 한복판에 서 있는 아르보. 그는 자신을 향해 돌진해오는 키아라의 아름다움에 반한다. 그들은 그렇게 함께 여정을 시작한다. 세 명의 수도자와 맞은 숲속에서의 첫날밤, 키아라는 그들의 저녁 찬송을 처음 듣게 되고, 너무나 아름다운 목소리에 그들을 다시 보게 된다.

세 명의 수도자가 만들어 내는 화음이란. 이들은 각각 베이스, 바리톤, 카운터테너를 맡아 천상의 소리를 낸다. 세 사람이 부르는 찬양은 그 하모니가 천상의 곡조와 함께 신의 임재를 느끼게 한다. 세 수사 중 한 사람만 빠져도 그 찬양은 불완전한 것이 되고 만다. 이들이 부르는 찬양은 성부, 성자, 성령의 삼위일체적 영광이 나타나는 것 같고 믿음, 소망, 사랑이 하나로 어우러지는 것 같은 황홀경을 이룬다.

또한, 지적 욕망으로 인해 변심한 벤노의 마음을 되돌리기 위해 성당에서 함께 노래 부르는 아르보와 타실로, 그리고 그들을 지켜보는 키아라. 키아라는 함께 노래 부르는 아르보의 모습을 보면서 아르보는 신과 함께 있어야 함을 깨닫고 그들의 곁을 떠난다.

그 둘, 사랑: 아르보를 목욕시켜주는 키아라. 둘 사이에서 묘한 감정이 싹트고 그들은 서로를 부드럽고 달콤하게 보듬어 준다. 고아 출신 젊은 수도자인 아르보에게는 한 번도 경험해보지 못한 첫사랑이다. 마음으로만 교감하는 사랑이 아니라 살을 섞는 사랑…. 수도자의 이런 사랑을 그려내는 데도 거북살스럽거나 추하지 않게 보였다.

그 셋, 모험: 원장 수사가 죽자 셋은 미지의 세계로 나와 이탈리아로 떠난다. 독일에서 이탈리아까지 걸어서 가겠다고 나선다. 영화를 선입견 없이 액면 그대로 볼 때 세 명의 수도자 앞에 전개되는 세계는 전혀 생소한 미지의 세계이다. 따라서 모든 것이 모험으로 된다. 그래서 이 영화는 속세의 생활에 무지하다시피 한 수도자 세 명이 속세의 길에서 겪는 갈등과 방황, 성장을 다룬 로드 무비다. 감독은 예기치 않은 사건을 연속적으로 겪는 수도자들의 변화를 통해 이 작품을 인간적 성장을 그린 휴먼 드라마로 확장했다.

그 넷, 유혹: 타실루는 홀로 남은 여리한 어머니를 모시려는 유혹을 받는다. 벤노는 수도복을 벗고 가톨릭교회가 가진 힘과 권력 속에 안주하고 싶은 유혹을 받는다. 한편 아르보는 난생처음 경험한 에로스적 사랑 때문에 수도자 생활을 청산하고 연인을 택하고자 하는 유혹에 직면한다.

이탈리아로 가기 위한 기차를 놓친 그들. 잠시 타실로의 고향 집에 들르게 되고 어머니 곁에서 좀 더 머물고 싶은 타실로와 그것을 이해하지 못하는 벤노 그리고 아르보 사이엔 노래도 없고 기도도 없이 조용한 침묵만이 흐른다. 달콤한 세상의 유혹에서 그들은 더는 동료가 아니다.

또한, 그야말로 아스라한 새내기인 아르보가 밤거리에 노출되었다. 아르보는 심야 파티, 수도자의 눈으로 보기엔 광란의 파티에 가서 어울리게 된다. 목숨을 걸고 이탈리아로 수송해가는 규범집도 분실하게 되고.

그 다섯, 자유: 아르보를 잊기로 한 키아라. 눈물을 삼키면서 키아라는 아르보를 떠난다. 그러나 공항에서 아르보의 목걸이를 보고 자신의 마음속 목소리를 다시 듣게 되고 다른 수도자를 통해 아르보에게 목걸이를 돌려준다.

목걸이를 보고 밖으로 뛰어나온 아르보, 수도자들은 아르보의 마음을 잡기 위해 뜨거운 마음으로 노래를 부른다. 아르보는 과연 자신이 진정 원하는 자유를 깨달을 수 있을까?

아르보는 또한 수도원을 나와 제 길로 간다. 전형적인 로드 무비의 결말이다. 버스를 타고 수도원을 떠나는 아르보는 키아라에게 갔을까? 키아라는 그를 받아 주었을까? 그게 여기서 문제는 아니다. 아무튼, 신과 함께 그는 떠난다.

이 영화는 보는 영화일 뿐 아니라 듣는 영화였다. 다시 말하지만 세 명의 수도자가 성당 제대를 둘러 사고 서서, 베이스와 바리톤과 카운터테너를 맡아 만들어 내는 화음이란. 잘 어울리면 함께 내는 사람의 목소리가 얼마나 아름다운지를 새삼 깨닫게 해 주었다.

편안하게 볼 수 있는 영화였다. 종교적 주제지만 종교라는 주제를 무겁게 다루는 영화가 아니었으며 코믹한 영화였다. 가볍게 다루되 경박하지 않았다. 인간애가 배어나는 영화였다. 로드 무비는, 이 장르 자체가 미국 영화에서 출발했다고 하지만 할리우드식의 빠른 템포보다 느리게 진행되는 로드 무비는 내게 감동을 준다.

참고로 잠시 헤어질 때 하는 인사는 '아디오스(Adios)'이고, 먼 길을 떠나는 이에게 하는 인사는 '바야 콘 디오스(Vaya con Dios)'라고 한다. 이를 직역하면 '신과 함께 가라'는 말인데, 이는 바로 이 영화의 제목이기도 하다.

장미와 잡초

금나나라는 인물이 있다. 스물한 살, 2002년도 미스코리아 진, 올가을에 하버드대에 입학하기로 되었다고 한다. 어느 기자가 그와 인터뷰하면서 '금발이 너무해'의 엘르 우즈와 닮았다고 하니 고개를 절레절레 흔들었다고 한다. 기자는, 어쨌든 닮긴 닮았다고 했고 그는 아니라고 또 단호히 고개를 저었다고 한다.

'금발이 너무해'라는 영화의 전편 내용은 이렇다. 엘르 우즈(리스 위더스푼)라는 여대생은 아름다운 금발에 캠퍼스 캘린더 모델로 학교에서는 인기 짱이다. 부족할 것 없는 그녀는 어느 날 하버드 법대에 당당하게 합격한다. 왜 하버드 법대로? 남자 친구 워너(매튜 데이비스)가 저녁을 먹는 자리에서 그녀에게 자기는 미래지향적인 여자를 원한다며 지나치게 금발이라는 이유로 이별을 통보했기 때문이다. 그녀는 비탄에 잠기지만 곧 오기가 생겨 자신은 자기가 원하는 일을 할 수 있음을 증명하겠다고 결심했고 하버드 법대에 들어간 뒤 당당히 변호사가 된다.

금나나에 대해선 최근 그의 사진과 기사를 두어 번 봤다. 스물한 살의 나이는 내가 강의실에서 만나는 학생들의 나이이기도 해서 관심이 있었다. 그녀는 하버드 대학을 마치면 국제무대에서 인술을 베푸는 의료인이 되고 싶다고 한다. 한국을 널리 알리고 싶기도 하고 말이다. 자신의 포부를 결행 이전에 당당히 밝히는 미스 코리아 출신 그녀의 사진 표정은 밝기도 밝았다.

그가 엘르 우즈와 닮았건 닮지 않았건 그건 나의 관심사가 아니다. 나의 관심사는 최근 펴낸 그의 책, 『나나 너나 할 수 있다』에서의 그의 표현이다. 물론 그의 인터뷰에서 하는 말이 감동을 주기도 했고. 그는 자기 책에서 자기를 잡초에 비유했다. 자기는 장미가 아니라 노력하는 잡초라는 것이다. 그녀가 자기를 장미가 아닌 잡초에 비교했을 때는 잡초의 사전적인 의미인 '대수롭지 않은 풀'로 비하한 것이 아니라 평범한 풀, 평범한 사람으로 자기를 말한 것이겠다.

그는 자기를, 주저 없이 자신의 의사를 분명하게 전달하는 사람이라고 한다. 물론 자기주장도 확고하고. 미술학원 다닐 때 동물원 그리는 것이 그날의 과제였는데, 선생님이 칠판에 그린 걸 보고 따라 그리라고 했지만, 그는 자기 마음속의 동물원을 그렸다고 한다. 선생님이 그 그림을 보더니 자기 시키는 대로 안 했다고 때렸다고 한다. 그날로 미술학원 가는 거 때려치워 버렸고.

부부 교사인 그의 부모는 그에게 언제나 하고 싶은 놀이를 하도록 선택권을 주었고 공부도 그리 강요하지 않았다고 한다. 그런 부모의 생각 틀 속에서 그는 '자유분방함 속에서의 나름의 질서 터득'을 몸에 익히게 된 것 같다.

그는 풀이지만 장미가 된 풀이었다. 평범한 사람인 그는 아름다움과 능력을 스스로 창출했다. 그것도 그의 표현을 빌리면 '극한까지 내모는 노력'에 의해서 말이다. 입시 스트레스로 탈모증에 걸리기까지 했다고 하니, 강요에 의해서가 아니라 스스로 한 그의 노력의 강도가 짐작되고도 남는다.

본격적인 입시 시즌이다. 언제부터인가 교복을 입은 학생들이 원서 봉투를 손에 들고 이리저리 분주히 교정을 거닐고 있는 모습을 보게 된다. 아마도 인생의 첫 관문이 될지도 모르는 입시에서 성공하느냐 실패를 하느냐의 문제는 그다지 중요한 것이 아닐지도 모른다. 이보다 더 중요한 것은 그들이 잡초와 같은 강인함으로 어려움을 슬기롭게 견디어냈는가가 될 것이다.

저 학생들이 장미와 같은 잡초가 되길 바란다. 그래서 입시라는 어려운 관문을 슬기롭게 극복해 내길 간절히 바란다. 지금, 이 순간에도 책상 앞에 불을 밝히며 형광등보다 더 환한 모습으로 미래를 준비하고 있을 모든 수험생의 건투를 부산가톨릭대학교 입학홍보처장으로서 나는 진심으로 빈다.

이렇게 해서 다시 본 히파티아

그림을 볼 때 나는 아무래도 가운데를 먼저 보게 된다. 미술관에 갔을 때 내 나름의 그림 보기 방식으로서 '구석 먼저 보기'를 적용한 적이 없진 않았지만 아무래도 눈이 가운데로 먼저 가는 건 나도 어찌할 수 없다.

라파엘로의 대작 '아테네 학당'을 볼 땐 더욱 중앙으로 눈이 먼저 간다. 그림 속의 55명 인물들이 정중앙의 플라톤과 아리스토텔레스를 중심으로 좌우로 배치되어 있기 때문이다. 그리고 그 두 사람 앞에는 계단에 앉아 있는 디오게네스를 제외하고는 텅 비어 있다. 그러니 그림 한가운데로 시선을 안 보내려고 해도 보내지 않을 수 없는 구도이다.

워낙 유명한 그림이어서 요즘 청소년들은 중고교 시절의 교과서에서 비교적 일찍이 접하게 되지만, 아무리 곰곰이 생각해도 난 청소년 시절을 훨씬 지난 후에 아테네 학당을 보았던 것 같다. 물론 그것이 바티칸 미술관의 대형벽화인 줄 알게 된 것은 그보다 훨씬 더 나중이고. 균형 감각이 살아 있고 부분과 전체의 조화가 뛰어난 르네상스 미술의 걸작으로 잘 알려져 있다.

중앙을 중심으로 아테네 학당을 다시 본다. 플라톤과 아리스토텔레스가 대화를 나누면서 걸어 나오고 있다. 플라톤은 옆구리에 책을 끼고 나오는데 그 책은 형이상학인 『티마이오스(Timaeus)』이다. 그리고 그는 손가락으로 하늘을 가리키고 있다. 아리스토텔레스는 윤리학인 『에티카(Ethica)』를 허벅지에 받치고는 손바닥을 펴 아래 즉 땅을 가리키고 있다.

두 철학자의 관점 차이를 라파엘로는 재미있게도 이렇게 손동작 하나로 구분하고 있다. 하늘을 가리키는 손가락을 통해, 진리만으로 이루어진 이데아의 세계가 실재한다고 주장했던 플라톤의 관점을 표현하고 있고, 이데아의 세계가 저 위 하늘에 실재하는 것이 아니라 여기 아래 지상에서 사물과 함께 존재한다고 주장하는 아리스토텔레스의 관점은 대지를 가리키며 자연과 현실의 중요성을 상징하는 손동작으로 표현하고 있다.

바티칸 미술관에 갔을 때이다. 교황의 개인 서재였다고 하는 '서명의 방(Stanza della Segnatura)'에도 나는 함께 간 가족과 함께 인파에 떠밀리어 들어갔다. 이 방의 네 벽면은 각각 철학, 신학, 법, 예술을 주제로 프레스코 벽화가 그려져 있다고 하는데 제대로 감상하면서 볼 겨를이 조금도 없었다. 이 중에서 철학을 상징하는 그림이 바로 아테네 학당이라고 했다.

이 그림은 르네상스 시대의 화가인 라파엘로 산치오가 교황 율리오 2세의 주문으로 스물일곱 살인 1509~1510년에 완성한 작품인데 그림을 설명하면서 가이드는 이 작품에서 플라톤과 아리스토텔레스를 유심히 보아야겠지만, 유일한 여성이자 그림 속에서 또 유일하게 얼굴을 돌려, 관람자들과 눈을 마주치는 인물인 히파티아도 유심히 보라고 말한다. 이렇게 해서 난 히파티아를 다시 보게 되었다. 그리고 집으로 돌아와서는 히파티아를 틈틈이 살펴보았다.

AD 370년에 이집트 알렉산드리아에서 태어난 히파티아는 아버지의 영향으로 수학과 천문학, 철학, 물리학의 길로 들어섰다. 특히 그녀는 최초의 여성 수학자 및 철학자로 서양사에서 자리매김하여 있다. 그 당시는 여자가 할 수 있는 일이 거의 없었을 때임을 고려하면 여성으로서 히파티아가 이룬 학문적 업적이 얼마나 위대한지를 짐작할 수 있다.

히파티아는 그 당시 지구상에서 가장 규모가 컸던 알렉산드리아 도서관에서 철학 학교의 교장이 되었으며 수학, 플라톤의 철학을 새롭게 정립한 네오플라토니즘 등에 대해 강의를 하였다. 학자로서의 태도와 교양을 갖춘 여성으로서 인기가 높았으며 그녀를 따르는 제자들이 많았다고 한다.

그때 알렉산드리아는 로마제국에 속했으며 다신교와 그리스도교가 서로 대립하였고 이외에도 다양한 신들을 숭배하는 종교들이 혼재하여 서로의 신을 내세우며 분쟁이 빈번했다. 키릴루스(Cyrilus)라는 그리스도교 주교가 히파티아의 철학을 이단으로 규정하자 광분한 그리스도교도들은 히파티아를 이교의 선포자라 하여 철학 강의 후 자기 전용 전차를 타고 돌아가는 그녀를 강제로 끌어내려 잔인하게 참살했는데 이때가 415년이었다.

이렇게 해서 그녀의 이름은 역사의 기록에서 사라져 오랫동안 잊혔지만, 키릴루스 주교는 훗날 성인 반열에 올려졌다. 히파티아의 죽음 후 알렉산드리아에서 많은 철학자가 떠나게 되면서 학문의 중심지라는 명성을 잃게 되었고 도시는 퇴보하기 시작했으며 문화적으로 낙후된 곳으로 전락해갔다.

참 아이러니한 것은 그로부터 약 1,000년 후에 라파엘로가 마녀사냥을 당해 죽은 히파티아를 아테네 학당 그림 속에 등장시켰다는 점이다. 그것도 그를 박해했다고 할 수 있는 그리스도교의 총본산인 바티칸에서. 그림을 그릴 때 라파엘로는 히타피아를 중앙에 위치시키려 했다고 한다. 그러나 강력한 반대에 의해 결국 히파티아를 그림의 왼쪽에 그리게 된다. 아무튼 히파티아는 르네상스 시대에 와서 라파엘로에 의해 마녀가 아닌 철학자로서의 명예를 되찾게 된다.[11]

『여성 철학자, 아무도 말하지 않은 철학의 역사』라는 책을 다시 펼치게 된 것은 히파티아를 알아가는 나의 이런 지적인 행로와 관련이 있다. 난 이 책을 출판된 후 바로 샀었다. 여성 철학자라는 제목의 책이어서 시선을 끌었기 때문이다. 부지런히 읽었지만, 부피도 크고 등장인물도 많아 다 읽는 데 두 달이나 걸렸다. 그리고 잊고 있다가 바티칸 미술관을 다녀온 후로는 이 책을 틈틈이 다시 펼치게 되었다. 히파티아를 비롯한 다른 여성 철학자들을 만나기 위해서였다.

사실 우리는 여성 철학자의 이름을 철학사에서 잘 발견하지 못한다. 철학에 관심이 있는 사람이라고 해도 떠올릴 이름은 한나 아렌트나 시몬 드 보부아르, 로자 룩셈부르크 등 최근의 여성학자들 몇

---

11) 이 단락은 칼 세이건 지음, 홍승수 옮김, 『코스모스』, (주)사이언스북스(2009), 666-667쪽 참조.

명 정도이다.

이 책은 고대 그리스에서 현재까지 철학사의 뒤편에 머물러 있던 여성 철학자들을 소개하고 있다. 그들이 철학사에서 갖는 의미와 가치를 '의식적으로 페미니즘적인 시각'을 견지하며 살펴보고, 여성적인 철학 함에도 오랜 역사가 존재한다는 것을 보여주고 있다. 잊힌 여성 철학자들의 이름을 하나하나 불러주며, 그들이 본래 있어야 할 올바른 자리를 찾아주고 있다.

이 책은 남성들이 지배하고 있는 철학과 그 바탕에 깔린 가부장적인 가치 및 규범들을 철저하게 비판한다. 시대별 사회상과 그 속에서 발전한 철학 사조들을 소개하고, 그 시대에 활동했던 여성 철학자들의 삶과 업적을 연대순으로 서술하고 있다.[12] 특히 철학의 시조인 소크라테스나 철학의 초석을 놓은 플라톤의 핵심 개념들이 사실은 여성 철학자들의 기여 때문에 형성되었다는 것을 저는 이 책을 보고 다시 확인했다. 그나마 소크라테스는 그런 점을 적극적으로 언표했고 이것은 그의 제자 플라톤이 쓴 소크라테스에 관한 저술들에서 나타나고 있다.

히파티아, 바티칸 미술관의 라파엘로 벽면 그림인 아테네 학당 속에서 고개를 이쪽으로 돌려 나를 쳐다보고 있는 히파티아의 시선을 잊을 수 없다. 가이드의 안내 말이 아니었다면 그 시선과 마주치지

---

12) 마르트 롤만 지음, 이한우 옮김, 『여성철학자-아무도 말하지 않은 철학의 역사』, 푸른숲 (2005).

못하고 돌아올 뻔했다.

이렇게 해서 나는 히파티아를 다시 만났다. 히파티아를 만나려고 『여성 철학자』라는 큰 철학사 책과 칼 세이건이 쓴 『코스모스』라는 더 큰 과학책을 자주 펼치게 되었다.

그의 묘비엔 달랑 별 하나

3월 초순 일요일, 7시에 출발하는 하동 행 버스를 탔다. 배낭이 제법 무거웠다. 편이 마련해 준 커피와 점심 그리고 귤 몇 알도 야전삽 및 장화와 더불어 배낭의 무게를 더했다. '인문학과 자연과학이 만나다'는 전제가 붙은 책 『대담』은 그중 가장 무거운 물건이었고. 하동 버스 터미널에서 기다리다가 악양 행 버스를 갈아타고 도착하여 배낭을 풀었다. 하루만 피고는 져버리는 붓꽃인 워킹 아이리스(Walking Iris)를 웅덩이 물가에 심었다. 연구실 실내에서만 머물던 화초인지라 밖에 심으면 살는지 모르겠다. 그리고는 이미 심은 나무들을 유심히 살펴봤다.

옆 샛길로 들어섰다. 거기서 내려다보는 저기 앞, 좌우 악양 들길은 하이데거를 생각나게 한다. 보리도 더욱 물기를 머금었다. '하이데거 그리고 존재와 시간' 이는 지난주 목요일 밤 부산 KBS 스튜디오에서의 내 강연 주제였다. 들길을 걸으니 그때 한 이야기들이 들길을 동반한다. 악양에서 들길은 주로 논길이다.

존재와 시간: 하이데거는 큰 철학자다. 20세기의 거의 모든 철학적 조류에는 하이데거의 흔적이 있다. 예를 들면 최근의 포스트모더

니즘과 후기 구조주의뿐 아니라 비판이론이나 정치철학, 실존철학과 현상학, 철학적 해석학, 철학적 인간학, 언어철학, 과학이론 등이 그렇다. 철학뿐 아니라 문학과 문예비평·심리학·신학·생태학 등에 그가 끼친 영향도 무시할 수 없다. 그의 『존재와 시간』은 그렇게 큰 영향을 미치고 지금도 미치고 있다. 하이데거는 1989년 9월 26일에 출생하여 1976년 5월 26일의 죽음에 이르기까지 20세기의 가장 큰 격변기를 살아낸 철학자다. 그는 어느 사상가보다도 시대의 위기를 근본적으로 진단한 철학자다.

하이데거 철학은 어떤 면에서 고향 이야기다. 그는 이 시대를 '고향 상실의 시대', '가난한 시대'라고 보았다. 세계는 황폐해졌고 신들은 떠나버렸으며 대지는 파괴되고 인간들은 정체성과 인격을 상실한 채 대중의 일원으로 전락해버렸다는 것이다. 기술의 지배로 말미암아 자연의 근거가 사라지고 만 어둠의 시대를 가난한 시대라는 것이다.

고향 들길: 하이데거는 자신의 고향을 회상한 '들길(Feldweg)'에서 이렇게 썼다.

이러한 고향에서 인간은 들길 옆에 튼튼하게 자란 떡갈나무처럼 광활한 하늘에 자신을 열고 어두운 대지에 뿌리를 박고 산다. 인간은 떡갈나무와 마찬가지로 드높은 하늘이 부르는 소리에 귀를 기울이고 자신을 감싸 안은 대지의 보호에 감사하면서 살 경우에만 그 어떤 조

건에도 흔들리지 않는 영원하면서도 견실한 생명력을 갖는다.[13]

현대인들은 존재(고향)를 망각하고 있으면서도 자신들이 존재를 망각하고 있다는 사실마저도 망각하고 있다는 데 문제가 더 있다. 그는 이러한 시대에 철학의 사명은 망각된 존재를 상기시키고 이러한 존재의 기반 위에 다시 고향을 건립하는 데 있다고 생각했다.

성당 종소리: 하이데거는 독일 남서부 메스키르히에서 태어났다. 하이데거는 죽을 때까지 고향 마을에 깊은 애정을 품고 있었고 자신이 이런 고향을 가지고 있다는 사실을 감사하게 여겼다. 아버지는 성당 지기였으며 술통 만드는 일을 겸하고 있었다. 아버지가 내성적이고 과묵했던 반면에 어머니는 밝고 자상했다. 어머니는 자주 삶의 아름다움과 기쁨에 대해서 말했다. 부모 모두 부지런하고 성실한 사람들이었다.

하이데거는 어릴 적에 아버지를 도와서 성당 종을 치곤 했는데, 이 기억 역시 그의 사상과 삶에 깊은 흔적을 남긴 것 같다고 한다. 그의 집은 김나지움 이상의 학비를 조달하기에는 충분하지 않았다. 그의 재능을 알아본 본당 신부의 제안으로 성직자가 된다는 조건 아래 교회의 재정적인 지원을 받았다. 하이데거는 열네 살 때부터 스물일곱 살까지 십삼 년 동안 가톨릭교회에서 장학금을 받았다.

들길에서의 결단: 김나지움을 마친 하이데거는 사제가 되기 위해

---

13) 박찬국, 『들길의 사상가 하이데거』, 동녘(2004), 23쪽.

예수회에 들어갔지만 2주 만에 나오게 된다. 심장질환 때문에 부적합 판정을 받았기 때문이다. 하이데거는 심장의 통증이나 천식 발작 때문에 호흡 곤란을 일으키곤 했다. 교구 사제가 되기 위해서 스무 살 겨울 학기부터 프라이부르크 대학 신학부에 입학하였다. 여기서 하이데거는 심장병으로 인해 다시 한번 좌절을 맛보았다. 스물두 살 되든 해 2월, 그는 학업을 중단하고 고향에서 요양하였다.

사제가 되는 길이 난관에 부딪히자 그는 그해 여름에 메스키르히의 들길에서 철학을 하기로 일생일대의 대결심을 하였다. 이 결심이 그의 인생에서 최초의 선택이라고 한다. 신학 공부를 포기한 하이데거는 스물두 살 겨울학기부터 철학부에 등록하였다. 스물다섯 살에 1차 세계대전이 발발하지만 역시 심장병 때문에 병역에서 면제되었다.

실존적 복장: 학생들은 그의 열정적이고 진지한 강의에 매료되어 그의 말투나 행동거지를 흉내 내기까지 했다. 교수가 된 후에도 교수들보다는 농부들과 포도주를 마시면서 대화하기를 즐겼던 하이데거는 강의실에도 농부의 전통적인 복장과 유사한 옷을 입고 나타나곤 했는데, 학생들은 그의 복장을 '실존적 복장'이라고 불렀다고 한다. 스키를 좋아하는 그는 스키복을 입고 강의실에 들어오기도 했다.

결혼: 스물일곱 살 때 하이데거는 수강생이던 엘프리데 페트리와 결혼했다. 그녀는 일생 헌신적인 내조를 아끼지 않았다. 그녀는 아내였을 뿐 아니라 지적인 동반자이기도 했다. 또한, 슈바르츠발트의 토트나우베르크에 산장을 만들어 그가 연구에 전념할 수 있도록 배려

했다. 하이데거는 전기도 수도도 들어오지 않았지만, 숲과 대지와 하늘, 계절의 변화를 만끽할 수 있었던 이 산장을 좋아하여 대부분의 연구와 저술을 이 산장에서 행하게 된다. 하이데거는 자신의 사유가 이 산장과 이 산장을 둘러싼 자연 풍광에 근거를 두고 있다고 생각하면서 이 산장에 대한 깊은 애정을 숨기지 않았다.

나의 작업 전체는 이러한 산과 농부들의 세계에 의해서 지탱되고 인도된다. 가끔 저 위에서의 작업은 여기 아래에서 한 회의나 강연을 위한 여행, 토론, 교육 활동을 통해서 오랫동안 중단된다. 그러나 내가 다시 위로 올라와 오두막집에 들어서는 순간부터 이전에 내가 사로잡혔던 물음들 세계 전체가 내가 그것을 떠났던 그대로 나에게 몰려온다. 나는 사유의 고유한 운동 속으로 내던져지며 그것의 은닉된 법칙을 제어할 수 없게 된다. 깊은 밤 사나운 눈보라가 오두막 주위에 휘몰아쳐 모든 것을 뒤덮을 때야말로 철학을 할 시간이다. (『들길의 사상가 하이데거』 57쪽)

초록색 미인: 마르부르크 대학에 재직하던 하이데거는 1924년 서른네 살 때에 제자인 한나 아렌트와 사랑에 빠졌다. 원래 쾨니히스베르크에서 태어나 그곳에서 김나지움을 졸업하고 베를린 대학을 다니던 아렌트는 일찍부터 하이데거의 명성을 듣고 그에게서 철학을 배우려고 마르부르크 대학에 입학했다. 그녀는 당시 열여덟 살이었고 두 사람의 나이 차는 열일곱 살이었다. 아렌트는 항상 초록색 옷을 입고 다녀서 학생들 사이에서 '초록색 미인'이라고 불리었고 재색을

겸비한 여성이었다.

두 사람의 밀애는 아렌트가 결실을 볼 수 없는 사랑의 고통에서 벗어나기 위해 1929년에 마음에도 없는 결혼을 하면서 끝이 났다. 두 사람의 사랑은 1924년부터 1928년까지 4년 동안 지속하였고 이 기간에 하이데거는 '존재와 시간'을 썼다. 이렇게 볼 때 두 사람의 밀애는 하이데거에게는 철학적인 사유를 방해하기보다는 영감으로 작용한 측면이 컸다고 보아야 할 것 같다.

묘비 별 하나: 은퇴한 후에는 다시 슈바르츠발트 산장의 판잣집에서 소박한 생활을 하면서 사색과 저술을 계속하였다. 1976년 5월 26일, 프라이부르크 자택에서 여든일곱 살을 일기로 사망하였다. 그의 책상 위에는 항상 파스칼과 도스토옙스키의 초상이, 다른 한쪽에는 그리스도의 십자가상이 걸려 있었다. 그리고 그는 중국의 노자에도 관심이 깊어 여러 종류의 『도덕경』을 가지고 있었다고 한다. 그리고 묘비에는 십자가 대신에 그가 일생 청종(聽從)하려고 했던 '존재를 상징하는 별 하나'가 새겨졌다.

그는 성격이 소탈하여 학생들과 곧잘 어울려 교외로 나가서 스키나 등산 같은 운동을 즐겼으며, 자전거를 타고 학교에도 출퇴근하였다. 한때 나치에 협력한 것으로 사르트르 등 많은 사람들로부터 비난을 받기도 했으나, 프라이부르크 대학생들은 "우리에게는 많은 철학 교수들이 있기는 하지만 철인(哲人)은 오직 하이데거뿐이었다"라고 자랑했다고 한다.

그는 어떠한 격정도 수사학적인 익살도 없이 그리고 과장된 화술도 없이 약간 긴장된 듯하며 거칠고 쉰 목소리로 말하였으며, 각각의 단어들에다 힘을 주었고 종종 지리멸렬한 문장들로 끊기었다. 그런 데도 어떤 강렬한 황홀함이 풍겨 나왔다.

사랑이 어떻게 시작되었는지: 이제는 예순아홉 살이 된 한나가 하이데거의 집으로 찾아와 병상에 누워 있는 그를 만나려고 한다. 그런 데 이번에는 하이데거 부인 엘프레데가 따라 들어오지 않는다. 둘의 만남은 언제나 부인이 지켜보곤 했는데 말이다. 오늘은 25년 만의 만남이다. 세 사람은 너무나 늙었고 게다가 하이데거는 죽어가고 있었으며 엘프레데는 이것이 그 두 사람의 마지막 만남이라는 것을 예감했던 모양이다. 하이데거는 끝내 한나를 알아보지 못했다.

폭풍우가 지나가길 기다리는 동안 한나와 엘프레데는 회한이 섞인 긴 이야기를 나눈다. 엘프레데는 남편 하이데거가 언젠가 자신에게 고백한 "한나는 내 삶의 열정이다"라는 말을 지금까지도 아프게 기억하고 있다. "한나는 내 삶의 열정이었다"가 아니라 "열정이다"라고 현재 시제를 써서 이야기했기 때문이다.

그러나 엘프레데는 하이데거와 평생을 함께 살았다. 자신을 다 바쳐 소중히 가꾸어 온 가정과 남편을 잃고 싶지 않았기 때문이다. 마주 보니 둘 다 늙었다. 두 사람의 사랑이 어떻게 시작되었는지 물어보았다. "어떻게 사랑이 시작되었는지 알려고 하지 말아요. 엘프레데. 그건 알아낼 수 있는 게 아니니까."

17년이라는 나이 차이와 스승과 제자라는 신분을 뛰어넘은 하이데거와 한나 아렌트의 사랑은 50년간의 사랑이고 오늘은 그 세월 가운데 25년 만의 만남이다. 한 사람은 나치 협력자였고 한 사람은 조국을 등져야만 했던 유대인이었기 때문이다. 엘프레데가 다시 묻는다. "당신에겐 부족한 게 없잖아요? 상도 여러 개 받았고, 여행도 많이 했고, 책은 베스트셀러고 철학적 명성도 크고, 당신에게 없는 게 뭔데?", "남편이요."

폭풍우도 그치고 떠날 때가 되었다. 한나는 의식을 잃고 있는, 자신에게 영원한 삶의 열정이었던 하이데거 침대로 가서 작별 인사를 한다. "당신을 처음 만나 사랑에 빠졌던 날처럼 당신을 사랑해요. 당신도 알고 있죠? 신의 뜻대로, 나는 죽고 난 뒤에 당신을 더욱더 사랑할 거예요."

한나가 집을 나섰다. 그녀를 보내는 엘프레데의 눈도 젖었다. 한나 아렌트는 그로부터 넉 달 뒤 갑작스러운 심장마비로 세상을 떠난다. 하이데거는 1년 뒤 여든일곱의 나이로 생을 마감했다. 그 16년 뒤 엘프레데는 남편 옆에 나란히 묻혔다.

돌아갈 시간이다. 배낭을 챙겨 메고 일찍 나섰다. 들길을 걷다가 하동읍으로 들어가는 마을버스를 탔다. 세 시간 이상을 걸은 것 같다. 하동에서 오후 6시 30분에 출발하는 부산행 버스를 탔다. 기다리는 동안 편에게 국수 한 그릇 사 먹고 간다고 전화했다. 편은, "체하지 않게 국시 천천히 잘 먹고 한눈팔지 말고 옆길로 새지 말고 집 잘 찾아오라"고 한다. 그러겠다고 했다. 국숫집에 국수가 없었다. 또 다른 국숫집에 갔다. 거기도 없었다. 주인 할머니가 재빨리 달려 나가시더니 국수를 사 왔다. 그리고 끓였다. 맛있게 먹었다. 국물도 다 마셨다.

하이데거의 별이 문득 생각났다. 국수 먹고 한 별의별 생각 중 하나였다. 배가 부르니 별생각이 다 난다.

11월과 폴크스바겐

    페가수스 별자리는 시와 시를 좋아하는 사람의 상징이라고 한다. 11월에는 맑은 밤하늘의 별자리를 관찰해보라고 안톤 슈낙은 권유한다. 그렇게 하늘을 바라보면 자기를 시인으로 혹은 작가나 문학과 연관된 책을 교정하는 사람으로도 느껴볼 수도 있고, 잠깐이라도 페가수스 별자리에서 호젓하게 머물러 있을 수도 있지 않겠느냐고 말한다.[14] 그리스 신화의 천마 페가수스 별자리는 가을철 밤하늘에서 볼 수 있는 커다란 별자리로서 몸통의 커다란 사각형은 페가수스 사각형 또는 가을의 대 사각형으로 불리며, 가을철의 대표적인 길잡이별로 꼽힌다고 한다.

    11월이다. 조수미가 카테리니행 기차는 여덟 시에 떠나간다고, 11월과 카테리니행 기차는 영원히 자기 기억 속에 남을 거라고 애절하게 노래하는 그 11월이다.

    다가오는 11월에 우리들 앞에서 얘기를 하나 해 달라는 제안을 받았다. 말하자면 강연 요청이다. 초대한 측은 부산의 큰 병원 간호사 모임이다. 거절했더니 거듭 요청한다. 아무 얘기나 좋다면서. 11월에

---

14)   안톤 슈낙 지음, 문현미 옮김, 『우리를 행복하게 하는 것들』, 문학수첩(1998), 214~215쪽.

오셔서 얘기해달라는 것인지라 11월에 관한 주제와 에피소드를 생각해 봤다. 먼저, '늦어도 11월에는'이라는 책과 그 책 속의 폴크스바겐과 나의 청년 시절 폴크스바겐 에피소드가 생각났다. 그래서 얘기 제목을 '11월과 폴크스바겐'이라고 정했다.

한스 에리히 노삭은 사르트르로부터 전후 독일 문학의 대표적 작가이며 세계적인 소설가라는 극찬을 받은 독일 작가라고 한다. 이 작품은 고도로 발달한 산업사회에서 자기 상실의 아픔을 겪는 주인공 마리안네를 중심으로, 기존의 모든 사회적 질서와 독선을 부정하고 새로운 자아실현의 가능성을 모색하려는 인간의 의지를 옹호하고 있다. 역자는, 루이제 린저의 '생의 한가운데'나, 에릭 시걸의 '러브 스토리'가 조금은 억지스럽고 사탕발림 같다면 이 작품은 연애소설도 이쯤 되면 예술이라는 감탄을 자아낸다고 평한다.[15]

건실한 재벌 2세의 아내인 주인공 마리안네가 집시와도 같은 떠돌이 작가 묀켄을 만나면서 이야기는 시작된다. 남편 회사에서 주관하는 문학상의 수상자인 묀켄은 그녀를 보자마자 바람을 넣는다. "당신과 함께라면 이대로 죽을 수도 있을 것 같습니다"라고. 마리안네는 그 길로 안락한 재벌가의 며느리 생활을 뒤로하고 남자를 따라나선다.

하지만 두 달간의 짧은 동거생활을 순탄치 못하다. 묀켄이 창작의 산고를 겪고 있기 때문이다. 마리안네는 찾으러 온 시아버지의 권유

---

15) 한스 에리히 노삭 지음, 김창활 옮김, 『늦어도 11월에는』, 문학동네(2006), 388쪽.

푸른 빛의 항케지

에 따라 집으로 돌아가는데 남의 이목을 두려워한 남편도 받아 드린다. 하지만 집으로 돌아온 마리안네는 묀켄이 약속한 그 날, 그의 작품이 무대에 올려지는 11월을 기다린다. 11월이 되면, 늦어도 11월에는 자기 작품이 무대에 올려질 거라고 묀켄은 말했었다.

"늦어도 11월에는…."
"그다음엔?"
"11월에는 개막공연을 할 거야."
"그다음엔?"
"글쎄…. 공연에 참석해야겠지."
"그리고 나서는요?"
"우린 여행을 떠날 거야. 연극이 성공하면 우리는 폴크스바겐도 하나 살 수 있을 거야."
"그리고 그다음엔요?"
그렇게 물으면서 나는 웃어 보였다. 묀켄은 폴크스바겐을 살 때까지의 계획에 대해서 내게 여러 번 얘기한 적이 있었다. 하지만 그게 전부였다. 폴크스바겐 이후에 대해선 언제나 막혀 버렸다. (『늦어도 11월에는』 199~200쪽)

11월이 왔다. 우박이 쏟아지는 어느 늦은 밤에 드디어 묀켄이 그녀를 데리러 왔다. 두 사람은 약속했던 폴크스바겐을 타고 집을 떠난다. 그리고 집에서 출발한 지 채 몇 분도 되지 않아 폴크스바겐은 철로 교각을 들이박고 박살이 난다.

11월에는 기차를 한번 타본다고 하면서도 아직 타지 못하고 있다. 타고 싶은 기차는 부산에서 출발해서 목포에 도착하는 전라선이다. 왜? 카테리니행 기차를 탈 수 없기 때문에. 그래서 전라선 그 기차를 타고 섬진강 철교를 지나 목포까지 가서 내리고 싶다. 또는 섬진강을 건너기 직전의 하동역에 내려도 좋고.

폴크스바겐, 아주 오래전의 영화 '미워도 다시 한번'을 찍을 때 주연 배우 문희 그녀가 타고 와서 내리던 혜화동 로터리의 딱정벌레 차 폴크스바겐이 생각난다. 무슨 색깔이었는지는 모르겠다. 빨간색이었지 아마. 그녀의 옷은 노란색 원피스였다. 그때는 1968년, 오래전 옛날이다.

이 소설을 읽으면서 나는 내내 폴크스바겐에 주목했다. 다 읽은 후에는 책 속의 폴크스바겐을 찾아서는 일일이 형광펜으로 밑줄을 긋기도 했다. 책을 읽은 후 그리고 그 강연 이후 해마다 11월이 오면 나는 폴크스바겐을 뜬금없이 머리에 떠올리기도 한다.

오늘도 봤고 내일도 볼 것

18세기 중반까지 프랑스의 몇몇 도시에서는 일종의 배설 예술이 존재했다고 한다. 이는 매우 엄격하게 진행되는 행사였다. 서쪽이 아닌 쪽으로 자리를 잡는다. 일어선 채로 배설 부위를 가리고 있던 옷과 속옷을 풀어 헤치고 웅크려 앉는다. 양 팔꿈치를 양쪽 무릎 위에 올리고, 머리는 두 손으로 감싼다. 일이 끝나면 종이나 헝겊을 사용하지 않은 채 다시 옷을 입는다. 그리고 자신이 만들어낸 것을 들여다보고는 가버렸다고 한다.

힌두교에서는 자신의 배설물을 들여다보지 못하게 한다고 한다. 들여다보는 일을 신성모독으로 간주한다는 것이다. 배설하는 사람은 최대한 낮은 자세로 웅크려야 하며, 태양이나 달 혹은 경건한 대상을 바라보지 않아야 한다. 배설하는 동안 내내 침묵을 지켜야 하며, 배설이 끝나면 돌아보지 말고 그 자리를 떠나야 한다.

회교도들에게는 자신의 배설물을 바라보는 일이 허용되었다. 하지만 그것도 엄숙한 제식을 따라야 하는데 진정한 회교도는 배설할 때 자신의 생식기를 사춘기 아이들이나 누이든 어머니든 이해할 만한 나이의 모든 이들에게 내보이지 말아야 한다. 다만 자신의 아내만은 예외다. 진정한 회교도는 고립된 장소에서 메카 쪽으로 등을 돌리지 않은 자세로 웅크려 앉아야 한다. 화장실에는 왼발로 들어가고 오른발로 나와야 하며 배설 중에는 머리를 감싸고 몸무게는 왼쪽 다리로 지탱해야 한다.[16]

오늘도 나는 들어섰다. 새벽이다. 조용하다. 정적이 지배한다. 나도 침묵, 묵언이다. 들어설 땐 왼발로 들어서야 한다는데 어느 발로 들어섰는지 그건 모르겠다. 내일은 한번 헤아려 볼 참이다. 생각나면 말이다.

앉았다. 보이느니 벽뿐이다. 태양도 달도 보이지 않는다. 다행이다. 저 벽을 헐면 메카가 보일 것인가.

일어섰다. 바지를 추슬렀다. 봤다. 그냥 본 것이 아니라 돌아봤다. 아직 누르진 않았다. 주의 깊은 눈? 멍한 눈? 초조한 눈? 무관심한 눈? 흡족한 눈? 비교적 주의 깊게, 흡족하게 본 것 같다. 이별의 순간이다. 보내는 눈길이 멍하지 않고 초조하지 않고 무관심하지 않아 다행이다.

눌렀다. 이별 식이다. 물소리가 시원하다. 나왔다. 나올 때 오른발로 나와야 한다는데 오른발로 나왔는지 왼발로 나왔는지 그것도 또한 모르겠다. 뭘 생각하나. 생각 좀 해라. 이런 것도 생각해 볼 만한 일인데. 내일은 잊지 말아야지.

통계를 보니 배설 후 누르기 전에 매번 본다는 사람이 프랑스인 47% 미국인 38%다. 절대 안 본다는 사람은 프랑스인 11%, 미국인

---

16) 마르탱 모네스티에 지음, 임헌 옮김, 『똥오줌의 역사』, 문학동네(2005), 17~18쪽 참조.

33%였고. 나는? 본다. 그것도 매번 본다. 자신의 배설물 냄새에 대해 프랑스인은 74%, 미국인은 47%가 전혀 불편하지 않다고 생각한다고 했다. 내게는? 내게도 불편하지 않다.

봤다. 오늘도 나는 봤다. 돌아봤다. 내일도 볼 것이다. 뒤돌아볼 것이다.

이 나이에 연서를 쓰는 기쁨과 고통이라, 글쎄

『그 남자네 집』의 〈책머리에〉에서 작가 박완서는 이렇게 말했다.

> 이 소설은 지난해에 문학과 사회에 발표한 동명의 단편 〈그 남자네
> 집〉에 기초하고 있다. 다 쓰고 나니 내 안에서 중요한 것이 빠져나간
> 것처럼 허전하다. 힘든 것도 있었지만, 이 소설을 쓰는 동안은 연애편
> 지를 쓰는 것처럼 애틋하고 행복했다. 이 나이에 연서를 쓰는 기쁨과
> 고통….17)

이사 간 후배의 집 구경을 하러 갔다가 50년 전 첫사랑인 그 남자
가 살았던 기와집이 남아있는 사실을 알게 된 주인공이, 시대의 흐름
에서 밀려나 퇴락했을지언정 외관은 건재하게 남아 있는 그 남자의
집을 통해 남자에 대한 기억을 되살리는 내용이다. 그 이름이 현보인
그 남자는, 소설 속의 여주인공인 '나'가, 6·25 전쟁 후 어려운 가족의
생계를 꾸리기 위해 대학을 중퇴하고 미군 부대에 일하러 다니던 시
절 우연히 만나 사랑의 감정을 느낀 먼 친척이다. 작가는 이 소설을
통하여, 스무 살의 나이에 전쟁의 체험을 겪은 그 시대의 청춘들에

---

17) 박완서 지음, 『그 남자네 집』, 현대문학(2004), 4쪽.

그것이 얼마나 쓰린 기억이었나를 새삼 환기해 주고 있다. 첫사랑 이야기가 전후 피폐한 일상 및 생활 전선을 직접 몸으로 겪어야 했던 여성들의 실상과 대비되면서 찡하게 그려져 있는 소설이다.

토론은 늦게 시작되었다. 토론회 직전의 저녁 식사 시간의 이야기가 재미있게 진행되는 바람에, 아래층의 토론실에서 기다리던 회원이 "당신들 거기서 안 오고 뭐하요? 새로 오신 회원 한 분도 아까부터 와서 기다리고 있는데"라는 전화를 하지 않았으면 식당 밥상머리에 앉은 채 날 샐 뻔하였다. 토론회 역사상 가장 늦은 시작이었다.

토론은 진행자가 열기를 진정시키느라 연신 땀을 훔칠 정도로 활기차게 진행되었다. 모두 다 한 번 이상씩 발언했으며 대개 두 번 이상 발언할 기회를 가졌다. 세 번 네 번 시도하다가 사회자에게 제지당하기도 했다. 그 남자네 집의 사랑 이야기에 견주어 자기 사랑 이야기를 하느라고 열기 띄울 줄로 난 짐작하고 있었다. 토론회를 시작하기 전에는 말이다. 그런데 그게 아니었다. 박완서의 작품에 대한 이야기로 열기를 띠었다. 열기의 불을 더욱 댕긴 것은 회원 중의 한 명이 말한 작가론 혹은 작가 정신 그리고 그 남자네 집을 통해 본 박완서의 작가 정신에 대한 발언이었다.

견해는 대개 둘로 나누어졌다. 그 하나는, 어디까지나 소설이긴 하지만 박완서의 사랑 이야기를 통해 각자 자기의 그 시절을 아름답게 회상하게 되었다고, 가족과 더불어 읽고 싶은 소설이라는 견해, 그리고 두 번째는, 모티브가 어디까지나 사랑인데 주인공의 사랑 동기가 그리 절실하지 않을 뿐 아니라 주제와 씨름하는 치열한 작가 정신도 좀 아쉽다는 견해 등이었다.

나는 이 중 두 번째 견해에 좀 더 동조하는 편이었다. 전쟁을 배경으로 한, 이제 세월이 많이 흘렀기로 그 시절을 살았던 사람에게도, 그 시절을 잘 모르는 사람에게도 희미한 그 시절의 삶의 애환을 묘사하고 있는 점에서는 공명을 불러일으켜 주었고, 사랑이라는 프리즘으로 볼 때는 처음 기대했던 것과는 다른 방향이었다. 그리 절실한 사랑 이야기는 아니었다는 말이다.

회원들은 이 소설을 읽으면서 박완서만의 독특한 페이소스와 기지 넘치는 문장을 다시 한번 만나게 되었다고 이구동성으로 말했다. 우리는 참 좋은 작가의 작품 하나를 읽은 거였다. 그건 나도 그랬다. 집에 있는 박완서의 다른 소설도 읽으려고 책꽂이에서 빼 책상 위에 얹어 두었다.

그 남자네 집이라, '그 남자'라는 표현이 좀 강하게 부딪친다. 첫사랑 이야기인데 너무 나이가 든 사람이 하는 회상인 것 같아 아스라함이 덜하다. 물론 이 소설의 쓴 박완서는 연세가 그때 칠순이다. 그리고 여자가 회상할 때 남자를 대신할 적절한 표현도 없는 것 같다. 그렇다고 '그놈의 집'이라고 할 수도 없는 거고. 또 그렇다고 '그이의 집'도 아니고. '그 사람의 집'이라고 하면 전혀 다른 이야기가 되는 거고. 그러고 보니 그 남자네 집일 수밖에 없을 것 같긴 하다.

집의 어원이 '짚'이라는 견해가 있다. 옛날에 짚으로 지붕을 만들고 또한 짚으로 다른 많은 것들을 만들어서 그 안에서 살아오다 보니 짚이란 말에서 현재 우리가 사는 집이란 말이 나왔다는 것이다. 또 다른 견해는 '짓다'에서 유래했다는 설이다. 집이란 '지은 것'의 의미라는 것이다. 집, 많은 의미와 역사와 사연을 담고 있는 곳. 집과 분리된 삶을 이야기할 수 있을까? 그건 사랑도 마찬가지.

박완서는 다 쓰고 나니 내 안에서 중요한 것이 빠져나간 것처럼 허전하다고 했다. 그럴 것이다. 작품을 하나 마치고 나면 허전할 것이다. 힘든 것도 있었지만 이 소설을 쓰는 동안은 연애편지를 쓰는 것처럼 애틋하고 행복했다고도 했다. 그 또한 그럴 것이다. 이해된다.

이 나이에 연서를 쓰는 기쁨과 고통이라, 이 지점에서는 난 멈칫거린다. 어떤 기억, 전쟁 체험과 같은 충격적인 사태와 연결되는 첫사랑 기억이 있지 않아서 그럴 것이다. 첫사랑은 누구나 한 번쯤은 했을 보편적인 체험인지라 그것에 관해 아스라하게 풀어낼 소재는 누구나 가졌을 것이다. 나 또한 그럴 것이고.

하지만 그렇다고 해도 이 나이에 쓰는 연서의 고통이 내겐 닥치지 않을 것 같다. 생각해 보니 별게 없음으로.

상실과 회복

　우여곡절을 겪어낸 마흔일곱의 한 남자가 페루 해변의 카페에서 무료하게 시간을 삭여 나가고 있다. 새들은 먼 섬에서 살다가 그 해변에 와서 죽는다. 날개를 퍼덕이며 죽어가는 새들의 모습을 지켜보면서 남자는 새들이 왜 그 해변에 와서 죽어 가는지를 생각한다. 삶의 귀착지이고 희망이 제거된 땅.[18)

　물에 빠져 자살하려는 여자를 구출해낸 후, 남자는 새들이 죽어가는 해변에서 처음으로 희망을 품어보지만, 여자의 남편이 나타남으로써 그 희망은 어처구니없이 깨어지고 만다. 해변에 떨어져 목숨을 다하는 새처럼 죽기를 원하는 여자의 말이 진실인지, 그로테스크한 상황을 설명하는 남편의 말이 진실인지 알지 못한 채 남자는 다시 혼자 남겨진다. 삶에서 희망은 부질없는 것인지.

　절망이 상습적으로 일상을 지배하고 있고 상습적임으로써 절망조차도 권태롭기만 한 삶의 공허를 작가 에밀 아자르는 먼 페루 해변에 떨어지는 새를 통해 스산하고 충격적으로 보여준다.

---

18)　로맹 가리 지음, 박남주 역, 『새들은 페루에 가서 죽다』, 문학동네(2007), 11~12쪽.

기차에서 사람들이 분주히 내리고 주위는 소란하다. 이 소란함 속에 사람들은 한 여자(도라) 앞에서 자신들의 온갖 사연을 말한다. 애인에게, 부모님께, 집을 나간 아들에게 편지의 대필을 부탁한다. 그중에는 눈빛이 빛나고 의심이 많은 듯 보이는 아들(죠슈에)의 손을 잡고 와서, "당신을 만난 것을 원망합니다"라는 말을 편지로 써달라고 대필을 부탁하는 여인 아나도 있다.

그녀는 다음날 다시 아들의 손을 잡고 와서 어제는 격한 감정에 쓴 것이니 그 편지를 보내지 않았다면 다시 써 달라고 한다. 아들은 연신 대필자인 도라를 의심하며 팽이로 탁자를 찍어보기도 하고 불만을 표시한다. 편지 대행료를 받고 보내지는 않는 그녀의 거짓이 아이에게는 감지되는 것이다.

열심히 팽이에 줄을 감는 아이의 손이 클로즈업되고 자기 손을 꼭 잡으라는 엄마 아나의 말이 들린다. 순간 줄에서 놓인 팽이는 나뒹굴어 길의 저쪽에 떨어진다. 그것을 집으러 가는 아들 죠수에를 구하기 위해 급히 뛰어가다가 달려오는 버스에 치여 엄마 아나는 즉사하고 만다.

그 중앙역에서 죠슈에는 돌아오지 않는 엄마를 기다리며 또 맴돈다. 이 영악한 아이를 또 영악한 대필자 도라는 집으로 데리고 간다. 싫어하지만 따라온 죠슈에는 책상 서랍에 고스란히 놓여있는 자기의 사진과 엄마의 편지를 발견한다. 부쳐지지 않을 편지들….

도라는 편지가 도착해야 할 곳인 죠수에 아빠의 집을 찾아 함께 나선다. 그 집은 멀고도 먼 지구 끝에 있다. 우여곡절 끝에 땅끝에서 찾은 아빠의 집에서 죠수에는 다 자란 두 형을 만난다. 문맹인 두 형은 가출한 아버지의 편지를 읽어 달라고 도라에게 부탁한다. 아나를 찾아서 죠수에와 도라가 출발한 지점인 리우로 갔지만 이미 아내는 없더라고 아버지의 편지엔 적혀 있다.

아버지는 어머니를 잃은 슬픔에 술독에 빠져 지냈지만, 솜씨 좋은 목수였다고 형들은 말해 준다. 목공실로 데리고 가서 동생에게 팽이를 보여준다. 죠수에는 잃어버린 상처 즉 엄마의 죽음을 형이 만든 팽이를 받으면서 치유된 듯 웃는다. 웃음을 띠지 않던 그 아이가 말이다.

죠수에를 형들에게 맡기고 도라는 떠난다. 아나의 남편 그러니까 아이들의 아버지의 푸른 봉투 옆에 나란히 자기가 부쳐주지 않은 아나의 편지를 놓고서. 죠수에가 그녀에게 선물한 푸른 원피스로 갈아입고 리우로 돌아가는 버스를 탄다. 그녀는 참을 수 없는 눈물 속에 편지를 쓴다. 죠슈에와 그리고 딸인 자기를 기억 못 하는 아버지, "택시는 마음대로 다녀 좋지만, 버스는 가는 길로만 다녀 싫다"라던 자기 아버지와 그리고 버스에 치여 사망한 죠수에 어머니를 기억하면서.

죠수에, 난 오랫동안 못 부칠 편지만 써 왔다. 하지만 이 편지는 꼭 부친다고 약속하마. 너희 아빠는 꼭 돌아오실 거야. 우리 아빠도 좋은 면이 있었던 것 같구나. 트럭 운전사가 되면 나를 꼭 기억해다오. 나보다 형들과 있는 게 더 행복할 것 같다. 내가 보고 싶을 때 우리의 작은 사진을 꺼내 보렴. 두렵지만… 언젠간 너도 날 잊겠지…

이 시대, 존재의 의미와 부성애가 상실된 시대. 이 시대의 절대적

외로움과 빈곤을 역설적인 냉소로 시작하여, 사랑의 회복으로 승화시키는 영화 중앙역, 통속적으로 말하면 인생은 중앙역. 절망이 상습적으로 일상을 지배하고 있고, 상습적임으로써 절망조차도 권태롭기만 한 삶의 공허로 인해 새들은 페루에 가서 죽는다고 하는 내 미지의 땅 페루.

영화 '중앙역'의 도라를 통해 그리고 소년으로서는 너무 영악한 죠수에를 통해 추하지만 너무나 인간적인 인간상을 나는 본다. 소설 '새들은 페루…'의 마흔일곱 남자를 통해 절망조차도 권태롭기만 한 삶의 공허를 본다. 석사 논문을 심사해주었더니 완성된 논문과 함께 선물을 싸 들고 왔다. 펴보니 DVD다. '중앙역'과 '모터사이클 다이어리'였다. 중앙역을 이렇게 해서 어젯밤에 또다시 봤다.

겨울 그 속으로 깊이 들어왔다. 겨울을 싣고 가는 겨울 열차를 탄 셈이다. 매일매일 조금씩 더 낮아지는 기온 강하가 이곳 부산에서도 일주일째 계속되고 있다. 겨울은 겨울을 싣고 겨울 속을 달린다.

셋,

아궁이 상념

샛별이 등대

오늘은 『화성에서 온 남자 금성에서 온 여자』를 배낭의 바깥 포켓에 넣었다. 부산의 집에서 하동군 악양면 동매 마을 뒷산의 우리 차나무 언덕 밭까지는 165㎞다. 지속해서 다녀야 하는 길로서는 가까운 거리가 아니고 덜 걸리는 시간이 아니다. 그래서 시외버스를 자주 이용한다. 물론 시외버스를 이용할 때 만나게 되는 불편함도 여럿 있다. 그 가운데 가장 큰 것은 돌아오는 버스에 취객이 탔을 때이다. 술 취한 사람들이 큰 소리로 말하는 거 또 다니면서 말 거는 거, 시비 거는 거 이건 참 힘들다.

지난해 여름이 거의 끝날 무렵부터 개발한 나의 독서법은 '막무가내식 독서법'이다. 이때부터 출퇴근이나 시내 출입도 지하철을 많이 이용하기 시작했는데, 지하철 도착을 기다리는 짧은 시간이나 타고 가는 시간에 무조건 호주머니의 책을 꺼내 들기로 단단히 작정, 실행에 옮기고 있다. 시외버스 두 시간은 책 펼쳐 들기에 충분한 시간이다. 돌아오는 버스 두 시간은 책 읽는 데 쓰지 못한다. 차내 불이 어두워서다.

버스 안 독서를 위한 책은 우선 크기도 좀 작아야 하고 부피도 가벼워야 한다. 두 시간 안에 읽어낼 분량의 책이면 좋다. 하지만 시집이나 수필집, 소설집 같은 책 말고는 두 시간 안에 다 읽어내지 못한다. 다 못 읽으면 차밭 길뫼재에서 다 읽고 돌아온다. 그렇게 할 예정이다. 이번에도 하동행 버스 안에서 부지런히 읽었지만 다 끝내지 못했다.

길뫼재의 그날 밤은 눈 내린 밤이었다. 정적이 소리처럼 지배하고 있는 밤중에 눈 소리 듣느라고 책을 못 펼쳤다. 뒷날, 마저 읽어내고 하동읍으로 나가는 버스를 타기 위해 배낭을 챙겼다. 재미있었다. 이해가 잘 되었다. 페이지가 잘 넘어간 책이었다. 앞으로는 이미 가지고 있는 책 중에서 미처 못 읽었거나 대충 읽은 책을 가지고 버스를 타기로 했다. 그리고 아무래도 철학 관련 책이 서가에 많으니 그런 책 중에서 가능하면 원전을 배낭에 넣기로 했다.

화성에서 온 남자와 금성에서 온 여자의 대화법을 다루는 이 책은, 산 지는 제법 오래되었는데 서가에 꽂힌 채 읽어야지, 읽어야지 하는 중에도 뒷순위로 밀리고 있던 책이었다. 이 책에 관한 정보를 매스컴 등에서 보고 산 책은 아니었다. 어떤 내용이라는 대충 정보는 있었지만 '금성'이라는 별 이름 때문에 더 끌린 책이었다.

이 책의 저자는 본디 남자는 화성인이고 여자는 금성인이기 때문에 둘 사이의 언어와 사고방식은 다를 수밖에 없다는 전제에서 출발한다. 저자는 이 책에서 남자와 여자가 인생의 모든 영역에서 어떤 차이점을 보이는지를 설명한다.

남녀는 의사를 전달하는 방법이 서로 다를 뿐 아니라, 생각하고 느끼고 지각하고 반응하고 행동하고 사랑하고 필요로 하는 것에 이르기까지 모든 것을 달리하며 어떤 때엔 언어도 다르고 환경도 다른, 서로 다른 행성에서 온 것처럼 느껴지기도 한다.[19]

그러면서 저자는 이 책을 통해 가장 중점적으로 배워야 할 것은 남녀의 차이에서 야기되는 문제들을 해결하는 실제적인 방법들이라고 말한다. 그래서 이 책은 남녀의 심리적 차이를 분석해 놓은 이론서일 뿐 아니라, 사랑하는 관계를 끌어내는 방법을 소개한 실제적 지침서이기도 하다.

시골에서 자란 나는 별을 보면서 자랐다. 특히 과수원 속 외딴집에서 산 나는, 동네 가운데 사는 아이들보다 별을 더 많이 봤을 것이라고 짐작한다. 중학교까지의 소년 시절, 근 십리 길을 밤이면 밤이어서 읍내 성당에 가고, 새벽은 또 새벽이어서 새벽 미사 길을 걸어 다녔다. 밤에도 새벽에도 별빛을 방해할 전깃불 같은 것은 길 주변에 없었다. 읍내까지 길 주변에 마을도 없었고 마을이 있었다 해도 전기가 아직 들어오기 전이니, 별빛을 방해할 수 없었다.

별, 실컷 보면서 자랐다. 칠흑의 과수원 나무들 사이에서 보이는 별빛이란, 쏟아져 내리는 별들이란, 그리고 북두칠성 또 그 아래의 샛별이란…. 샛별은 금성이었다.

그리고는 별을 잊고 살았다. 서울 하늘, 부산 하늘에서 별을 보기는 쉽지 않았다. 물론 집을 떠나서 새우는 시골의 밤이나 산골의 밤, 어촌의 밤에 별은 빛났다. 잊고 있던 별, 샛별의 의미를 그때 회복하

19) 존 그레이 지음, 김경숙 옮김, 『화성에서 온 남자 금성에서 온 여자』, 친구미디어(2003), 19쪽.

기도 했다. 그러나 그것도 잠시, 나는 금방 일상으로 돌아와 일상인의 삶에 묻혀가고 있었다.

그게 금성이든 화성이든 별을 제목으로 가진 책이 어디 이 책뿐이겠는가만 샛별을 뜻하는 금성이 제목으로 나온다는 그 이유 하나만으로도 나는 이 책을 샀었다. 그리고 '금성에서 온 여자'라는 말에 호감이 갔다. "샛별아 등대란다. 길을 찾아라"라는 동요도 있다. 밤길의 밤이건 외딴 우리 집의 떨어져 있는 통시에 다녀오는 밤이건, 하늘의 샛별은 수호천사였고 희망의 표지였다. 지리산 산기슭 악양의 동매 마을의 밤에 샛별을 찾기 위해 아직 나는 밖에 나와서 서보지 못했다. 칠흑의 밤에 여기 혼자 와서 있을 때 밖에 나와 서는 것이 아직은 좀 두렵다.

불쑥 편을 보고 "샛별!" 하고 불렀더니 어리둥절해 한다. 나의 엉뚱한 소리를 자주 들으면서 사는 편은, "또 무슨 소리? 틀림없이 쓸데없는 소리"라고 여기는 눈치였다. "등대!"라고 했더니 아예 포기한 듯한 표정을 짓는다. 손에 들고 있는 이 책에 "샛별이 등대란다. 길을 찾아라"라는 말은 없었다. 그래도 나는 그 책을 손에 든 채 편을 보고, "샛별이 등대라고 하니 남은 인생길 안내 잘해주심이!"라고 한마디 더 했다. 나의 이 말을 들은 편의 얼굴엔 냉소기가 좀 보였다.

사방 울타리의 가시나무들

그 옛날 우리 집 과수원의 울타리는 네 종류의 나무로 이루어져 있었다. 집을 중심으로 보았을 때 북쪽은 큰 소나무, 신작로와 인접한 동쪽은 다 자란 아까시나무, 남쪽에는 무궁화 그리고 서쪽에는 탱자나무가 울타리를 이루고 있었다.

무궁화, 난 아직 우리 집처럼 그렇게 큰 무궁화나무가 또 그렇게 많이 피어있는 집을 어디에서도 본 적이 없다. 꽃이 피었을 땐 무궁화 울타리가 하얀색과 분홍색으로 환했고 꽃이 지면 바닥은 떨어진 꽃송이가 쭉 깔리다시피 수북했다.

탱자나무 울타리는 한참 길었다. 탱자나무 울타리는 품고 있는 열매뿐 아니라 이고 있는 것들도 많았다. 밤을 따다고 던진 돌멩이들이나 떨어진 밤알 혹은 밤송이들을 머리에 이고 있었다. 더러는 연이 걸려있기도 했다. 긴 줄기의 식물들이 뻗쳐 있기도 했고. 탱자나무가 탱자만을 품고 있는 것은 아니었다. 그래서 탱자나무 울타리는 방어의 울타리였을 뿐 아니라 포용의 울타리이기도 했다. 꽃의 흰색은 치자꽃이나 박꽃과 더불어 옥양목의 푸른 듯 흰색이었다.

우리 마을이나 그 마을 너머에 있는 초등학교로 가려면 탱자나무 울타리 틈새로 드나들어야 했다. 서서 통과했으니 개구멍은 아니었지만 그래도 일종의 개구멍인 셈이었다. 드나들 때 책보나 옷이 더러 찢겼다. 살도 찔렸고. 찢기고 찔리는 것은 고통이었다. 하지만 인제 와서 생각하니 그것은 탱자나무의 나에 대한 말 건네기 방식, 즉 언어였다. 탱자나무 가시가 찌르지 않으면 간지럽힐 것인가. 탱자나무 가시는 찔러서 자기 의사를 표시하는 것 아니겠는가. 6년을 그렇게 넘나든 후 초등학교를 졸업했으니 나와 탱자나무가 이룬 교감의 세월은 제법 길다. 울타리 그 틈새로 삶은 고구마나 옥수수 그리고 알밤이 수없이 통과했다. 그리 보면 탱자나무 울타리는 또한 통증과 더불어 인정(人情)의 울타리이기도 했다. 아픈 만큼 성숙한다고 했으니 나 또한 많이 찔렸기로 이렇게 큰 모양이다.

가시 달린 가지가 서로 엉켜 들면서 자라는 탱자나무는 울타리로는 제격인 나무다. 다녀 본 여러 곳의 공간들 울타리를 헤아려 보면 탱자나무 울타리인 경우가 많았다. 그렇다면 울타리 하면 먼저 떠오르는 게 탱자나무 아니겠는가.

악양 동매리의 우리 차밭 언덕 서쪽 도랑 둑에도 탱자나무를 심었다. 연 이태 동안 탱자를 통째로 심었는데 싹을 틔워 잘 자라고 있다. 지난해에 심은 것은 제법 튼실하고 올해 심은 것은 여리고 여리다. 입구 쪽 둑엔 차나무를 심었다. 말하자면 차나무 울타리와 탱자나무 울타리가 더불어 조성되고 있는 셈이다. 틈이 보이지 않도록 빽빽이 심었다. 하지만 아무리 빽빽하다 해도 나중에 개구멍은 개구멍대로 또 만들어질 것이다.

동쪽을 지키던 아까시나무 울타리, 길이로도 다른 울타리에 지지 않았지만 넓이로는 단연코 최고였다. 그래서 화목용으로 베어낼 때

베어진 아까시가 아주 많았다. 화목 아까시, 가시가 있어서 베어낼 때도 아궁이에서 불을 땔 때도 고통이 따랐다. 그런데 우리가 '아카시아'라고 부르는 그것이 '아까시'인 줄은 중년을 훨씬 지나서였다. 아카시아는 이 땅에 없고 아프리카 등지에서 거목으로 자라는 나무라고 한다.

아까시나무는 정상적인 숲의 반열에 서지 못하고 숲이 교란되거나 망가진 곳에서 집단을 키운다. 망가진 곳에서 자리를 잡은 아까시나무는 배타적 군락을 형성한다. 다른 나무 군락에 저항하던 아까시가 말이다. 아까시나무는 안정된 숲으로의 이행이 이뤄져야 할 때도 고집을 피움으로써 부정적 국외자의 기질을 드러내는 나무다.

가시가 달린 나무들을 가시나무라고 할 때 가시나무들은 언제 보아도 전투태세다. 아까시나무도 그중 하나다. 아까시의 가시는 탱자나무 가시보다 덜 단호하게 보이지만 다 여물었을 때는 그 단단함이 탱자 가시 못지않다. 그 잎을 뗄 때 따라 떨어진 순의 가시는 토끼의 입에도 부담이 안 될 만큼 부드럽지만 그렇다고 그 가시를 만만하게 볼 것은 아니다. 한창때의 잎은 하도 무성해 아까시의 전투 모드를 위장 시켜 준다.

잎들이 떨어졌다. 깊어가는 가을이다. 진주의 유서 깊은 호수인 금호지 물가의 아까시나무 가시들이 잔뜩 긴장해 있다. 잎이라는 보호막이 다 제거된 후의 노출된 가시들 모습이 그렇게 보인다. 잎은 남김없이 졌다. 그래서 적나라한 몸체이다. 무장해제당한 긴장이 나목에서 역력히 보인다. 그러면서 얼핏 평화스러운 분위기, 겨울 물가의 평화스러움도 연출한다.

겨울의 나목은 계절이 주는 평화를 상징한다. 그렇다면 '적나라'는 평화와 통하겠다는 데까지 생각이 발전한다. 뜬금없이 앞으로만 나아가는 게 또 '생각'이라는 생각이 든다.

그 옛날 우리 집 과수원의 아까시나무 탱자나무 등 가시나무 울타리가 생각난다.

아궁이 상념

새벽의 부산 우리 집 백양산 산행에서 가끔 길을 이탈한다. 조금만 벗어나도 마른 나뭇가지가 널브러져 있다. 그것들 몇 개를 주워본다. 주운 것 중 긴 가지는 분질러도 본다. 한 단을 모아도 그것으로 불을 땔 아궁이가 아직 없다.

아궁이를 상상한다. 유소년 시절의 우리 집 아궁이를 이미지로 불러온다. 부르니 아궁이 앞의 그 고생도 함께 딸려온다. 그때 땔나무는 품위 있는 장작이 아니라 뾰족뾰족 가시들이 침을 세울 대로 세우고 있는 아까시나무들이었다. 집 뒤의 굴뚝으로 나가는 것이 아니라 아궁이로 토해내는 연기는 '아궁이 고생'의 보증수표였다.

어린 마음에도 아궁이 앞에서 불을 때며 앉아 있을 때는 마음의 평화가 있었다. 잡념이 있을 수 없었다. 불길의 움직임에 눈도 손도 마음도 따라 움직여야 하므로 잡념이 찾아올 구멍이 없었다. 아주 많이 가끔이기는 하지만 장작으로 불 땔 때는 신나기도 했다. 장작 위에서 춤추는 불은 우아하기조차 했다. 아궁이의 불 앞에서 게으른 상념에 젖어 들기도 했다.

아궁이 앞 그 상념을 그림으로 그려 본다. 당연히 추운 겨울이다.

어스름하게 어두워지기 시작할 때이다. 전기는 없다. 아궁이에서 장작이 타닥타닥 타들어 간다. 겨울 밭에도 할 일은 있다. 외딴 밭뙈기에서 홀로 일하던 농부가 도착하여 쬐게 될 장작불이 주게 될 아궁이 앞의 정경, 아늑하고도 따뜻한 평화로움이다. 그 농부는 나다.

아궁이의 불이 꺼지면 산골은 고요와 침잠의 늪에 빠진다. 그 속에서 또 소리가 들린다. 물론 겨울이니까 겨울의 소리이다. 봄엔 봄의 소리, 여름엔 여름의 소리, 가을엔 가을의 소리…. 밤, 밤송이 떨어지는 소리, 더러는 퉁 하고 들리는 감 떨어지는 소리, 그리고 밤도 감도 떨어지고 나면 밤 잎, 감잎 돌아누우며 서걱대는 소리!

소리는 들리는 것일까? 듣는 것일까? 떨어지는 감 소리를 지나가는 사람이 들었을 수도 있고 못 들었을 수도 있다. 감이 떨어졌으니 소리는 물리적으로 분명히 발생하였는데, 심취하는 일이 있어 아니면 마음의 창고가 사념으로 가득 차 있으니 틈새가 없어서 떨어지는 감 소리를 못 들었을 수도 있다.

들고자 하는 의식의 여부나 마음의 틈새가 소리의 존재를 좌우하는가. 소리를 들을 수 있다는 것은 소리가 발생하는 객관적인 현상과 그것을 소리로 지각하고 인식하는 주관적인 현상에 기인한다. 그러므로 소리란 객관적인 물리 음과 주관적인 심리 음으로 정의할 수 있으며, 항상 두 가지의 관점에서 소리에 접근하는 것이 필요할 것 같다.

툭, 탁…. 소리가 들린다. 사람? 짐승? 적막하다. 기척은 없다. 동매리 마을 뒷산 기슭의 적막한 이곳 나의 농막 길뫼재에서 혼자 밤을 지새울 때 처음에 소리는 긴장을 불러왔다. 동반 견인 범이와 호비가 함께 하는 지금도 겨울밤의 소리엔 귀가 예민해진다. 지금은 많이 누그러졌다. 그래도 적막 속에서 귀를 거두지 못하는 연유는 내가 혼자 있기 때문이다. 귀를 세우고 오래 있어도 고요하고 고요하다. 툭탁 소리의 정체는?

일어나 창 쪽으로 다가가 본다. 안도 어둡지만, 밖은 어두워 아무것도 보이지 않는다. 귀를 기울인다. 조용하다. 망설이다가 문을 열고 밖으로 나선다. 주위를 살핀다. 바로 앞은 마을이고 저 앞은 악양 들판이다. 왼쪽엔 칠성봉, 구재봉이 있고 오른쪽엔 형제봉, 신선대가 있다. 왼편 바로 옆엔 밤나무 숲, 떨어진 밤나무 잎들은 바람에 시달리는 소리를 내고 미처 떨어지지 못한 잎들은 떨어짐을 두려워하는 듯 아니면 어서 빨리 떨어지려는 듯 앓는 소리를 낸다.

범이와 호비가 자다가 일어나 기지개를 켜며 꼬리를 흔든다. 둘이 있어서 밤이 든든하다. 하지만 안으로 들어와도 밖의 소리가 주는 긴장은 아주 많이 가시지는 않는다.

나의 농막인 길뫼재 이곳에 아궁이는 아직 없다. 대신 화덕은 있다. 잘라낸 과일나무 가지들을 모아 두었다가 다 마른 겨울에 태우는 화덕이다.

그때는 왜

그야말로 그 옛날 초중등 시절, 귀했던 게 어디 한 두어 가지였으랴만 그 가운데 비누도 귀한 물품 중의 하나였다. 세숫비누는 아주 귀했고 누러스럼한 빨랫비누도 귀했다. 그나마 비누 그릇에 담겨있던 건 색깔이 너무 진해서 검정에 가까운 진초록색 비누였다.

그 옛날의 우리 집 사물들을 머릿속에서 그려 보면 여지없이 그 비누 그릇이 떠오른다. 지금에 와서 알고 보니 그건 양잿물과 등겨를 섞어 만든 거라고 한다. 어째 그때 그 비누를 쓸 때 꺼끌꺼끌한 거 같은 게 나오더라니. 진초록이다 못해 검게 보이기까지 하던 흑 초록 그 비누, 지금에 와서 손으로 잡아 보려고 하니 실물은 고사하고 사진으로도 찾기지 않는다. 그 비누가 그립다. 거품도 잘 나지 않던 그 비누, 그 비누를 매개로 그때의 나를 되돌아본다.

초등학교 3학년 전후에 형성된 내 마음의 상흔이 몇 개 있는데 그 중 복통과 야뇨와 설빔 와기 화재 그리고 콧구멍에 박힌 감과 중학교 등굣길의 담배꽁초 등은 충격파가 아주 컸던 사건들이었다. 그 일들이 회상된다.

먼저 설빔 와기 화재 사건, 그때는 남자아이의 겉옷 상의를 와기라고 했다. 그 시절 1950~60년대는 일본 말의 잔재가 많이 남아 있던 때다. '우와기'가 '와기'로 바뀐 거라는데 이는 일본식 복식 용어라는 것이다. 그런데 우아기는 순우리말이라는 견해도 있었다. 아무튼 어머니가 사준 새 와기를 집 앞 못 둑에서 불장난하다 어깨 부분을 태웠는데 그걸 누나의 도움으로 고리짝에 감추고는 발각될까 봐 그 겨울이 끝나고 한참 후까지 마음을 졸였다. 식구 많은 집의 살림 꾸리느라고 어머니는 끝까지 나의 새 옷 없어진 것을 눈치채지 못하셨지만, 그 사건은 내게 그 후로도 오랫동안 내 마음에서 트라우마의 하나로 남아 있었다.

감꽃이 지고 나면 생겨서 크기 시작하는 감이 처음엔 콩알만 하다가 곧 눈깔사탕만 한 크기로 된다. 그런 감은 일종의 놀이기구였다. 그런 감을 가지고 콧구멍에 끼우는 놀이를 하다가 그만 한쪽 콧구멍에 깊숙이 밀어 넣고 말았다. 끄집어내려고 하면 할수록 더 안쪽으로 들어갔다. 지금 같으면 이비인후과로 데려가 그걸 끄집어냈겠지만 그때는 그런 것을 상상도 못 할 시절, 그게 콧구멍 안에서 쭈그려질 때까지 그 상태로 기다릴 수밖에. 보름 혹은 한 달여 동안 나는 극도의 공포 속에 빠져 있었다. 초등학교 입학 전의 얘기다. 내 지금 나이가 나이이니만치 그때 그 콧구멍 감 사건이 이제는 아련하게 회상된다. 그때는 왜 그랬던지, 왜 그렇게 공포에 떨었던지.

그때는 왜 그렇게 배가 많이 아팠던지. 복통은 내 유소년 시절을 내내 지배하고 있던 검은 그림자였다. 어느 학년엔가 배가 아파 학교에 도통 가지 못한 때도 있었다. 그때 생각으로는 그걸로 난 공부는 이제 끝인 줄 알았다. 하지만 장기 결석 후 가기 싫은 학교를 끌려가다시피 가야 했던 건 끔찍한 고통이었다. 그때가 몇 학년 때였는지 또 결석일수가 얼마 정도였는지 두고두고 궁금해서 여러 해 전에 우리 대학의 이웃 고등학교 행정실에 부탁하여 초등학교 생활기록부를 발급받아 본 적이 있다. 생활기록부를 보니 3학년 때 한 달 정도 연속 결석이었다. 그런데 지금 그 죽기보다 가기 싫었던 학교가 내 직장이다. 역설…. 인생은 자주 역설이 지배하기도 한다.

중학교 다닐 때까지 그렇게 아프던 배가 그 이후로는 지금까지 씻은 듯이 아프지 않다. 그렇게 된 데에는 참새와 할미꽃 뿌리의 덕이 컸다고 한다. 그래서 난 참새야말로 내 생명의 은인이라고 여기고 있다. 유아 때, 가망이 없어 방구석에 방치해 둔 나를, 지나가던 노인이 보고서는 참새를 고아 먹여보라고 해서 고아 먹였더니 거짓말처럼 기사회생했다는 사실이다. 전설의 고향에나 나왔을 법한 얘기지만 어머니와 큰형님이 지속해서 증언해주는 걸 보면 사실인 것 같다.

복통을 앓는 내게 어머니는 할미꽃 뿌리를 고아서 만든 단술, 요즈음 말로 하면 식혜를 내게 약 삼아 먹였다. 그걸 나도 생생히 기억하고 있다. 이건 중학생일 때의 일. 그래서 그랬는지 모르지만, 그 이후로 복통은 내 사전의 용어가 아니게 되었다. 나는 사이버 공간에서의 내 닉네임에 '참새'와 '할미꽃 뿌리'를 포함하고 있다.

그때는 짜구라는 별명이 왜 그렇게 싫었던지. 집에서 부른 내 별명은 짜구와 눈쟁이였다. 하도 못 생겨서 짜구라고 불렀다고 한다. 날이 무딘 작은 도끼가 짜구다. 짜구는 아마 나무를 깎아 다듬는 연장인 자귀의 사투리로 생각된다. 저 시절 난 나 자신도 못난이라는 생각했다. 청년 시절까지도 난 용모에 자신이 없었다. 특히 찍은 사진을 보면 머리도 옆으로 기울어지고 얼굴도 측면으로 돌려 있는 자세인지라 그런 내 사진 보기를 아주 싫어했다.

그리고 또 다른 별명은 눈이 작다고 해서 눈쟁이였다. 사실 큰 눈을 눈쟁이나 왕눈이로 부르는 경우가 대다수인데 눈이 작은 내가 왜 눈쟁이로 불렸는지 모르겠다. 송사리의 어린 치어가 눈쟁이인 이유도 눈이 커서 그렇게 불리게 된 거라는데. 눈이 작다는 콤플렉스와 못생겼다는 콤플렉스에 나는 오랫동안 사로잡혀 있었다.

그때는 왜 그렇게 오줌을 이불 속에서 자주 쌌던지. 나는 자랄 때 오줌을 많이 쌌다. 자고 일어나면 바짓가랑이가 자주 젖어 있었다. 아무리 안 싸려고 해도 속수무책이었다. 오줌 싸는 아이 즉 오줌쟁이라는 의식이 주는 열등감은 작지 않았다. 그래서 늘 자신이 없었다. 특히 진주 봉래동의 외할머니댁이나 우리 과수원집 저기 아래 여무다리라고 불렸던 사거리의 친척 할아버지 댁, 그 할머니는 일본인이었는데, 그 댁에서 잤을 때 오줌을 쌌던 일은 잊히지도 않는다. 깔고 잤던 요가 내 오줌으로 젖어있는걸 발견하는 일은 죽고 싶을 만큼 창피하고 싫었던 일이었다. 그런데 그 야뇨증도 중학교 진학 이후로는 씻은 듯이 사라졌다.

그때는 왜 그렇게 입을 다물었던지. 집에서나 교실에서 나의 '말 안 하기'는 자폐증 환자 수준이었다. 요새 나 보고 말 못 한다고 하는 사람은 없다. 하지만 내가 유소년 시절에 자폐증 환자 수준이었다고 말하면 믿으려는 사람 또한 없다. 회상해 보면, 그러니까 3~4학년 때 담임선생님께서 출석을 부르시는데 "예"하는 그 발음도 거의 하지 않아서 빗자루로 얻어맞던 기억이 생생히 살아 있다. 좀 과장해서 말하면 그 학년엔 유달리 내내 맞았다.

한 번은 선생님께서 내 입을 꼭 열고 말겠다고, 그러니까 출석 부를 때 "예"하는 대답을 듣고 말겠다고 아침 교실 조회 내내 나를 빗자루로 팼던 기억이 있다. 난 맞으면서도 끝까지 입을 열지 않았다. 내가 이기고 선생님께서 진 것이다. 그 선생님이 그립다.

아버지가 부를 때에도 "예"하지 않고, 부르면 옆에 가서 서 있기만 했다고 한다. 훗날 어머니가 내게 그때 왜 그랬느냐고 묻곤 하셨는데 그 물음에 난 대답할 수 없었다. 왜? 내가 왜 그랬는지 그건 나 자신도 알 수 있는 일이 아니었으니까. 그래서 아버지께서는 "요놈은 벙어리가 되려나 보다"고 생각했더라는 말씀을 후에 하셨다고 했다. 그걸 나도 들었던 것 같다.

그때는 왜 그렇게 까불었던지. 그런데 교실이나 집 밖에만 나오면 나의 태도가 많이 달라졌다. 까불기 시작한 것이다. 내 장난기와 모험심은 또래 동무들보다 좀 앞섰었다고 생각된다. 폐쇄된 공간 그러니까 집과 교실은 나의 입을 닫게 했지만 못 둑이나 하굣길은 나의 입을 열게 했다.

특히 중학생 때 등굣길에 버려진 담배꽁초를 들고 두 놈이 장난치다가 그 사실이 선생님에게 알려져 "퇴학일 수 있다"고 협박에 가까운 꾸중을 들으면서 교무실 밖 복도에서 두 손 들고 꿇어앉아 벌 받은 일은 장난 때문에 큰코다칠 뻔한 일이었다. 담배꽁초를 입에 댄 게 아니라 손가락 사이에 끼워 까분 거였는데.

그 충격 때문이었을까. 나는 그 이후로 내가 피우려고 담배를 사 본 적이 거의 없다. 내가 하는 말이 우습다는 말을 난 초등학교 시절 그때부터 많이 듣고 자랐다. 하지만 까분다고 남의 무밭에서 무를 뽑거나 참외 서리를 하지는 않았다. 어른들로부터 '범생'으로 인정받았는지 그건 모르겠지만, 일탈하지는 않았다는 기억은 되돌아봐도 생생하다.

그때는 왜 그렇게 그랬던지. 그때 그랬던 그것들이 그때는 싫었거나 고통이었지만 지금에 와서는 지평선 저 먼 곳의 아련한 그리움이다. 내게도 이제 세월의 켜가 많이 쌓였다.

밤나무 그늘 덕석의 의사 지바고

.

.

늦겨울 그러니까 초봄의 작은 방 윗목은 고구마 묘판 차지였다. 고구마 순 기르는 일이 중요하다고 묘판에 아랫목을 내어줄 수는 없는 일, 그래서 늦겨울 초봄의 방은 고구마 순 묘판이 거의 반을 차지했다.

그 방에서 자라는 고구마 순을 보면서 피어오르는 꿈을 키웠다. 기다란 나무판자로 칸을 지르고 흙을 깐 다음 씨고구마를 바닥에 놓은 후 다시 흙을 덮어 묘판을 완성한다. 그 다음 순에 물을 주며 다 자란 순을 뽑아서 밭에 심는다. 그때 작은 방의 온상에서 고구마 순을 뽑아내시던 아버지의 손이 눈에 선하다.

우리 집 과수원 안에는 밭이 많았다. 그 밭을 온상에서 뽑아낸 고구마 순으로 채우는 노동은 그때 감당하기 어려운 노동이었지만 그래도 작은 방의 고구마 온상은 꿈의 온상이었다.

아버지가 한잔하고 귀가하시는 날에는 성당의 성가와 교리를 아버지 앞에 앉거나 서서 배우고 불러야 했다. 그렇게 하는 아버지를 어머니는 무척 싫어하셨다. 출근하는 아버지의 자전거에 내가 제일 많이 탔다. 면사무소에 출근하실 때 혼자 타고 가기도 어려운 길을 나를 등짝에 붙이고 논길을 잘도 가셨다.

서울의 동성고보 출신인 아버지는 우리 면에서 단연코 최고 지식인이었다. 아버지는 면사무소에서 부면장으로 근무하셨는데 내가 다닐 때 우리 초등학교 육성회장과 사친 회장을 겸하시기도 했다. 입학식이나 졸업식 때 조회 단상에 올라 축사도 하셨다.

초등학교 때 아버지는 여름에 밤나무 그늘의 덕석에서 소설 『의사 지바고』 이야기를 내게 두어 번 해주셨다. 하지만 하나도 알아들을 수 없었다. 인지(認知)도 잘 안 될 뿐 아니라 발음도 무척 어려운 이름의 저자가 쓴 그 책을 내가 읽겠다고 펼쳤지만, 페이지가 제대로 넘어가질 않았다.

동화책도 아니고 생소한 당시 소련의 소설을 읽어낼 능력이 초등학생에게 있지 않은 건 너무나 당연지사. 『의사 지바고』가 노벨 문학상에 지명된 해가 1958년이고 이때 나는 초등학교 5학년이었으니 이 소설이 노벨상 이후 바로 번역되었다고 해도 1959년쯤일 거다. 그때 그 책은 표지에 아무런 도안이 없이 그냥 흰색이었던 것으로 기억된다. 그땐 '닥터 지바고'가 아니라 '의사 지바고'였다.[20]

1960년은 내가 중학교 1학년생일 때이데 이때 아버지는 소위 3.15 부정선거에 비협조한다는 이유로 선거 직전에 압력에 의해 면사무소를 떠나야 했다. 그해는 격변의 해였다. 당시 조병옥 야당 후보가 갑자기 사망하고 3월 15일에는 3·15 부정선거가 자행되었다. 이어 마산의거와 4·19학생 혁명, 이승만 대통령의 하야가 이어졌다. 이런 와중

---

[20] 지금에 와서 알게 된 사실은, 러시아에서 닥터는 군의관이고 의사에 해당하는 용어는 따로 있다고 한다. 그래서 소설 속의 지바고는 군의관이니까 의사 지바고 보다는 닥터 지바고 번역이 원제에 더 부합한다고 한다.

에 면사무소를 떠난 아버지가 그런 소설책을 들고 나에게 풀이해 줄
겨를이 있지 않았을 것이다. 그래서 내가 의사 지바고와 만난 해는
1959년 초등학교 6학년 때일 것이다.

그 책을 폈을 때 등장하는 인물들의 이름은 보리스 파스테르나크
라는 작가 이름보다 하나도 덜 어렵지 않았다. 그리고 그 내용도 내
가 알아들을 수 있는 정도의 것이 아니었다. 그래도 다 읽었다. 하지
만 설령 다 읽었고 또 아버지가 해 주시는 설명을 들었다고 해도 정
말로 제대로 읽었고 제대로 알아들었겠는가만 그래도 그때 그렇게
했다는 자부심은 지금도 크다. 그때의 완독 행위는 내 자부심의 바
탕이 되었다. 만일 내게 문학적 역량이 조금이라도 있다면 그것은 아
버지의 책 이야기 등의 영향이다. 아버지는 영어 과외, 수학 과외도
가끔 직접 해주셨다. 그때 아버지 교리 이야기는 지금 생각하면 철학
담론이었다.

소설은 전환기의 역사 속에 놓인 유리 지바고라는 한 인간의 삶과
그 의미에 관한 것이다. 저자는 영원한 러시아를 상징하는 여성 라
라에 대한 그의 사랑과 자연과의 교감, 시대의 편승자와 낙오자로 구
분되는 수많은 인물, 그들의 운명을 통해 혁명과 사회주의의 현실에
대한 환멸, 종교적인 새로운 원리에 대한 동경 등을 형상화한 작품이
다.[21] 영화는 한국에서 1965년에 개봉했고 1978년에 또 재개봉했다.
나는 재개봉 때 본 것 같다.

내재(immanence)와 초월(transcendence), 내재란 삶의 현실을 말하

---

21) 보리스 레오니도비치 파스테르나크 지음, 『닥터 지바고』, 드림북(2015), 11쪽.

고 초월이란 딛고 일어서는 거, 극복하는 거, 척박한 현실에 매몰되지 않고 무지개를 바라보는 거 그런 것을 말할 것이다. 그렇다면 아버지가 해주신 의사 지바고 소개는 비록 들을 땐 뭐가 뭔지 도통 알지 못했지만(내재적 현실), 그래도 뭔가가 내 머릿속에 들어온 것 같은 지적 포만감과 함께 두 발로 바닥을 차고 하늘로 날아오르는 백조(초월적 이상)를 꿈꾸게 하는 초월의 실마리였다.

닥터 지바고를 다시 읽고 보려고 책과 영화를 샀다. 덕석은 사지 않았다. 밤나무 그늘의 그때 우리 덕석, 그때 삶의 수준으로는 앉거나 눕고 책도 읽을 최상의 자리였다.

옆집 누나 금순이

어린 시절의 우리 집은 동네와 떨어져 있었다. 집이 과수원 속에 있었는데 그 경계선에 면적이 더 큰 땅을 가진 이웃집이 있었다. 밭도 아니었고 나무가 심겨 있는 것도 아니어서 그냥 땅이라고 지칭했다. 거리상으로는 우리 집과 좀 떨어져 있었지만 두 집뿐이었으니 당연히 이웃집이었다. 동네에서 제법 멀리 떨어져 있는 단 두 집이니 잘 지내야 하는데 좀 그러지 못한 면이 있었다. 시골에서 이웃집은 가깝고도 먼 사이인 것 같다. 그건 국가도 마찬가지인 듯. 우리나라와 일본의 사이를 보면 알 수 있다. 그 집은 길이 없어서 우리 땅을 밟지 않고는 출입을 할 수 없을 정도로 드나드는 데 어려움이 많았다.

그 집에는 먼 친척뻘 된다는 여성이 있었다. 우리는 그분을 누나라고 불렀다. 그 당시 내 나이는 아마 열 살 전후였고 그분은 스무 살 그 이상이었는데 그 집에 밥을 해주며 입을 해결하고 사는 것 같았다. 어린 시절 그런 처지의 누나나 아이를 어른들이 '정지 가수나'라고 부르던 것을 들은 기억이 있다. '가시내'를 '가수나'라고 했다.

물론 투박한 사투리다. 실제로 누나라고 불렀는지는 기억에 없다. 그 누나는 격리된 그 집이 외로웠고 일도 힘들었고 또 그 집 사람들과 뜻도 덜 맞았는지 우리 집에 자주 와서 하소연하고 가곤 했다. 그 집하고 우리 집 관계도 좀 소원했으니까 그가 주인집 눈치 안 보고 우리 집에 들락거리는 것이 쉬운 일은 아니었지만 그래도 자주 들르는 편이었다. 그 누나 이름이 금순이었다. 그 누나, 그 이후로 전혀 모른다. 사람 좋게 생겼던 그 누나 얼굴은 희미하게 살아있다.

6월의 부산 독서아카데미에서 읽을 책은 『흥남 부두의 금순이는 어디로 갔을까』였다. 이 책은 대중가요 평론가인 이영미가 대중가요를 사랑하게 된 후 보게 된 한국 대중가요의 이모저모를 다룬 책이다.[22] 저자 이영미를 나는 자꾸 최영미로 읽는다. 최영미는 '선운사에서'를 쓴 시인이다. 아무튼 이날 독서토론회에는 부산 MBC의 대중음악 담당 PD가 와서 담론을 이끌었다. 토론회는 오래간만에 부산의 광안리 해수욕장의 바다 전망이 좋은 집에서 있었다. 노래하는 음향기기가 설치된 방이었다.

토론회를 마치고 바로 우리는 노래를 불렀다. 그리고 곧바로 시설이 좋은 노래방으로 다시 갔었다. 나는 '굳세어라 금순아'를 불렀다. 그리고 '안개'도 불렀다. 안개는 나에게 맞는 노래 또 음색이니 당신 노래로 해도 되겠다는 격려를 동석한 회원에게서 들었다. 사실 정훈희의 안개는 나에게 어려운 노래이다. 그리고 나는 노래 기교가 없고 소위 말하는 '박자 치'다. 그래서 덕담으로 들었지 사실로 듣지는 않았다.

---

22) 이영미 지음, 『흥남부두의 금순이는 어디로 갔을까』, 황금가지(2002).

푸른 빛의 항케지

저자는 이 책에서, '사의 찬미'에서 '교실 이데아'까지 대중가요의 가사를 통해 세상 바라보기를 시도한다. 저자는 대중가요야말로 대중의 사회심리와 욕망이 반영된 정신적 산물이라고 말한다. 그에 의하면 처음엔 트로트가 그 당시 신세대의 고급 예술이었다. 그런데 1960년대 이르면서 이른바 그 양식이 촌스러워졌다. 그 이유를 저자는 '향유 계층의 변화'에 따라 분석하고 있다. 금지곡과 건전 가요가 등장한 배경, 1970년대 청년문화의 등장과 함께 등장한 '포크'의 성격도 세밀한 가사 분석과 함께 읽어낸다.

오늘날의 가요에 대해 저자는 외국어와 욕이 난무하는 가사를 비판적인 시각으로 바라보면서도, 이 시대에 이르러서야 겨우 제 할 말을 노래로 나타낼 수 있는 시대가 왔음을 긍정적으로 바라본다. 이밖에 가요와 한복의 관계, 가사 속에 가장 많이 등장하는 나무 이름, 만화 주제곡에 관한 이야기 등 흥미로운 일화와 이를 분석한 글이 읽는 사람들에게 읽는 재미를 더해준다.

이 책의 제목이 된 '흥남 부두 금순이는 어디로 갔을까?'라는 장을 읽고 내 나름의 생각을 정리해 본다. (『흥남부두의 금순이는 어디로 갔을까』 61~70쪽)

악몽: 저자 이영미는 지속해서 꾸는 가장 무서운 악몽이 무엇이냐고 묻는다. 얘기를 나누다 보면 사람마다 지속해서 꾸는 악몽이 있다는 것이다. 물론 나도 이 견해에 동의한다. 저자는, 전후 세대인 자기가 그리고 얘기를 나누어 보니 자기 세대가 꾸는 악몽은 '전쟁이 나면 어쩌나?' 하는 것이라고 한다.

나도 그렇다. 그렇긴 해도 전쟁이 꿈에서 자주 나타나지는 않는다. 그것 말고 다른 두 개의 악몽이 나에겐 있다. 그 첫 번째는 입영 영장이 다시 나오는 거. 난 정확히 34여 개월을 전방 포병부대 작전지 휘소(FDC)에서 계산병(Computer)으로 복무했다. 훈련소 기간을 합치면 거의 정확히 36개월 복무다. 그런데도 제기랄, 아니 제기랄 정도가 아니라 지랄, 제대 이후 최근까지 입영 영장이 꿈에서 다시 나오는 것이다.

또 다른 악몽은 내가 아직 직장을 잡기 이전 상태로 있거나 직장을 어떤 이유에서인지 모르지만 떠나 있는 거. 이 경우는 영락없이 "집사람과 아이들은 어떻게 한담?"이라는 걱정이 가족의 얼굴과 함께 태산 같은 크기로 내 머리에서 부풀어 오른다. 나는 결혼할 때는 아직 직업적 신분이 보장되기 전이었다. 미래에 대한 불안감을 가진 채 주례 앞에 섰었다. 물론 편은 나의 그런 불안을 모르고 있었다. 다행히 결혼 후 바로 일자리가 안정되었다. 그때의 불안 심리가 지속해서 꿈으로 나타난 것일 것이다.

이 두 개 악몽 말고도 하나 더 있다 특정한 복장을 하고 생활하는 꿈인데 아직 입 밖에 내고 싶지 않아 묻어 둔다.

금순아, 어디를 가고: 저자의 분석에 의하면 이 노래는 남자의 관점에서 전쟁의 이별을 노래하는 것이다. 리얼리티와 구체성, 가사의 서사성이 장편소설 못지않고 극영화 못지않다. 함께 피난길에 오른 금순이가 여동생일까, 애인일까? 가사에서 분명히 짐작할 수는 없다. 잃어버리고는 혼자 왔다. 그 먼 부산까지. 흥남 부두 금순이는 어디에 있을까.

푸른 빛의 항케지

영도다리 난간 위에: 내가 가지고 있는 자부심 중의 하나는 영도 다리를 마지막으로 드는 날에 현장에 있었다는 사실이다. 개폐식 그 다리는 당시 부산의 명물이었다. 물론 다시 만들어 들고 있는 지금 의 개폐식 다리도 명물이고.

내가 그 다리를 마지막으로 드는 것을 본 것은 69년 4월 말경이라 고 생각된다. 논산훈련소로 입대하기 위해 휴학을 하고 서울서 부산 으로 내려왔을 때이다. 가는 날이 장날이라고 혼자서 영도다리를 걸 어 건너려고 가는데 구경꾼들이 몰려 있었다. 물어봤더니 마지막으 로 드는 영도다리 장면이라고 말해 주었다.

그 영도다리에 초승달 외로이 뜬 밤에, 두고 온 북녘이나 먼 고향 의 가족이나 애인을 생각하며 서 있을 남자를 상상하면 굳세어라 금 순아라는 이 노래가 절실하게 가슴에 온다. 다리를 마지막으로 들던 그때 서 있던 많은 사람들 중에 실향민도 여럿 있었을 것이다.

남북통일 그날이 되면: 가사를 보면 국제시장 장사치기 주인공 청 년은 금순이가 북에 있는 것으로 생각하고 있다. 가사가 처음엔 "북 진통일 그날이 되면"이었다고 한다. "그날이 되면," 이 부분에서는 선 율도 절실하게 상승한다. "손을 잡고 울어 보자. 얼싸안고 춤도 춰 보 자." 가슴 아프다.

저자에 의하면 이 노래의 정서 그러니까 이 시기 분단과 전쟁의 아픔을 다룬 트로트의 정서는 '절실함'이다. 그런 점에서 크게 공감 을 얻는다. 하지만 또 저자에 의하면 이 시기 대중가요가 체험적 절 실함을 가지고 있지만 '반공'이라는 이데올로기의 한계를 가질 수밖 에 없었다는 점에서 한계도 크게 가지고 있다. 이 당시의 노래들 그 하나하나는 절절하고 진실하지만 모아 놓고 보면 획일적 이데올로기가 여실히 드러난다는 것이다. 그래서 대중가요로서의 진실성이 그 한계를 보인다는 것이다.

이 글을 써둔 지는 오래되었는데 최근의 영화 '국제시장' 때문에 다시 꺼내 보게 되었다. 그리고 '굳세어라 금순아' 노래와 책 '흥남 부두의 금순이는 어디로 갔을까'를 다시 생각하게 되었다.

흥남 부두의 금순이는 어디로 갔을까? 나의 10대 때 이웃집 그 누나 금순이는 또 어디로 가고? 흥남 부두 금순이도 유소년 시절의 이웃집 누나 금순이도 지금은 아마 이 세상에 있지 않을 것이다.

푸 른 빛 의   항 케 지

나의 강과 엔도의 깊은 강

나는 강가에서 살지 않았다. 그러나 반복해서 몸을 담근 강물은 있고 그 강변을 자주 걸었던 강은 있다. 나의 강 그 셋은 길호강과 남강 그리고 섬진강이다. 길호강은 내 소년의 강이고 남강은 청년의 강이며 섬진강은 지금의 강이다. 섬진강, 요즈음 나는 섬진강변 길을 따라 내 처소 길뫼재에 들락거린다. 남해고속도로 하동 나들목을 빠져나와 3번 국도에 들어서면 악양 초입까지 하동 섬진강과 나란히 달린다.

고교 3년을 진주에서 보낸 나는 '배 건너' 칠암동 남강변에 머물렀다. 그때 진주 사람들이 남강 건너 저쪽을 '배 건너'라 부를 때였다. 지금도 나는 칠암동 남강변의 경남문화예술회관 앞을 지나칠 때면 고교 시절 그때 내 강수욕 지점을 눈여겨보곤 한다. 지금은 '배 건너' 다섯 개 동 즉 칠암동, 강남동, 망경남동, 망경북동, 주약동 등이 천전동으로 통합되어, 그때 이름은 강물 따라 멀리 흘러 가버려 사라지고 없어졌다고 한다. 아쉽다.

세월이 흐를수록, 내가 나이를 먹어갈수록 더욱 그리워지고 마음에서 살아나는 강은 내 유소년의 강, 길호강이다. 길호강은 사천읍 두량리의 두량 못에서 발원하여 지금의 사천 공항 입구 가까운 지점에서 'U'자로 빙 돌아서는 내가 졸업한 초등학교 앞으로 흘러 사천만 중선포로 빠지는 강이다. 지금은 이름이 '중선포 천'으로 바뀌어 버린 내 마음의 강, 길호강.

7월 초순, 내가 지금 걷고 있는 강둑은 안동 구담마을 부근의 낙동강 새벽 강둑이다. 강둑이 넓기도 하고 길기도 하며 이루 말할 수 없이 곧기도 하다. 내 유소년의 강인 길호강에도 방죽이 있었다. 지금의 눈으로는 강이라고 부를 수 없을 만큼 좁았지만, 그때 눈으로는 크기만 크던 그 길호강의 방죽도 그래서 내 눈에 작은 방죽이 아니었다.

멱도 감고 잠수하여 떡조개도 캐내던 길호강, 하지만 성당이 있고 중학교가 있는 사천읍까지 이어지는 도로를 따라 강이 흐르고 있어서 건너편의 방죽에 자주 가지 못했다. 그쪽으로 가서 걸으면 이쪽으로 건너와 집으로 갈 다리가 너무 멀리 있었기 때문이다.

그 강의 다리인 열물 다리(십수교), 초등학교 입학 전부터 성당의 새벽 미사 복사하러 건너다닌 5리 길의 그 다리는 내 신앙 형성을 얘기할 때 뺄 수 없는 지점이다. 겨울에 그 다리를 지나갈 때 다리 아래에서 펼치는 굿판이 자주 있었다. 돌아올 때 다리 아래로 내려가서는 끝난 굿 자리의 1,000환짜리 지폐 몇 장이나 초, 과일을 거두어 집으로 가져가곤 했다. 초등학교 입학 전의 예닐곱 살 때 또 입학 후의 여남은 살 아이에게 새벽에 그것도 인적 없는 곳의 얼어 죽은 또는 빠져 죽은 사연들이 전설처럼 떠도는 다리를 새벽어둠이 가시기 전에 건너가는 것, 그것은 담력이 없이는 할 수 없는 일이었다.

게다가 다리 아래 굿이 펼쳐진 지점으로 내려가서 굿상에 차려졌던 지폐나 과일을 집어 온다는 것은 "외인(비신앙인)들은 그런 것을 가리는지 몰라도 믿는 사람은 두려워할 게 없다. 수호 천신이 뒤에 있는데 겁날 게 뭐가 있노"라는 어머니의 격려가 없었으면 나로서는 겁나고 찝찝해서 망설여질 행동이었다. 천사를 그때는 천신이라고 했다. 길호강을 내 신앙 형성과 연결 짓는 지점이 바로 이 지점이다. 새벽 미사 다니면서 담력도 기르고 다리 힘도 길렀다.

신앙은 '신앙대상(Fides quae creditur)'과 '신앙 행위(Fides qua creditur)'의 두 차원에서 봐야 하는데, 전자 즉 '신앙대상'은 누구를 그리고 무엇을 믿느냐의 문제이다. 이것은 가톨릭 신앙고백이나 교리 그리고 성사 활동 등을 통하여 드러난다. 이에 비해서 후자 즉 '신앙 행위'는 어떻게 믿느냐의 문제로서, 신앙인이 현실 안에 살아가면서 내면에서 울려오는 하느님의 말씀과 뜻에 따르는 생활 즉 윤리 도덕적 생활로써 구현된다. "성당 다니는 사람은 외인과 달라야 한다"는 어머니의 가르침은 이 두 신학적 원리 특히 후자의 원리가 내포된 가르침인 셈이었다.

그렇다고 하여 강이라고 할 수 없는, 강이라고 할 수 있다고 해도 너무나 미미한 강인 길호강을 감히 갠지스강에 비교할 수 없다. 그래도 나는 엔도 슈사쿠의 『깊은 강』을 읽으면서 내 유소년의 강, 길호강을 내내 생각했다. 길호강은 섶으로 만든 섶다리였다는데 나중에 시멘트 다리로 바뀌더니 또 그 후엔 강의 흐름도 바뀌었고 우리 집 저 아래에 있던 네거리로 다리가 옮겨져 버렸다. 그 강물 그 방천은 흐름이 바뀌어 공군부대 안으로 들어가 버렸다. 공군부대 출입 허가를 받는다고 하더라도 그 곁으로 가볼 수 없다. 밖의 먼 곳에서 바라볼 수 있을 뿐.

이 강이건 저 강이건 현실의 강에 내가 자주 가지 못함은 일상이 나를 아직 자기 말뚝에 붙들어 매고 있기 때문이다. 강은 그 말만으로도 진지함과 깊은 사색으로 다가가게 되는 사유의 지름길이다.

강은 참 인생인 것 같다. 강, 엔도 슈사쿠의 '깊은 강'이나 스티븐 포스터의 '스와니강' 그리고 스코틀랜드의 옛 노래라고 하는 '앱튼 강'이 마음을 적신다. 현실의 강인 섬진강은 늘 나를 부른다.

깊은 강은 작가가 생애를 바쳐 추구했던 주제 즉 '일본인에서 신의 존재'와 '일본 풍토 안에서의 그리스도교'에 대한 물음에서 한 걸음 더 나아가, 그리스도교의 우월적 의식을 배격하고 모든 종교에 공통된 종교의 본질을 강조하고 있는 작품이다.[23] 이 작품은 책 뒤표지에 흑인 영가의 가사가 인용된 것으로 보이는 문장을 뽑아 소개하고 있다. 그것은 "신이시여, 우리는 강을 건너 만남의 땅으로 가고 또 가렵니다."인데 소설의 제목인 '깊은 강'은 여기서 인용한 것으로 보인다. 흑인 영가 가사는 이렇다. "깊은 강이여, 신이여, 나는 강을 건너, 만남의 땅으로 가고 싶습니다. (Deep river, My home is over Jordan. Deep river, Lord, I want to cross over into campground.)"

깊은 강에서 강은 어머니 강이다. 물론 그것은 갠지스강을 뜻한다. 그러나 삶의 모든 가식과 위선을 불식하여 인간 본연의 모습으로

---

23) 엔도 슈사쿠 지음, 이성순 옮김, 『깊은 강』, 고려원(1994).

되돌아가게 하는 절대적인 포용의 힘을 발휘하는 어머니 강이다. 차문다와 오오츠는 강의 상징적인 의미를 투영한다. 차문다는 힌두교 여신이고 오오츠는 이 소설의 주요 등장인물이다.

차문다는 인간의 모든 고통을 함께하면서도 끊임없이 사랑을 베푸는 여신이다. 차문다는 인도인들을 괴롭히는 모든 병고를 함께 짊어지고 있는 괴로움의 상징이다. 그녀는 허덕이면서도 쭈그러진 유방으로 젖을 인간에게 주고 있다. 이 여신은 우아하지도 청순하지도 화려하지도 않다. 오히려 추하고, 늙고 병들어 힘겨워하는 여신상에서 고결한 서양의 성모 마리아와는 대조적이다.

> 그녀의 젖가슴은 노파처럼 이미 쭈글쭈글합니다. 그 쭈글쭈글 시든 젖가슴에서 젖을 짜내 늘어서 있는 아이들에게 주고 있습니다. 그녀의 오른발이 문둥병으로 짓눌려 있는 것이 보일 겁니다. 복부는 굶어서 움푹 파여 있는데, 또 그곳을 전갈이 물고 있는 게 보이시죠? 그녀는 그러한 병고와 고통을 참으면서도 쭈글쭈글 시든 유방에서 젖을 짜내 인간에게 주고 있는 겁니다. (『깊은 강』 212쪽)

엔도가 강의 이미지를 통하여 추구하려 했던 주제는, 종파를 초월하여 인간의 영혼이 절실하게 갈구하는, 선과 악이 혼재한 우리의 모든 삶을 포용하는 인간적인 사랑을 지닌 신의 존재라 할 수 있다. 작가는 불교 용어 '전생(轉生)'을 화두로 하여 이소베, 누마다, 기쿠치, 미츠코, 오오츠 등의 다섯 인물 이야기를 펼친다. 소설은 일본과 프랑스 그리고 인도를 공간적 배경으로 하여 종교적 테마를 중심으로 서사가 진행된다.

엔도는 철저하게 인물 개인의 이야기에 집중하여 이야기를 전개한다. 그 예로 이 소설의 각 장 제목을 들 수 있는데 그것은 다음과 같다. 이소베 이야기, 미츠코 이야기, 누마다 이야기, 기구치 이야기, 오오츠 이야기 등. 이들은 함께 도착한 인도에서, 개인의 경험에 근거해 인도의 사물을 바라보는 모습을 보인다. 인물들은 모두 자신만의 상관물을 상정한다.

이소베는 아내의 환생을 인도의 사물들에 대입한다. 그는 암으로 죽은 아내가 남긴, 반드시 다시 태어날 테니까 자기를 찾아 달라는 유언이 머리에서 떠나지 않는 중년 남자이다. 일에만 몰두하던 인물이었으나 아내가 죽은 후 약속 이행을 위해 상징적인 '전생의 나라'인 인도로 향하게 된다. 아내의 환생을 찾아서.

누마다는 자신을 구해준 구관조에 인도의 풍경을 대입한다. 그는 개와 구관조와의 만남을 통하여 고독을 치유하고 죽음의 세계에서 벗어난 동화 작가이다. 인도에서 자신의 진정한 대화자였던 죽은 구관조에 대하 답례로서 다른 새를 놓아줌으로써 동물과 인간과의 교류를 그려내고 있다.

기구치는 참전용사다. 미얀마 전선에서 죽은 전우의 시체를 먹고 살아남은 자기 전우의 광기 어린 영혼의 치유와 함께, 아군이나 적군 할 것 없이 전선에서 죽은 영혼들의 넋을 기리기 위해 인도 여행길에 오른다.

미츠코는 '양파(신)'에 빼앗긴 오오츠를 찾기 위해 노력하는 자신의 모습을 '테레즈 데케루'의 테레즈와 동일시하며 인도 여행을 이어

간다. 미츠코는 오오츠와 더불어 이 소설의 중심적인 인물이다. 미츠코는 프랑수아 모리아크의 소설 테레즈 테케루의 주인공과 같은 무의식적 범죄에 끌리고 있다. 테레즈처럼 누구를 사랑한 적도 사랑할 수도 없는 여자, 현실 생활에 대해 권태로움만 있을 뿐 마음과 육체의 불감증을 지닌 여자인 미츠코가 자신이 우롱하고 버렸던 오오츠에게 점차로 마음이 끌려 그가 있는 인도까지 찾아가게 된다. 그녀가 경멸하고 비웃었던 오오츠에게서 찾고자 하는 것은 그녀 마음속의 절실한 외침, "어딘가에 가고 싶다. 무언가를 찾아 어딘가에 가고 싶다. 확실하고 근원이 있는 것을. 인생을 붙잡고 싶다"는 거였다. 양파(신)로부터 오오츠를 빼앗았다고 생각한 미츠코가 갠지스강의 화장터에서 비참한 그러나 숭고한 죽음을 맞이하는 오오츠를 통하여, 사실은 신에게 더 가까이 다가가, 신의 존재가 자기 마음에 전생해 있음을 알게 된다.

오오츠는 가장 중심적인 주제를 안고 있는 주인공이다. 그는 '신은 그리스도교에도 힌두교에도 불교 속에서도 살아 계신다'라고 생각하는 이단적 신념의 신학생이다. 오오츠의 모습에서는 위엄이나 고귀함, 맑고 청아함을 느낄 수가 없다. 작가는 오오츠를 통하여, 고독한 인간의 삶에서는, 현세에서는 무력하게 보이는 사랑의 행위가 그 어떤 능력보다도 가장 필요함을 말하고 있으며, 종교의 본질과 존재가치도 여기에 있음을 역설하고 있다. 이들 여섯 명은 모두 '상실된 사랑'을 찾고 있다.

작가가 부활이 아닌 전생을 화두로 삼은 뜻은 '부성적인 심판의 신'이 아니라 인간의 고뇌를 함께하는 '모성적인 신'의 이미지를 부각하기 위해서라고 한다. 이를 작가는 미츠코의 입을 빌려 말한다. 미츠코는 갠지스강 강가에서 "믿을 수 있는 건, 여러 사람이 이런저런 각자의 괴로움을 등에 업고 이 깊은 강에서 기도하고 있는 광경"이라고 말한다. 그리고 그녀는 "그 사람들을 감싸 안고 강이 흘러간다는 것입니다. 인간의 깊은 강, 그 깊은 강의 비애, 그 속에 저도 섞여 있습니다"라고 기도했다. (『깊은 강』 319~320쪽)

"안녕히…."
들것 위에서 오오츠는 마음속으로 자신을 향해 중얼거렸다.
"이것으로 좋아…. 나의 인생은… 이것으로 좋아."
"바보 같아. 정말 바보잖아. 자기는."
실려 가는 오오츠를 보면서 미츠코는 외쳤다.
"정말 바보야. 그런 양파를 위하여 일생을 바치고. 자기가 양파 흉내를 냈다고 한들, 증오와 이기주의밖에 없는 이 세상이 바뀔 리는 없잖아. 자긴 여기저기 쫓겨나기만 하다가 끝내는 목이 부러졌어. 그리고 죽어야 타는 들것에 실려서… 자기는 결국 무력했던 것 아냐."
그녀는 웅크리고 앉아서 주먹으로 돌계단을 하염없이 두들겼다.
(『깊은 강』 321~322쪽)

나도 그렇게 강 언덕에 섰다. 오늘 내가 선 강은 마음의 강, 세월의 강이다. 내 유소년의 강인 길호강을 엔도 슈사쿠의 깊은 강인 갠지스강에 감히 비견할 수는 없다. 그러나 내게 유소년 시절의 가톨릭 신앙 형성이나 신앙생활에 대해 언급할 때 길호강과 그 강의 열물 다리(십수교)를 빼면 얘기가 안 된다.

강, 강은 늘 그 기원이 미미하다. 그런데 나중에는 큰 바다를 이룬다. 그런 의미에서 강은 인간 회귀에 대한 완결임과 동시에 또 다른 새로운 세계로의 출발을 의미한다. 내게 길호강은 그런 의미이다.

도서관, 그 젖혀진 커튼의 유리창

지난 세월 속의 개인사에서, 내가 가지고 있는 자부심 중의 하나는 소위 학창 시절에 도서관에 머문 시간이 많았다는 점이다. 여기서 도서관은 고교 시절의 도서실과 대학 시절의 도서관을 말한다. 앞엣것은 별도 건물이 아니었기에 도서실이고 뒤엣것은 별도 건물이었기에 도서관이다.

책을 많이 읽었건 읽지 않았건 간에 그 공간에서 많이 그리고 오래 머물렀었다는 사실이 지금 자부심으로 다시 살아난다. 다만 그 공간을 자주 출입했던 동기가 반드시 밝은 이유만은 아니었던 점이 좀 가슴 아프기는 하다. 빈번한 출입의 동기가 사실 어두운 데 있었다. 거기 말고는 따로 갈 만한 곳이 없었다. 다른 곳으로 갈 돈이 없었다. 도망 나온 카프가, 소설 속의 해변의 카프카가 갈 곳이 없어 도서관으로 온 것처럼.

『해변의 카프카』는 무라카미 하루키의 소설이다. 둘째 아이한테 빌려서 읽은 책이다. 가출을 한 15세 소년 카프카가 자기가 사는 곳으로부터 아주 멀리 떨어진 외진 섬 지역의 도서관에 간다. 도서관을 지키는 청년이 말을 건넨다. 학교가 쉬는 날인지, 왜 학교에 가지 않는지 등등. 소년 카프카는 등교를 거부하는 것이 아니라 그냥 가지 않기로 한 것이라고 대답한다. 청년은 다시 그냥 평온하게 자발적으로 학교에 가는 것을 정지한 것이냐고 묻는다. 카프카는 고개를 끄떡인다. 뭐라고 대답해야 할지를 몰라서.

해변의 카프카를 읽으면서 내 지난 시절의 도서관 출입을 떠올렸다. 지금은 도서관이 내 연구실 가까이 있는데도 잘 가지 않는다. 고민하고 방황하던 그래서 도서관을 더 출입했던 그 시절이 새삼 그립게 다가온다. 카프카처럼 소년 시절에 가출해보지는 못했다만. 도서관의 책 냄새, 젖혀진 커튼의 유리창으로 햇볕이 따스하게 비출 때의 겨울 도서관 책 냄새가 아련히 머리에서 복원된다. 코가 아니라 머리에서.

청년은 카프카에게 느닷없이 철학 얘기를 해 준다. 그것은 플라톤의 '향연'에 나오는 세 종류 인간 이야기다. 먼 옛날 신화의 세계에서는 남자와 남자가, 여자와 여자가, 그리고 남자와 여자가 한 몸으로 등이 맞붙어서 마주 보지 못한 채 살아가는 세 종류의 인간이 있었다. 그런데 제우스 신이 칼을 써서 반쪽씩 둘로 갈라버렸다. 우리가 등짝을 보면 세로 일직선이 있는데 그게 그때 제우스에게서 맞은 칼자국이다. 그 이후 요행히 제 짝을 찾게 되면 해피엔딩의 사랑이 되지만 찾지 못하거나 찾아서 결합했다고 해도 뜻이 맞지 않으면 갈라서게 된다. 그런 결과로 세상에는 남자와 여자만이 있게 되어서 사람은 원래 한 몸으로 붙어 있던 자기 반쪽을 찾아 헤매게 된다. 왜 신이 인간을 두 쪽으로 갈라놓았을까 하고 소년이 물으니 청년은, 자기인들 신들이 하는 일을 어찌 알 수 있겠느냐면서 자기가 말하고 싶은 얘기

는 인간이 혼자 살아가는 것은 무척 힘들다는 것이라고 말한다.[24]

청년이 카프카에게 말해주고자 했던 바는, 말하자면 사람은 혼자 살아가는 것은 무척 힘들다고 하는 것이었다. 사람은 '더불어 사람'이라는 의미이다. 도망 나온, 가출한 소년이 안쓰럽게 보였던 모양이다.

여름이 물러간다. 해운대에 갔었다. 백사장과 오륙도 바다가 잘 보이는 H콘도에서 교수들 모임이 있는 날이다. 안으로 들어가기 전에 먼저 백사장을 걸었다. 걸으니 잠시 '해변의 길손'이 된다. 끝까지 걸었다. 그러니 '해변의 카프카'로 된다. 잠시 내 청소년 시절로 돌아간다. 카프카의 손 잡고서. 비가 많이 내린다.

안으로 들어왔다. 바다로 향한 창문을 비가 쉬지 않고 우두둑 때린다. 내다보니 백사장이 텅 비었다. 하지만 몇 사람이 우산을 들고 거닐고 있다. 비어서 가득 찬 백사장, 허허로워 또 더욱 아름다운 풍경이다. 두 젊은 남녀가 우산을 받쳐 들고 해변에서 노닥거리고 있다. 셔터를 누르니 창문 유리를 통해 찍힌 사진이 수채화로 나온다. 플라톤의 말처럼 반쪽 등이 제대로 찾긴 것일까? 그리고 보니 나는 편과 잠잘 때 등을 맞대고 자면 잠도 더 잘 오고 편안하다. 내 반쪽 등짝이 제대로 찾긴 것임을 말해주는 것인가? 모르겠다. 다만 등을 맞대고 내일도 잠을 잘 뿐.

---

24) 무라카미 하루키 지음, 김춘미 옮김, 『해변의 카프카』 상, 문학사상사(2008), 79~81쪽 참조.

도서관, 도서관을 출입하던, 고민하고 방황하던 그 시절이 새삼 그립게 다가온다.

모캣불

안마당은 아니었다. 편의 친가 마을 앞 찻길, 차가 뜸한 길이어서 초저녁에 평상을 내고 모캣불을 피웠다. 어제 7월의 토요일 밤 얘기다. 아이들은 없고 어른 몇이 앉았다.

그 옛날 우리 집에는 평상이 없었다. 여느 시골집처럼 여름 저녁은 대개 마당에서 먹었지만, 평상 위는 아니었다. 한구석에 모캐불을 피워 놓고 마당 가운데에 덕석을 깔고는 아버지 밥상은 한쪽에 따로 차리고 나머지 가족들은 상 없이 덕석 바닥에 밥그릇 국그릇 반찬 그릇을 그냥 놓고 둘러앉아 먹었다.

보리 이야기를 나누었다. 이야기는 내가 먼저 꺼냈다. 그건 강아지풀 이야기였다. 손바닥에 올려놓고, 혀를 끌끌 차면서 "오요요 오요요"하고 흔들면 강아지처럼 꼬리를 흔들며 둘레둘레 기어오르던 소년 시절의 강아지풀 얘기였다. 그랬더니 옆에서, 막 익어서 수염이 뻣뻣한 보리 이삭을 걸어가는 친구의 바짓가랑이 아래에 거꾸로 넣으면 고놈이 위로 타고 올라가서는 피부를 간질이고 깔끄럽게 만들어 못살게 굴었던 이야기를 했다. 둘 다 공감되는 이야기였다. 어린 시절을 농촌에서 보낸 사람에겐 말이다.

모캣불을 피우자고 했다. 보리 철은 다 지나갔다. 보리 북데기는 없었다. 흩어져 밟히고 있는 소 마구 옆의 짚들을 긁어모았다. 바랭이 같은 풀이 수북이 덤불로 옆에 있었다. 집주인이 낫으로 바랭이를 베었다. 풀이 베이지 않는다고 했다. 낫이 안 드는 정도가 아니라는 것이다. 일할 손이 없으니 낫조차 낫이기를 포기한 상태다. 손으로 뜯다시피 베어 몇 줌 얹는다. 연기가 활기를 띤다. 풀로 인한 연기는 냄새도 푸르다.

쇠비름이 있었으면 좋았을 텐데. 초동 시절 놀이기구였던 쇠비름. 풀을 놀이기구라고 하니 뭔가 좀 어색하다. 하지만, 밭에 납작 엎드려 뻗어 나가던 쇠비름을 뽑아 그 뿌리를 손으로 반복하여 쓰다듬으면 붉어지는데, 그렇게 하면 비가 온다고 해서 그걸 그렇게 가지고 놀았던 건 사실이다.

아니, 그렇게 하면 뭐가 하늘로 올라간다고도 했다. '울양대 넌출'이 피워 올리는 연기가 아니어도, 보릿대가 타면서 내는 탁탁 소리가 아니어도 모캣불은 연기를 잘도 피워 올렸고 못 죽어 타는 듯 이리저리 소리를 잘도 내었다. 연기는 수심이고 한숨 소리였다. 세상은 농심을 몰라주고 짓밟기만 하니 한갓 연기조차 수심이고 한숨일 수밖에.

모캣불 냄새는 나를 다시 어린 시절로 되돌아가게 한다. 그때 울 아버지는 말라도 아주 마른 분이셨다. 어깨가 야위셨던 건 말할 것도 없고. 그 아버지, 살아생전에 모캣불을 많이도 피웠다. 그 시절 그때 우리 집의 감나무 밤나무 아까시나무 무궁화나무가 품는 벌레의 수는 얼마였던가. 피우고 또 피워도 모기들은 줄어들지 않았다. 아부지 야윈 팔목에 안겨 오던 한 아름 풀들이 눈에 선하다.

그런 밤에 반짝인 건 초승달만이 아니었다. 건너 들판 푸른 벼의 이슬도 반짝였고 길가 달빛을 찌르는 버드나무도 휘광을 둘렀고 박꽃도 달맞이꽃도 달리아와 칸나도 반짝반짝 빛나는 별 사탕이었다. 모캣불 피운 밤은 밤이슬 맞는 밤이었고 찬란한 별과 선을 죽 긋는 별똥별을 포착하는 밤이었다. 북두칠성 북극성 또 다른 큰 별을 확인하는 밤이기도 했고. 참 그러고 보니 요새 악양 지리산 산기슭에 머물면서 늦은 밤까지 밖에 있어도 별똥별 떨어지는 걸 보지 못했다. 요샌 별똥별이 안 떨어지는 건지.

안마당
무더운 한여름 밤이 빛을 틔워가면
타작 막 끝낸 보리 북데기 위에서
개머루 바랭이 쇠비름 똥덤불가시풀 들이
서로 몸을 비비며
마지막 남은 모깃불 만들기에 한창입니다.
피어오르는 여기 너머로
초저녁 샛별이 뜨고
연기 맵고 모기 극성스러울수록
울양대 넌출 세상 수심
보릿대궁 한숨 소리 깊어갈수록
별은 더욱 깊어 푸르러갑니다[25]

25) 김용락 지음, 『푸른 별』, 창비시선 62, 창작과비평사(1987), 6쪽, '푸른 별' 일부.

이날, 모기는 많이 없었다. 이슬도 그리 많이 내리지는 않았다. 그래도 달빛 받은 앞산은 빛났고 논의 초록색 모들은 더욱 선명했다. 반달, 이 밤의 반달을 나는 보고 또 봤다. "달 뜨는 저녁이면 노래하던 세 동무…." 동무, 초동 시절의 그 동무들은 다 어디로 갔는가? 더러는 하늘나라로 갔을 것이다. 모캣불은 대개 집 마당에서 피웠기로 동무들과 함께한 모캣불 추억은 없다.

넷,

쌍홍문 그 신화적 암굴

햇볕들도 재잘재잘
- 사량도 1

　사량도는, 행정구역상으로는 통영시에 속하는 섬이긴 하지만 삼천
포의 노산 공원에서 더 잘 보이는 사량도는 정확하게 발음하려고 애
쓰지 않으면 우리들의 입에서 늘 '사랑도'였다. 그래서 "왜 사랑도?" 하
고 누가 물으면 사랑 그것도 남녀 간에 얽힌 사랑에서 유래하는 섬
이름인 것으로 지레짐작하여 답하기 일쑤였다.

　사량도의 원래 이름은 파도가 거세게 부딪친다는 의미의 박도였다
고 한다. 사량도는 상박도와 하박도 등 두 개의 섬으로 이루어져 있
는데 이 사이를 흐르는 작은 해협이 마치 뱀이 기어가는 형상을 하
고 있어 사량도라 불리게 되었다는 것. 아무튼, 아직 다녀오지 못한
그 사량도를 이번엔 꼭 다녀오리라 결심하고는 지지난 주 삼천포에
간 김에 부근의 배 출발 선착장에 답사까지 마쳤다.

　드디어 출발이다. 쑥을 캘 칼도 챙겨간다. 내 칼도 챙기라고 편에
게 부탁했다. 편이 웃기에 혹시 아느냐고, 왼손잡이인 내가 카메라는
주머니에 넣고 왼손으로 칼 잡고는 사량도의 쑥과 나물을 몇 개라도
캘는지 어찌 아느냐고 항의했다. 편이 그래도 계속 웃기에 사람 무시
하지 말라고, 나도 캔다면 캐는 사람이라고 강력히 어필했다.

　삼천포항에서 가까운 고성군 하일면의 공룡 화석지인 상족암 옆

의 용암포가 출발 항이다. 한 30분 뱃길이라고 한다. 용암포에 왔다. 와서 보니 시인의 말대로 정말 햇볕들이 용암포 바다에 떨어져 잘게 부서지고 있었다. 햇볕들이 사량도 앞바다에 떨어져서는 구겨지고 있었다. 그 모습은 시인의 묘사대로 빛들이 일시에 출산하는 모습이었다.

> 햇볕들도 재잘재잘 작아질 때가 있다
> 사량도 앞바다에 떨어져선 예쁘게 구겨졌다
> 자주자주 몸을 펴는 햇볕들 뒤채긴다는 말은 너무 무겁다
> 느리다
> 저토록 끝없는 바다가 각자 작아지다니!
> 눈이 부시다
> 빛들이 일시에 출산을 하고 있었다
> 粒子(입자)들, 진종일 내 사랑도 자주자주 사소해졌다
> 萬坪(만평)쯤 예쁘게 사소해졌다[26]

9시 배는 놓치고 10시 배를 기다렸다. 여기로 오기 위해 부산에서 출발한 후, 아는 길이 아니라 모르는 길로 들어서서 시간을 잡아먹었기 때문이다. 용암포 여기 유행가도 없고 이별도 있어 보이지 않는다. 떠나는 손도 보내는 손도 있을 것 같지가 않다.

용암포 이곳 뱃머리엔 등산복 차림의 사람들뿐이었다. 물론 이곳

---

26) 정진규 지음, 『청렬집』, 지식을만드는지식(2014), 〈立春〉, 112쪽.

은 부산항과 비교할 수 있는 항이 아니다. 외진 곳의 작은, 작아도 너무 작은 포구가 아닌가. 경상도 사투리 사이에서 조용조용 들려오는 억양은 전라도 사투리였다. 아니 전라도 사투리 사이에서 경상도 사투리가 드물게 들려온다는 표현이 더 맞다. 전라도 어디서 산악회라는 이름으로 다수가 함께 온 것이었다. 인솔자로 보이는 사람이 "앉아, 일어 서"를 반복하면서 등반 정신훈련을 시키는 것 같았다.

앉아, 일어 서! 내 입영 집결지이던 진주 금성 초등학교는 당시 금성 로터리 옆에 있었다. 지금은 그 로터리도 학교도 다 없어졌다. 그때 개별 입영 제도가 있었는지 모르지만 우린 단체로 입영했다. 집결지에 모인 장정들 수는 수백 명, 운동장을 거의 꽉 채웠다. 인솔 조교들은 질서를 잡기 위해 우리들이 앞사람에게 바짝 붙어 줄지어 앉도록 했고, 그렇게 앉히기 위해 구령 소리에 힘을 실었기 때문에 우리는 압도되어 바짝 얼 수밖에 없었다.

진주역까지 우리를 인솔하기 전에 우리들이 앞사람 어깨에 손들을 얹게 하고는 "앉아!", "일어서!" 하며 반복하던 고함 그것은 우리에게 가하는 일종의 기합이었다. 그러고는 인솔 조교 구령에 맞춰 우리는 진주역으로 열을 지어 걸어갔다. 비가 오는 길 내내 바락바락 악을 지어 노래를 외쳤다. 따라올 사람들은 계속 따라왔고. 우리는 차도를 점령했고 부모 형제자매 애인인 그들은 인도를 점령하여 행진했다. 내게는 환송하러 나온 사람이 아무도 없었다. 부모 형제 친구그 누구도. 당연히 애인도, 애인 비슷한 사람도 없었다. 뱃머리에서 듣는 '앉아, 일어서' 구령 소리는 새삼스럽다.

출발! 출발이다. 배가 떴다. 보내는 손도 떠나는 손도 있지 않았다.

푸른 빛의 항 케 지

흔드는 손이 없었다는 의미이다. 보내는 사람이 없으니 가는 사람이 손을 흔들 일이 없는 것이다. 가는 사람들뿐이었다. 밋밋하게 배는 뱃머리를 돌려 앞으로, 앞으로 밀고 나갔다. 아무리 봐도 흔드는 손수건은 없었다.

2015년 10월 30일에 상도와 하도를 잇는 사량대교가 개통됨으로써 두 섬은 하나가 되었다. 난 사량대교 착공 소식조차 들리지 않던 그 이전에 다녀왔다. 내가 다녀온 곳은 상도이다.

세월의 시선

- 사량도 2

용암포 어느 스피커에서 울려 나올 법한 포구의 구성진 유행가 가락 대신에, 또 흔드는 손수건 대신에 보이는 것은 주차장 관리 할머니의 모습뿐이었다.

포구의 흔드는 손수건이라, 새파란 청춘 때의 입영 소집일, 집결지인 진주 금성초등학교 운동장에서 건네받은 손수건 보따리가 생각난다. 기억의 파편들은 세월의 바다에서 부침하기도 하고 부유하기도 한다. 너무 오래 잠겨 있어 떠오를 때가 되었던 모양이다. 출발한 사량도행 배에서 멀어지는 용암포를 별생각 없이 보고 있을 때 부침하고 있던 기억 하나가 갑자기 생각 위로 떠올랐다. 그건 그때의 노래인 하얀 손수건과 거즈 손수건이다.

우리로 하여금 앞사람 어깨에 손들을 얹게 하고는 "앉아, 일어서!"라는 반복되는 고함에 맞춰, 앉고 일어서기를 반복하며 얼차려를 받고 있던 장정들 대열 속으로, 겁도 없이 들어와 내게 보따리를 건네는 손이 있었다. 얼떨결에 건네받고서는, 뛰어나가는 보따리 준 사람의 뒷모습을 보니 같은 성당의 동갑내기 교우 벨라뎃다였다. 풀어보니 손수건 여러 장과 치약 칫솔 등 일상용품 몇 가지. 눈깔사탕과 박하사탕도 있었다.

손수건은 하얀 손수건이었다. '가제'라 부르는 부드러운 천으로 만든, 모서리를 파란색 또 초록색 수로 마감한 수실 손수건…. 지금 찾아보니 가제는 독일어로 가제(Gaze)이고 이걸 영어로 표현하면 거즈(gauze)가 되네. 그 무렵의 손수건 노래는 트윈폴리오의 하얀 손수건이었다. 수용 연대에서 훈련소로 넘겨지기 직전에 사제용품은 이제부터 안 된다는 이유로 그 손수건은 보따리째 압수당했다.

할머니는 그리 번잡하지도 않은 한구석 주차장 입장료를 단호히 징수했다. 마을 노인회 할머니인 듯했다. 노인회 할아버지들은 주도권을 빼앗겨 풀이 죽은 것 같은 모습을 하고 있었다. 한 명 할아버지가 옆에서, 차를 들어가게 하거나 들어가지 못하게 하는 줄의 끝을 붙들고 찌그러진 의자에 앉아 있었다.

배가 간다. 앞을 틔우고, 틔운 앞의 문을 닫지도 않고 운행하는 배, 카 페리는 처음 타본다. '다리'라는 이름의 배였다. 서거나 앉은 사람들 사이에 또 싣고 가는 차들 옆에서 비스듬히 누운 사람들도 있었다. 전라도 사투리의 그분들 일행일 것이다. 평화로운 모습이다. 그래, 섬에 가는데 서서 도착을 안달하기보다는 도착하건 하지 않건 간에 누워 보는 바다 위, 배 위 하늘이 더욱 섬의 하늘다울 것이다. 섬사람의 눈에도 그럴 것인지 내 단언할 수 없지만. 오른편으로는 상족암 공룡 박물관의 조형물이 보인다.

사량도, 도착할 포구가 보인다. 금평항일 것이다. 인터넷에서 확인한 배 도착 지점은 금평항이었다. 그런데 금평항이 아닌 것 같다. 사진으로 미리 본 풍경과는 달랐다. 선착장 외에는 보이는 게 없다. 그러려니 하고 내렸다. 내려서는 좌측 아니면 우측으로 가야 하는데 앞선 몇 사람들을 따라 별생각 없이 좌측으로 걸었다. 사량도 걸음걸이가 시작된 것이다. '내지 마을'이라는 이정표를 봤어도 별생각 없이 지나쳤다. 초등학교를 지나칠 때쯤 알아차렸다. 지금 배에서 내린 곳은 금평항이 아니라 내산 항이라는 것을.

행렬에서 두어 걸음 뒤처져 걸으면서 전후좌우를 바라보니 사량도 거기에도 '세월'이 있었다. 나무면 나무, 건물이면 건물 등 섬의 사물들이 새것도 있지만, 대개가 낡은 것들이었다. 나무는 새순을 보고 새것임을 확인하고 순이 나지 않고 등걸의 몸체가 무너져 내리는 것이면 그것을 보고 또 낡은 것임을 확인했다. 세월 속에는 옛것과 새것이 공존하지만 그래도 옛것이 더 눈에 띈다.

세월, 해가 가고 달이 가서 세월을 이룬다. 해가 오고 달이 와서 세월을 이룬다는 생각은 안 든다. 오는 세월도 세월이지만 가는 세월이 더 세월답다 금평항인 줄 알고 내린 사량도 내산항, 항이라고 말하기엔 배를 대는 시멘트 구조물 외에는 라면 봉지 진열된 점방 하나 없는 내산 마을의 사량도 그곳엔 '오는 세월'과 '가는 세월'이 껴안고 함께 있었다.

오는 세월도 가는 거고 가는 세월도 오는 거다. 섬에서 오는 세월은 잎으로 오고 있었다. 서서 오고 있는 것 같았다. 잎이 푸르다. 연초록! 가는 세월은 또 등걸로 가고 있었다. 나뭇등걸을 붙들고 앉아서 가고 있는 것 같았다. 잿빛! 좀 더 젊었다고 서서 가는 사람도 나이가 들어 지팡이 의지하는 앉은 사람도, 연초록 잎의 나무도, 잿빛 등걸의 나무도 어우러지니 이 또한 수채화였다. 함께 '세월'이고 더불어 '삶'이었다. 섬은 '세월'과 '삶'을 연출하고 있었다. 다이내믹한 연출은 아니었지만.

뒤처져 걸으면서 전후좌우를 바라보니 사량도 거기에는 또 '시선'도 있었다. 배에서 내린 사람들이 우르르 바쁘게 걷는다. 편과 나는 그 뒤를 따랐다. 조금 후에 나는 맨 꼴찌로 한 걸음 뒤처졌고. 붉고 푸르다. 그리고 희다. 섬 할머니 네 분이 앉아 있었다. 네 분 할머니는 시선을 동일한 지점에 모으고 있었다. 그 시선들이 동일하게 저 앞으로 향하다가 동시에 뒤로 옮긴다.

네 분 할머니 시선, 이번엔 편에게 주어졌다. 그러다가 저만치 멀어진 편의 등에서 시선을 떼지 않는다. 시선을 떼어 다시 뒤로 돌리지 않는다. 아마 이번 배에서 내린 마지막 사람임을 알기 때문에 그랬을 것이다. 다음 배에서 내리는 사람에게 할머니 네 분은 자리를 지켜 앉았다가 계속 시선을 주겠지 하는 생각이 든다. 네 분 할머니의 시선은 세월의 시선이었다. 세월의 시선은 달리 말하면 그리움의 시선이다.

금평항까지 걸어가려면 아직 한참 더 걸어야 한다. 길 아래 바닷가에 접한 마을에선 연기가 오르고 있다. 그 연기를 보고 섰다가 발걸음을 떼었다. 서둘 일 하나도 없다. 옆에서, 그래도 가자고 해서 떼었을 따름이다. 금평 쪽으로 간다. 사량도 그 섬에서 봄날은 이렇게 가고 있었다.

세월과 시선, 선착장 고목에 지팡이 들고 기대앉아 섬으로 들어가는 행락객들을 훈련이라도 한 듯 함께 좌에서 우로 돌려 바라보는 네 할머니의 시선은 깊이를 함축한 세월과 시선이었다.

그 옛날 논두렁

- 사량도 3

금평항을 향해 계속 걷는다. 걷고 있는 길에서 왼편을 보니 바다에 인접한 마을이 한참 아래로 보인다. 고개를 돌려 이번엔 오른쪽으로 시선을 돌리니 저기 위에 찔레 덤불이 있다. 덤불 옆 저기에 올라가면 캘 봄나물이 있을 것 같다고, 제법 걸었으니 좀 쉬었다 가는 게 어떻겠냐고 편이 제안한다. "그러지 뭐." 내 대답이다.

올라가서 덤불 그 앞에 섰다, 이제 새순이 막 돋은, 아직 꽃을 달고 있지 않은 연초록 찔레 덤불이다. 하지만 나는 필 꽃을 미리 본다. 덤불 그 옆에는 봉분 두 기가 고봉으로 담은 밥그릇의 쌀밥처럼 둥그렇게 나란히 솟아 있었다. 봉분 그 아래 묵혀진 밭 묵정밭에는 지게와 지게막대 또 내용물이 가득 담긴 포대 세 자루가 나란히 위를 향해 엎드려 있었고. 마치 두 봉분을 향해 절하는 형상이다.

버려진 지게일까? 그렇다고 말하기엔 세월의 풍우에 시달린 흔적이 덜 보이고 그렇지 않다고 말하기엔 짚으로 엮어 붙인 멜빵과 등반이가 많이 삭았다. 누구의 지게이며 누구의 짐이었을까? 저 봉분 주인의 것은 아닐 테고. 저 봉분 주인 아들의 물려받은 지게? 지게는 아버지 대에서 손자 대에까지 대물림하기도 하니까 그럴 수도 있겠다. 그건 아닐 것이다. 그래도 내 눈은 그렇게 본다.

아무튼 크기도 거의 같은 봉분은 누군가의 아버지와 어머니가 영면 중인 유택이라고 생각하니 슬그머니 경건해진다. 봉분 곁의 지게는 이 땅에서 살다 간 아버지들의 등짐을 생각하게 한다.

걸음을 옮겨 논두렁에 섰다. 볼품없는 논이다. 걷다가 섰지만 아지랑이를 보지는 못했다. 너머 밭두렁에 서서도 종달새 소리를 듣지 못했던 것처럼. 바로 눈앞의 지리 망산, 청솔 산 그 산에서도 뻐꾸기 울음은 나지 않았다. 4월 중순인데 사량도 다랑논에는 벌써 물이 잡혀 있었고 논두렁은 마무리가 반듯하게 잘 되어 있었다. 반듯하게 손질이 된 논두렁은 물이 새는 것을 막고 있었다. 물이 가득하니 그것은 '물 논'이었다.

물 논? 어릴 적 우리는 누가 이야기 중에 "물론"이라고 하면 "개구리 운동장"하고 외치곤 했다. 유치한 말장난이지만 물 논에는 개구리들이 많이 있었으니 틀린 말은 아니었다. 이날 사량도 물 논은 개구리 운동장이었다. 4월 중순에, 이리 빨리 논에 물이 고이고 논두렁이 다듬어지며, 다듬어진 논두렁 그 안에서 개구리들이 합창 경연 대회하고 있을 줄 전혀 짐작 못 했다. 심어진 논의 모가 푸른색을 더 진하게 띨 때 그때가 개구리 합창 경연대회 주간일 것이라고 짐작만 하고 있었다.

논두렁, 논에서 물이 새어 나가는 것을 막기 위해 논두렁을 한다. 논둑에 구멍이 있으면 그리로 논물이 빠져나가 논이 마르므로, 모내기에 앞서 논둑을 손보는 일이 '논두렁 하기'다. 논둑을 삽으로 비스듬히 깎은 다음, 물을 대고 논흙을 곤죽으로 만든 뒤 그걸로 둑 안쪽을 바른다. 마치 미장을 하듯 찰흙인 논흙을 개어 논둑에 바르는

푸 른   빛 의   항 케 지

거다. 이 일은 만만치가 않다. 솜씨 좋은 일꾼이 바른 논둑은 한마디로 예술이다. 선을 따라 굽은 논둑이 가지런히 발라져 있는 모습은 수준 높은 곡선 작품이다. 논에 물을 대고 모를 심기 위해 논두렁을 정비할 때, 삽의 뒷면으로 다듬는 마무리, 소위 논두렁 하는 일은 농부의 세련된 손놀림을 이르는 말이었다.

찔레꽃이 피면 모내기를 할 때다. 모내기 날이 오면 먼저 못자리에서 모를 뽑아낸다. 이걸 '모를 찐다'라고 한다. 이렇게 쪄낸 모를 한 손에 잡힐 만큼씩 볏짚으로 묶는다. 이렇게 모가 묶인 걸 '모춤'이라고 한다. 모를 다 쪄내면, 이제 모춤을 논에 골고루 던져 놓아야 모내기하기 좋다. 판자로 배를 만들어 거기에 모춤을 여러 개 싣고 논을 오가며 논바닥에 골고루 놓는다.

그 어릴 적 우리 집에는 제대로 농사 일손을 가진 사람이 아무도 없었다. 논두렁을 제대로 할 수 있는 손이 없었다는 말이다. 농사일에는 어중간한 존재, 말하자면 우리 형제들은 '어중 제비'들이었다. 동네 누구 네 아버지나 혹은 하도 인상 쓰고 다녀서 '짠대'라고 불린 친척 외삼촌이 우리 집의 논일이나 밭일하러 오시면, 그들의 손놀림은 가히 장인 수준이었다. 그들은 논두렁을 멋지게 했다. 이제 생각하니 그게 예술이다. 그때 어린 나도 삽을 들고 흉내 내었지만, 힘에 부쳤다. 거머리에게 잔뜩 차린 잔칫상만 제공했을 뿐. 그때 논두렁을 걸을 땐 늘 긴장이 따랐다. 물렁물렁하니 발목이 빠질 수가 있기 때문이다.

사량도 다랑논 논두렁을 걸었다. 긴장하며 걸었다. 직선이 아니어서 걷기에 수월한 논둑길은 아니다. 하지만 싫지 않은 긴장이었다. 이 이후의 내 삶에도 논두렁 걷는 것과 같은 신선한 긴장이 늘 따랐으면 좋겠다. 발의 감촉이 좋다. 발에 진 신세를 오랜만에 좀 갚는다. 질척거리는 논두렁 부위에서도 빠지지 않았다.

논두렁 옆에는 먼 산이 있었다. 어느 논두렁, 밭두렁 너머에도 먼 산은 있다. 우리네 먼 산 그 산들은 봄엔 뻐꾸기, 가을엔 기러기 울며 나는 사시사철 옷 갈아입는 멋쟁이 산들이었다. 봄엔 진달래 만산, 겨울엔 허허 빈 솔 산….

사량도, 내가 와 오늘 선 이 섬에 친구는 없다. 찾아온 이 날이 비 내리는 날도 아니다. 바람이 부는 날이다. 난 바람이 일기 시작하던 오전에 용암포에서 배 타고 건너와, 사량도 논두렁 밭두렁 너머 은둔하며 살고 있을 법한 옛친구 찾아오듯이 그렇게 왔다. 그러나 걷고 있는 논두렁은 사량도 논두렁이지만 마음은 시골집의 그 옛날 논두렁으로 가고 있었다.

논두렁 그 옆에는 민들레의 밭두렁이 있고, 밭두렁 그 마른풀 섶에는 내가 그를 알기 하지만 이름은 인지하지 못한 보라색, 노란색 꽃들이 많이 있다. 논두렁길을 빠져나올 무렵 저기 마늘밭에서 부지런히 움직이고 있는 분이 보인다. 그가 부르는 노랫소리가 아득히 들린다.

가까이 가서 보니 할머니였다. 반복해서 부르고 있는 노래는 '그리움은 가슴마다'였고. 곁으로 가서 말을 건넨 후 우리들 점심으로 준비해온 감자떡과 찐빵과 토마토를 드렸다. 드리면서 보니 칠순 할머니였다. 쌓인 그리움이 많다고 했다. 하던 일을 멈추고 드린 음식을 맛있게 드신다.

드린 찐빵을 우리 앞으로 다시 내밀기에 우린 사량도에서 제일 맛있는 걸 사 먹을 참이라고 말하면서 사양하고 자리에서 일어섰다.

이렇게 일곱까지

- 사량도 4

하나, 뒤에서 '빠방, 빠방' 총소리가 난다. 돌아보니 아이가 한 명 있다. 아니, 가만 보니 두 명이다. 한 아이는 앞의 아이 등에 바짝 붙어 있었다. 얼굴이 닮았다. 형제냐고 물어 확인하지 않아도 형제인 줄 짐작하겠다. 웬 총소리? 전쟁? 아이 둘은 하나 되어 자기들 나름대로 작전을 수행하는 중이었다. 계속 총을 쏘아댄다. 가만있자, 지금 생각하니 잘못했다. 그때 내가 '억, 억' 하면서 쓰러지는 흉내 내 주는 건데.

둘, "살구꽃이다. 아니다. 복사꽃이다."하면서 마을 어귀의 두 그루 꽃나무를 보면서 우리 둘이 말하고 있는데 "바보 꽃" 하는 소리가 뒤에서 또 들린다. 그 아이들 둘이다. "무슨 꽃?" 하니 또 "바보 꽃" 한다. 그 꽃나무를 보고 다시 "이게 무슨 나무?" 하니 "바보 나무"라고 외친다. "너희들 이름이 뭔데?" 했더니 "바보, 바보" 하고 연이어 말한다. 이때서야 저 꽃이 바보 꽃이 아니고 바보 나무가 아닌 줄 우린 알게 되었다.

셋, 어미 개 한 마리 강아지 두 마리, 이방인인 우리를 보고 긴장한다. 하기야 겁이 날 것이다. 내가 그 개라고 해도 말이다. 위에서 내려다보고 있지, 게다가 자기 눈엔 뭔지 모를 카메라를 견주고 있지,

그러니 슬그머니 자기 집 개집으로 들어가지 않고 배기겠는가. 들어가서는 사주경계에 돌입한다. 자기 새끼들을 보고 "빨리 들어와, 이상한 놈 나타났다"라고 말하는 것 같다. 아기 강아지들 뭘 모른다. 엄마와 같이 놀던 햇살이 좋은데 들어가 버리니, "엄마, 나와라, 나와서 놀아주라!"라고 칭얼대고 있는 것 같다. 복스럽게 생겼다. 쌀밥 강아지 둘 그리고 어미 개. 마을의 지붕은 동백처럼 진홍이었다.

넷, "라면도 돼요!", "커피 맛이 좋소!", "이것 좀 사 가소, 여기서 나는 봄나물이요." 길가에 앉아서 봄을 팔고 있는 할머니는 네 분이다. 라면 상자를 자른 종이에 '라면, 커피, 동동주' 등을 서투른 글씨로 써 붙인 마을 위 외딴집 대문간에서, 우리를 끌어들이려고 주인은 또 온 힘을 다해 외친다.

말하자면 호객행위이다. 호객행위에 잘못 끌려 들어가면 낭패를 당한다. 하지만 때로는 끌 때 끌려 줄 필요가 있다. 이 경우가 그 경우라고 생각했다. 할아버지 한 분이 할머니들보다는 더 풀이 죽은 어깨로 "이것도 좀 사 주소"하고 진열된 병을 가리키는데 무슨 술이라고 했다. 술은 나하고 거리가 머니 사드릴 수가 없다.

집 안으로 들어갔다. 평상을 꽃이 그늘 지워 주고 있었다. 동백꽃 그늘에서 라면을 먹었다. 찌지미도 먹었다. 찌지미, 다른 말로 하면 전, 또 다른 말로 하면 부침개. 그 나무 동백꽃 송이송이들. 그중 네 송이가 눈에 들어온다. 동백꽃, 서러운 꽃이다.

다섯, 차려 온 라면 상 옆으로 꽃이 떨어진다. 툭, 툭 떨어지더니 또 툭 하고 떨어진다. 동백꽃 그늘에서 떨어지는 꽃송이 소리를 들으며 먹은 라면과 찌지미는 처음이었다. 제주도 서귀포 하얀 찻집 언덕의 떨어져 누운 동백꽃이 하도 순결의 진홍으로 보여, 그거 다섯 개 소중히 주웠는데, 나중에 가방을 여니 시들어 있던 게 생각난다. 3년 전 얘기다.

여섯, 하나둘 세니 지붕이 여섯 개. 눈 아래 바닷가 마을의 붉은 지붕을 여섯 개까지 세고는 더 세지 않았다.

그리고 일곱, 민들레의 땅이었다. 사량도 그 섬의 포장길은 찻길이 아니었다. 차 다니기 편하라고 길을 넓혔고 흙 묻히지 말고 흙탕물 튀기지 말라고 포장한 길이었지만 차는 드물게 지나갔고 그래서 사람은 거의 안심하고 걸어갈 수 있는 '사람 길'이었다. 길, 그 길 위 밭에는 소 두 마리가 게으른 웃음을 웃고 있었고 헤픈 미소를 또한 침 흘리며 짓고 있었다. 복사꽃이 피어 있었고 여기저기 밭은 민들레, 민들레밭이었다. 민들레가 이리저리 영토를 이루고 있었다. 일곱 송이 민들레가 모여 앉아 있었다.

이렇게 일곱까지 사물을 짚다 보니 고개도 수월하게 넘게 되고 금평항에도 도착했다. 네 송이 떨어진 동백꽃 송이의 라면집이 제일 인상에 남는다. 내지 항에 도착하여 섬을 가로질러 면 소재지가 있는 금평항에 도착할 때까지 나는 하나에서 일곱까지 헤아렸다. '하나'에는 그 하나에 해당하는 사물 하나를 주시하고, '일곱'에는 모여 있는 일곱 개의 사물 즉 민들레꽃 일곱 송이를 애써 찾아 확인하는 등의 방식으로.

한참 걸었다. 고개가 나온다. 제법 높은 고개였다. 지리 망산 기슭이었다. 그 아래 대항 해수욕장에 들렀다가 올라가는 고갯길, 내내 헬리콥터 소리가 들렸다. 그리고 어디로 날아가는 것이 보였다. 내려가니 금평항이었다. 사량면 주민자치센터 소재지인 금평항에 오니 과연 섬의 중심지답게 마을도 크고 광장도 넓었다.

광장에 도착했을 때 먼저 눈에 들어오는 것은 전시된 한 척의 배였다. 에인절호, 1970년대 남해를 주름잡던 쾌속정이다. 배에 적혀있는 '엔젤'이라는 이름이 선명히 눈에 들어온다. 엔젤, 요즈음 맞춤법으로는 에인절이다. 남해고속도로가 개통되기 전의 그 시절에는 해상 교통 문화에 큰 변화를 몰고 온 최초의 쾌속선 에인절호의 날렵한 몸매가 새삼 머리에 떠오른다.

천주교 사량공소에 들렀다가 돌아갈 배를 기다렸다. 금평항에서 용암포로 돌아가는 배를 탈 때는 해가 서산으로 기울어질 때쯤이었다. 섬으로 들어올 때는 네 할머니의 시선이 있던 내산항이었고 섬을 떠날 때는 뭍에 얹힌 에인절호의 시선이 안타깝게 느껴지는 금평항이었다.

탄 배가 다시 출발했던 곳 용암포에 도착했다. 배에서 내려 들으니 지리 망산에서 조난사고가 있었다고 했다. 여자 한 분이 실족사했다는 것이다. 들어갈 때 함께 배를 탔던 등산객 그분들 중 한 분이었다. 한배를 탔었는데 하는 생각에 마음이 아팠다.

어서 오시다

- 남해 1

남해는 봄, 여름, 가을은 말할 필요도 없고 겨울에 가기에도 좋은 섬이다. 가을이 끝나고, 겨울이어도 겨울이 오지 않고 봄이 시작되는 땅, 그 땅이 어디냐고 묻더니, 내가 대답을 하기도 전에 자기가 대답한다. '남해'라고 말이다. 그는 남해에서 만난 남해사람이다.

길을 한마디로 물었는데 몇 마디로 대답하는 바람에 여러 마디 대화로 이어지게 된 장년 남자다. 바다의 일을 하는 사람인 듯했다. 타던 자전거를 세우고 한쪽 발을 땅에 딛고는 제법 오랫동안 남해 이야기를 내게 해주었다. 남해대교를 막 건너면 기다리고 있는 환영 간판의 '어서 오시다'를 실감하게 하는 말 보시였다. 어서 오시다는 '어서 오세요'의 순 남해 말이라고 한다

겨울이 오지 않는 땅, 과연 그럴까? 그렇지는 않다. 남해 겨울 나들이를 자주 하는 편인데 가서 보면 남해의 겨울도 겨울이기는 마찬가지였다. 그러나 추위도 남해의 겨울이 덜 춥다는 건 맞는 말이다. 바람은 그리 매서운 바람이 아니었고 햇볕은 따스한 햇살이었다. 이는 남해 겨울 나들이 때마다 느끼는 점이다. 겨울이 없는 땅, 과연 남해사람들이 자기네 땅을 그렇게 생각할 만하다.

12월도 기울어간다. 12월이 기울면 이해도 저물어간다는 말이 된

다. 12월은 정산의 달이다. 첨부 자료들을 챙겨 연말 정산서를 제출했다. 정산서를 작성할 때마다 느끼는 것은 매번 허둥대며 챙기고 작성한다는 점이다. 제출 기간을 충분히 주는데 마지막 날 부근에 가서야 서둔다는 점이다.

이번에도 예외는 아니었다. 정산이라는 말을 만날 때마다 느끼는 것은, 이 말은 내게 늘 시리게 다가온다는 점이다. 겨울 찬물에 손을 넣을 때 느끼는 것과 같은 시림. 경제적 정산은 그런대로 대충했지만, 정신적 정산 혹은 사유의 정돈은 제대로 하지 못했다는 자책감이 인다. 허둥지둥 제출하고는 남해로 왔다.

와서 보니 과연 온화하다. 무엇보다 바다가 온화한 얼굴을 가지고 있다. 남해대교를 건너면 오른편에서 바로 바다가 펼쳐진다. 길에 맞닿아 있는 바다의 파도 위에 비치는 햇살은 늘 눈이 부시다. 그 눈부심을 '파란 눈부심'이라고 말한다면 말이 되는지 모르겠다. 겨울의 남해 그 파란 눈부심은 매번 황홀경이다.

이락사에 차를 세우고 뒤로 난 솔밭 길을 따라 걸음을 떼니 한적한 정자가 기다리고 있다. 이름하여 첨망대. 첨성대라는 말은 낯익어도 첨망대는 낯선 말이다. 첨망대에 서니 관음포라는 바다가 한눈에 들어온다. 빈 들판도 눈에 들어오고. 들판 사이의 길들이 시선을 붙든다. 해변 따라 이어지는 길들의 선이 오늘따라 정갈하다. 바람이 분다. 바람과 바다와 들판과 길 그리고 나지막한 산들! 이곳이 그때는 이락사였지만 지금은 이순신 순국 공원이다.

박이문의 책 『동서의 만남』에 따르면 동양화의 형식은 자연적이고 서양화의 형식은 인위적이다.[27] 동양화의 특징이 단순성에 있다면 서양화의 특징은 복잡성에 있다. 산수를 주제로 하는 동양화는 장엄하고도 수수한 자연에 대한 깊은 감동과 공경의 태도를 반영한다. 인물을 중심으로 하는 서양화는 그렇지 않다. 서양적 세계관에는 한국인이 생각하는 순박한 자연은 없다. 설령 있어도 어머니로서의 자연이 아닌 개발이라는 이름으로 자행되는 착취 대상으로서의 자연이 있을 뿐이다. 반대로 동양적 세계관에서는 인간을 자연 일부분으로 본다. 이렇게 그림에서 동양과 서양은 각각 자연 중심, 인간 중심이라는 사고방식을 들어낸다.

첨망대 거기에 서서, 우리네 산길과 언덕길 그리고 바닷길이 보여주는 수수한 한국적 풍경은 박이문의 동양화 묘사와 잘 맞아떨어진다는 생각을 했다.

이락사 전망대에서 함께 섰던 사람은 남해의 옛 이름이 화전(花田)이라고 했다. 남해를 남해로만 알았지 또 다른 남해 이름이 화전 즉 꽃밭인 줄은 이번에 처음 알았다. 수려한 산기슭, 청정한 해역 그 어디에도 꽃이 많아서 그런 이름이 붙었다고 했다. 산기슭과 해안선의 꽃을 배경으로 뜨고 지는 일출과 일몰을 봄, 여름에 와서 보고 가라고 했다. 삶의 소리와 삶의 냄새가 늘 어우러진단다. 사실 남해만 화전인 것은 아니다. 다니다 보면 화전이라는 이름을 가진 마을이 더러 있다. 겨울을 보내고 봄이 오면 다시 들어와야겠다고 생각했다. 다른 화전 말고 이곳 화전에 꽃 보러 말이다.

---

27) 박이문 지음, 『동서의 만남』, 일조각(1992), 이하 21~23쪽 참조.

남해대교로 들어올 땐 환영 간판의 글은 '어서 오시다'였는데 빠져 나갈 때 보니 '어서 가시다'였다. 간판에 그런 글이 있었다는 말이 아니다. 어서 들어갔다가 어서 빠져나온 나들이였기 때문에 '안녕히 가세요'를 내가 그렇게 읽었다는 말이다. 내쫓는 느낌의 표현을 관광지 간판에 썼을 리 있겠는가.

포로처럼 잡혀 와 어딘가 길로

- 남해 2

한 줄 보리는 익어가고 있을까? 성냥알 만하던 사과가 콩알만 해 졌다고 했는데, 콩알만 하다는 그 사과는 지금쯤 탁구공만 해졌을 까?

남해의 끝 지점은 미조항이다. 봄, 여름, 가을엔 제법 분주한 항 구였는데 겨울엔 어떨는지. 그래서 미조항 그 바다도 보고 오기로 했다. 항구에 가면 바다를 보는 일이야 별스러운 일이 아니지만, 미 조항에서 바라보는 바다, 호수 같은 작은 바다는, 활어 어판장에서 의 활기찬 고함과 분주히 오가는 어선들과 출어하는 멸치잡이 배의 소란스러움으로 인해 분주한 바다로 여겨졌기로, 유의미하게 보고 오기로 작정한 것이다 그리고 쓸쓸해 뵈는 작은 섬을 유달리 껴안 고 있는 그 바다는 내 시선과 발걸음을 유달리 붙들던 집착의 바다 로 여겨졌었다. 그곳에 자주 갔어도 그곳의 누구와도 말 나눈 적 없 었다.

미조항에 왔다. 잡힌 멸치들이 배에서 내려져 손수레로 옮겨진다. 포로처럼 잡혀 온 멸치들이다. 큰 차에 실린다. 어디론가 길 떠날 차 비이다. 그물에 잡힐 때 쳤을 멸치들의 요동이 상상된다. 잡힌다고 신 바람이 나서 치는 요동은 아니었을 것이다. 부산의 기장군 대변항에서 멸치 그물 터는 모습을 멸치철에 거기 갔을 때 볼 수 있었는데 그 물에서 털릴 때의 요동은 가히 난리 수준이었다. 하지만 상자의 멸치 는 숨 죽은 멸치, 숨이 멎었으니 죽은 멸치들이다. 멸치의 침묵, 항구 의 고요, 배고프던 시절의 그 봄날 고요이다.

찔레가 피고 보리가 익어 가면 멸치도 바삐 실린다. 기장의 대변항 에서 이때엔 우리 차 트렁크에도 멸치가 실린다. 찔레가 피었다가 지 고 있다면 그건 가는 봄날이다. 보리가 익고 검은 등 뻐꾸기의 네 마 디 울음소리가 들린다면 그건 멸치 철 신호이다.

남해 끝자락 미조항에서 멸치 상자들이 지금 큰 차에 잽싸게 실리 고 있다. 포로처럼 잡혀 와서 어딘가 길로 들어서기 위해 바삐 실린 다. 오르락내리락 구불구불 섬의 길을 가는 봄날의 속도보다 빨리 달린다. 저기 부산 기장의 대변항 '박정희 상점'에서도 소금이 쉴 새 없이 뿌려지고 있을 것이다. 그렇다면 봄은 가는 봄날이다.

남해 응봉산과 설흘산, 여수 돌산도도 보이고 오동도도 보인다. 저 기가 돌산도의 향일암이 있는 곳이라고 짐작했다. 오동도의 동백나 무들은 동백꽃을 떨어트리고 있을까? 돌산도의 너머에는 고흥반도 가 있을 것이고 거문도도 저기쯤 어디 있을 것이다.

미조항을 떠나 돌아가는 길, 언덕에 서서 왼편으로 시선을 돌리니 미조항 앞의 섬들이 보인다. 어젯밤 저녁밥의 그 '촌놈횟집'이 있는 미 조항이다. 가운데 있는 섬이 구운몽의 노화도. 그리고 맨 뒤의 섬이 사량도, 그 너머엔 욕지도…

층층 다랑이 논밭엔 아직 농부가 나오지 않았다. 쟁기 끌 소도 보 이지 않는다. 암수 바위의 마을, 가천은 그냥 앉아 있다. 마늘밭의 초록으로 봄을 짐작할 뿐 노랑나비 날갯짓도 아지랑이 그늘도 보이지 않았다. 종달새 날면 몸을 풀 텐가? 마늘밭 한 뙈기를 온통 독차지한 저 짚 동은 고까옷 같은 거적때기 두르고는 엎드려 바다만 보고 있다.

남해의 이틀, 토요일은 달 아래서 불 피운 밤이었고 다음 날 일요일은 응봉산과 설흘산 위에서 여기저기 보려고 눈을 밝힌 낮이었다. 밤도 낮도 온화했다. 남해의 표상은 가는 겨울 오는 봄의 층층 다랑이 논배미였다.

해와 드레스
- 남해 3

남해군 이동면 광두리의 개펄이다. 지금은 광두리 해변의 새벽이다. 어둠이 가시기도 전에 일어나 어젯밤에 걸었던 그 방파제로 갔다.

지난밤엔 칠흑 속에서 바다의 경계를 따라 한참 걸었다. 물은 어둠 속에서 찰랑대고 있었다. 이곳은 처음 온 곳인지라 길이 전혀 익숙하지 않았다. 짐작으로 걸었다. 걸어가니 방파제가 나왔고 그 방파제는 등이 지키고 있었다. 등불이 반가웠다. 방파제는 마을에서 작은 산등성이에 가려져 있었으므로 출발할 땐 잘 보이지 않았다.

방파제 등불 아래에서는 젊은이들이 몇 모여 누구는 기타 치고 누구는 노래하고 또 누구는 컵라면을 끓이고 있었다. 방학도 아니고 아직 여름도 아니어서 그리 놀 철이 아닌데도 말이다. 보기가 좋았다. 방파제를 지키는 수은등의 조명조차 받으니 더욱 아름다운 정경이었다. 우린 그들에게 인사를 건넸다. 젊은이들은 우리의 인사를 정답게 받아 주었다. 찰랑 물소리는 정다움의 배경 음악이었고. 지인과 나누는 심야의 해변 담론 그사이에 또 간간이 나눈 물과의 대화, 그것은 또 물 같은 대화였다.

밝은 아침에 다시 걸으면서 보니 그 해변은 사실은 초라한 해변이었다. 흥하는 어촌은 아닌 것으로 보였다. 빈집도 더러 보였다. 가벼운 실망이 내 얼굴을 스쳐 지나갔다. 하지만 아침노을이 물들일 때의 바다는 또 영 다른 얼굴을 연출하였다. 하늘도 어젯밤 어둠 속의 그 하늘이 아니었다. 바다는 어젯밤의 나와 나눈 대화에서 흥분했었나 보다. 개펄이 붉어지기 시작했다. 하늘은 아침 술 마시고 취한 부랑인의 얼굴처럼 벌겋게 부어오르고 있었다. 사람이나 바다나 하늘이나 개펄이나 흥분하면 저렇게 붉어지나 보다. 하늘의 붉은 꽃, 이름하여 노을, 아침노을, 붉어도 너무 붉다.

노을만 보면 이방인이 찾아온 것처럼 낯설고 어색하다는 지인의 편지글이 생각난다. 그는 그 어색함이 어느덧 진한 감동으로 찾아와서는 하늘 속으로 나의 눈을 빨아들여 버린다고 했다. 그건 나도 그렇다. 아침노을을 보고 마냥 서 있을 수만은 없었다. 눈을 이쪽저쪽으로 빨리 돌렸다. 저쪽은 금산 쪽이고 이쪽은 창선대교 쪽이다. 내가 섬에 온 것이다.

그는 물이 들어올 때 꼭 해가 뜨는 것은 아니지만, 물이 빠질 때 해가 지는 경우를 더러 만난다고 했다. 그럴 때면 그는 숙연해진다고 했다. 그럴 때 나도 숙연해진다. 황혼은 축제다. 디오니소스 축제다. 디오니소스처럼 암소를 잡는 살(肉)의 축제를 한판 벌이지 못하더라도 우리는 축제를 벌여야 한다. 아니, 나 혼자서라도 축제의 춤을 추어야 한다. 하지만 난 춤출 수 없다. 춤을 출 줄 모르니까.

노을 진 들녘 길에 서면 어쩔 줄 몰라 혼자 운다고 했다. 그는 그냥 운다고 했다. 그냥 우는 이를, 혼자 우는 이를 달래어 울음 멈추

푸른 빛의 항케지

게 하려면 위로의 춤, 한판 굿을 벌여야 하는 거 아니겠는가. 그런데도 나는 춤출 수 없다. 물이 빠질 때의 황혼은 나를 더욱 황홀하게 만든다. 일몰과 일출은 다 같이 숙연하게 하지만 일몰의 숙연은 차분히 가라앉히는 숙연이다. 일몰과 썰물이 겹치면 더욱더 환상이다.

그의 어머니는 노쇠한 지금도 일하러 나가신다고 했다. 그래서 그는, 일몰은 한없이 그리움 일게 한다고 했다. 바다 위에 빨간 그림자를 길게 드리우면서 사라질 듯 말 듯, 결국엔 숨어버리는 해를 그는 슬프게 바라본다고 했다. 해는 늘 감당하기 어려운 여름의 정열을 한껏 뿜어 던지고는 부끄러운 듯 산 뒤로 숨어버리는 것 같다고 했다.

가끔은 해가 지는 것이 싫어서 해가 길고 넓은 드레스를 입고 있었으면 좋겠다는 생각이 들기도 한다고 한 그의 말을 잊을 수가 없다. 그는 그 드레스 자락을 붙잡고 해가 빨리 지지 못 하도록 할 수 있을 테니까 그런 생각을 한다고 했다. 일요일이면 언제나 그런 생각이 들었다고 했다. 저 해를 조금 더 붙잡아 두면 내일이, 월요일이 늦게 올까 하면서 엄마의 지친 어깨를 한 번 더 주물러 드릴 수 있도록, 해가 아주, 아주 늦게 기울기를 바랐다고 했다. 해의 드레스 자락을 볼 수 없었음인지 아니면 해가 옷을 입지 않았음인지, 그는 산 뒤로 숨어버리는 해를 그저 바라볼 수밖에 없었다고 했다. 그는 내 강의실 학생이다. 그 당시에 개설되었던 야간 강의 반의 직장인 여학생이다.

해가 떴다. 똑같은 해인데 아침노을을 개펄 위에 너울로 펼치던 그 해가 이번엔 그 노을을 밀어낸다. 기세등등하던 그 노을은 힘없이 밀려갔다. 아침노을을 보며 한 나의 저녁노을 단상도 해는 밀어내었다. 노을이 덮고 있던 그 개펄을 이번엔 물이 덮기 시작하였다.

물이 거의 다 차 갈 무렵 우리는 삼천포 대교를 건너 부산으로 돌아왔다.

쌍홍문, 그 신화적 암굴

- 남해 4

　다른 기회에 다시 온 남해, 쌀쌀하다. 출발하는 11월 중순의 어느 토요일 아침 이야기다. 출근하여 토요일 분량의 일을 마친 후 부산을 떠났다. 남해에 가는 길이다. 어디로 갈 때 나는 더러 도중에 샛길로 빠지기도 했는데 이번에는 빠지지 않고 곧장 달려 오후 1시경에 남해대교에 도착했다. 언제 봐도 아름다운 다리의 풍경, 깃발은 펄럭이지 않았다. 지난해 여름, 그러니까 아까시 꽃 무더기로 피던 초여름의 이 다리는 깃발을 줄줄이 달고 있었는데.

　금산을 걸어서 오를 예정만 아니었다면 핸들을 오른편으로 꺾어 서면과 남면의 꾸불꾸불 해안 길을 소슬히 따라갔겠지만, 걸어서 올라갈 오후 산행인지라 10분이라도 빨리 오르기 위해 남해읍을 거쳐 곧장 상주로 갔다. 멀리 또 가까이 보이는 마늘밭의 순들이 새삼 푸르다. 남해 겨울 초입의 풍경을 푸르게 보이게 한다. 푸른 바다와 푸릇한 마늘 순….

　이동면을 지나 상주면으로 들어섰다. 굳이 행정단위로 말하자면 대교의 고현면을 출발하여 남해읍, 이동면 그리고 상주면이다. 왼편에 금산으로 오르는 길 안내 표지판이 서 있다. 저 길을 따라가면 금산 꼭대기까지 금방 가버린다. 저 길을 따라갈 생각이 없다. 상주 해수욕장 조금 못 미쳐 있는 등산로 입구에서 산행할 예정이다.

오른편으로 바다가 길 높이로 펼쳐져 있다. 그러니까 높은 언덕에서 내려보는 바다가 아니고 눈높이에 비교적 가까운 바다다. 저만치 노도가 있다. 서포 김만중의 유허가 있는 섬 노도, 그 바다를 지날 때 나는 늘, 보석처럼 빛나는 그 바다의 윤기로 말미암아 황홀해진다.

이번에도 그랬다. 편과 함께 가는 길이어서 그렇지 혼자 가는 길이었다면 차를 세우고 밖으로 나와 언덕에 서서 한참 서성거리다가 갔을 것이다. 보름달 밤의 불빛 없는 바다의 은물결, 한낮의 비스듬히 기울어지는 태양 아래의 은물결, 그것은 밤과 낮이라는 차이만 다를 뿐 보석의 빤짝임이고 왈츠였었다. 온통 빤짝임인 바다를 본 적 있을 것이다.

차를 주차하고 위로 출발할 때 누구에게, 이 길로 올라가면 보리암에 도착하는지 물었더니, 금산의 등산길은 사방으로 여러 개의 길이 있으나 그 길로 쭉 올라가면 자연이 만들어준 정문, 일주문 격인 쌍굴 즉 쌍홍뮤(雙虹門)을 통과하게 되다고 말해 주었다

올라가는 중에 그 쌍굴에 이르기까지 산은 사이사이로 여러 얼굴을 보여 주었다. 잎이 달려 아직 조락의 계절이 아닌 듯이 서 있는 나무를 보여 주고, 잎 떨어져 앙상한 가지의 나무를 보여 주더니, 또 그 나무 사이로 우람한 신체의 바위를 보여주고 먼바다도 보여주었다. 꽃처럼 붉은 잎을 보여 주더니, 봄인 듯이 저리 푸른 연초록 잎도 보여 주었다.

하지만 붉은 잎도 연초록 잎도 혼자였다. 나지막한 키의 나무, 나

무랄 수도 없는 땅개 같은 나무에 언제까지 떨어지지 않고 저렇게 매달려 있을 것인지. '마지막 잎새'의 담쟁이들도 잎을 다 떨어트렸던데, 그래서 홀로 가지이던데, 저 난쟁이 나무는 붙든 하나 저 잎을 놓아주지 못한다. 붙들어 우는 통곡, 붉음과 그리고 철을 놓친 저 푸름…. 도중에 몇 번 앉거나 서서 땀을 훔치면서 쉬엄쉬엄 올라갔다.

저기 위 큰 암석이 보인다. 쌍홍문이 저기 있는 모양이다. 가까이 다가가서 발걸음을 멈추었다. 쌍무지개 같다고 해서 쌍홍문이 되었다고 하는데 내 눈에는 해골에 뻥 뚫린 공허한 눈구멍으로 보인다. 영락없이 해골 바위다. 약간 괴기스럽기까지 하다.

그런데 그 암굴 안으로 들어섰을 때 느낌은 밖에서 본 이미지와 확연히 달랐다. 암굴 내부로 들어서니 위로 올라가는 돌계단이 어둠에 가려져 있다. 마치 이 세상과 딴 세상, 사바세계와 극락세계를 잇는 가교처럼 보였다. 그리고 4m 정도의 높이에 똑같이 생긴 세 개의 구멍이 나란히 뚫려 있다. 서늘하지만 온화하기도 한 기운이 느껴진다. 11월 이어서 그렇게 느껴졌을 것이다.

쌍홍문 암굴을 통과하여 해발 681m의 금산에 오르니 온통 바위, 바위 전시장이다. 어떤 바위는 여자 옷 같고 어떤 바위는 남자 몸 같다. 봉수대를 한 바퀴 빙 돌고는 바다를 내려다본다. 저 멀리 올망졸망한 섬들은 미조항 부근이다. 그리고 그 아래는 상주 해수욕장이고.

정상에서 조금 내려오니 보리암이다. 불상 앞의 탑에서 탑돌이를 했다. 일곱 바퀴밖에 돌지 못했다. 도는 사람이 많아서 그랬다. 보리암의 탑 자리, 불사하기 전에도 좁아서 안타까운 자리 차지였는데 이제는 아주 시야를 가로막고 서버린다. 다음에 남해 금산을 다시 오르면, 보리암은 그냥 지나치고 바위들만 돌아보고 오겠다고 강한 마음을 먹어 버린다.

쌍홍문을 다시 통과하여 아래로 내려왔다. 금산 정상의 보리암에 오르내릴 때 통과해야 하는 쌍홍문은 큰 바위들이 맞물려 낸 두 개의 큰 바위 구멍이다. 쌍홍문, 올라가면서 그 앞에 마주 섰을 때 느꼈던 경이로움은 빨리 통과하여 금산 꼭대기에 가야 한다는 강박관념 때문에 잠시 억제되었지만, 그 암굴을 통과하여 내려올 땐 걸음을 멈추고 돌아서서 찬찬히 살펴볼 여유가 있었다.

암굴, 볼수록 신화적이고 원시적이다. 누구의 눈에는 눈구멍 두 개가 뻥 뚫린 해골 바위 모습이 아니라 여인의 눈웃음 같은 부드러운 곡선의 눈매 얼굴로 보이기도 하다는데, 그리 보니 이번에는 내 눈에 그렇게 보이기도 했다. 이성복 시인의 시, '남해 금산'이다.

> 한 여자 돌 속에 묻혀 있었네
> 그 여자 사랑에 나도 돌 속에 들어갔네
> 어느 여름 비 많이 오고
> 그 여자 울면서 돌 속에서 떠나갔네
> 떠나가는 그 여자 해와 달이 끌어 주었네
> 남해 금산 푸른 하늘가에 나 혼자 있네
> 남해 금산 푸른 바닷물 속에 나 혼자 잠기네[28]

---

28) 이성복 지음, 『남해 금산』, 문학과지성사(2014), 전자책, 92쪽, '남해 금산' 전문.

이성복 시인의 남해 금산 프리즘으로 보니 쌍홍문의 암굴과 또 그 속의 돌계단은 더욱 신화적 설화적 공간으로 보였다.

산에서 내려오니 바다가 어두워지고 있었다. 편은 다리가 하나도 안 아프다고 했다. 나도 다리 안 아프다고, 걸을 만하다고 했다. 남해 대교를 건너 섬을 빠져나오는 동안 그 암굴이 내내 생각났다.

여러 해 후에 남해 금산 보리암을 다시 찾았다. 이번엔 앵강고개를 넘어 이동면 복곡저수지 주차장에다 차를 세워 두고 셔틀버스를 타고 올라갔다. 지난번엔 쌍홍문이라는 정문을 통과하여 올라갔지만 이번에는 후문으로 들어간 셈이었다. 셔틀버스에서 내려서 걷는 길도 제법 되었다. 보리암을 거쳐서 쌍홍문으로 내려갔다.

이번에는 소설 '쌍홍문'을 미리 읽고서 쌍홍문에 갔었다. 이 소설은 내가 남해 금산 쌍홍문을 처음 다녀온 시점에서 10여 년 후에 나온 소설이다. 작가의 말에 의하면 소설 쌍홍문은 이상과 현실을 오가며 생활하는 청년들의 세계를 형상화한 작품이다. 작가는 경쟁률이 치열한 생존의 현실에서 살아남으려는 청년들의 의지를 소설에서 그렸다고 했다. 그리하여 등장인물들이 도전에 앞서서 산천을 여행하면서 도전에 앞서 거의 마지막 순간에 결의를 다지는 장소로써 쌍홍문을 설정했다고 했다.[29]

이번 여름의 쌍홍문과 지난번 초겨울의 그것은 매우 달랐다. 아무래도 감흥은 덜 했다. 더워서 그랬고 또 이미 그 형상을 알고 내려가

---

29) 손정모 지음, 『쌍홍문』, 타임비(2014), 전자책, 333쪽, '작가의 말' 참조.

서 그랬다. 시야가 뿌옇게 흐리기도 했고. 그래도 암굴 거기서 소설 쌍홍문의 젊은이들이 결의하는 장면을 그려볼 수 있었던 것은 이번 산행의 소득이었다.

푸 른   빛 의   항 케 지

누군가의 시선
- 남해 5

3월이 가까운 2월 말에 지인들과 함께 남해의 '소나무펜션'에다 하룻밤 짐을 풀었다. 지인들이란 부산의 가톨릭 평신도 지도자들이다. 위치는 남해군 남면 당항리의 해안가 절벽이다. 남해 섬의 남면 해안 길을 따라오다 보니 바다가 호수 같다. 앵강만이라고 한다.

도착해서 보니 소나무펜션 이곳도 참 절경이다. 그런데 소나무 사이의 해안가 절벽 위에 있는 이 펜션이 처음 와 보는 곳인데도 어쩐지 익숙하다. 언젠가 선 경험한 장소인 것 같다.

그건 그렇고, 아직 짐을 다 풀기도 전에 "저기 아래 저곳은 가천 다랭이마을이고 저 산은 설흘산이며 앵강만 건너 저편 높은 봉우리 저것은 금산"이라고 주인장이 말한다. 비스듬히 옆으로 보이는 저 작은 섬은 서포 김만중 선생의 유배지였던 노도라고 그는 이어서 또 말했다. 아름다운 풍경에 둘러싸인 소나무 솔숲이었다. 비록 그리 많은 수의 소나무는 아니었던 것 같지만.

입구에 도착했을 때 막연히 느꼈던 기시감은 방으로 들어가 짐을 푼 후 바깥 바다를 봤을 때 더 선명해지고, 밤에 밖으로 나왔을 때 또 뒷날 아침에 안개가 살포시 낀 바다를 봤을 때 더더욱 뚜렷하게 윤곽이 드러났다. 이곳으로 오기 전에 읽었던 정찬 작가의 몽환적인 내용의 소설집 『회고 둥근달』의 〈작은 꽃 한 송이를 들고〉에서 묘사된 '펜션 하늘정원'과 맞아떨어진 것이다.

> 남쪽 바다는 봄의 몽환에 싸여 있었다. 자욱한 안개와 부풀어 오른 수면, 먼 곳에서 들려오는 뱃고동 소리와 새의 깊은 날갯짓, 나는 봄의 몽환으로 느릿느릿 들어갔다. (…) 오솔길을 따라 내려갔다. 오솔길은 집 측면을 지나 돌계단으로 이어졌다. 돌계단을 따라 오르니 '펜션 하늘정원'이라고 쓰여 있었다.[30]

사실 밤에 나는 약간 홀린 기분이었다. 물론 홀리는 것에게 내가 끌려가진 않았다. 그것은 그 단편에서 주인공이 하는 몽환적 선취 경험과 어쩌면 유사한 것이었다. 그 단편의 개략적 줄거리는 이렇다.

화자인 그는 '혼령'이라는 연극의 무대 디자이너다. 그는 혼령을 관객에게 느끼게 하기 위해 스스로 혼령으로 변신하는 상상을 반복적으로 하다. 꿈속에서 혼령을 만나고 난 다음 무대 디자인을 완성한다. 꿈속의 혼령은 자신과 구별되는 존재이면서도 자신과 하나 된 존재로 나타난다. 또한 그 순간 자신이 여자이면서 남자가 되어 있음을 알아차린다. 그럼으로써 그는 현실적 존재이면서 동시에 꿈속의 존재가 된다.

연극 공연이 끝난 후 그는 남쪽 바다 어느 해안으로 여행을 갔는

---

30)　정찬 지음, 『회고 둥근 달』, 현대문학(2006), 12~13쪽, '작은 꽃 한 송이를 들고'에서 발췌.

데 언덕에는 펜션이 있다. 그런데 그 펜션 이름은 '펜션 하늘정원'이다. 마침 펜션 뜰에서 결혼식이 거행되고 있는데 펜션 주인집 딸인 신부를 보는 순간 그녀가 바로 그의 꿈속의 여자 즉 혼령과 동일 인물이라는 느낌이 강하게 온다.

펜션 주인의 배려로 다락방에서 그가 묵게 되는 방은 아까 낮의 결혼식 신부의 방이다. 그 방에서 그는 펜션 주인집 딸이 보던 루마니아의 철학자 에밀 시오랑의 단상 집을 펼치는데, 그가 밑줄 그은 단락에 똑같이 밑줄이 그어져 있는 걸 보고 놀란다. 또한 그녀의 성장 과정을 담은 앨범을 펼쳐 보면서 그 자신을 그녀와 동일시하면서 환상에 빠진다.

그 환상에서 누가 계단에 앉아 있는데 얼굴이 여자인 것 같기도 하고 남자인 것 같기도 하다. 그 얼굴의 사람은 자기를 꽃 한 송이 들고 평생을 떠돈 유랑자라고 독백한다. 그가 작은 꽃 한 송이를 들고 일어서는데 앞에 누가 있다. 그는 두 존재를 동시에 보고 있다. 두 사람 중의 하나는 나다. 하지만 꽃을 든 존재가 나인지 그와 마주하고 있는 존재가 나인지 그건 모르겠다. 가까워지니까 또렷해진다. 꽃을 든 존재가 나다. 나는 그녀에게 꽃을 바친다. 그녀는 내가 내민 꽃을 받는다.

그때 그 방의 주인 즉 펜션 주인집 딸인 낮의 신부가 나타난다. 그는 그녀에게 혼령 무대 이야기와 자기 꿈의 이야기를 들려준다. 신부는 혼령의 여자와 똑같은 체험을 하고 그의 옆에서 잠에 빠져든다.

디자이너도 눈꺼풀이 무거워지면서 눈이 절로 감긴다. 몸 안으로 스며드는 달빛에 씻긴 몸이 작은 꽃처럼 흔들린다. 작은 꽃처럼 흔들리는 내 몸을 누군가가 보고 있는데 그 보는 자는 그녀 같기도 하고, 혼령 같기도 하고, 또 다른 나 같기도 하며 전혀 모르는 사람 같기도 했다. 모든 사람의 얼굴이 깃든 초월적 존재 같기도 했다.

몸 안으로 스며드는 달빛이 느껴졌다. 물처럼 스며드는 달빛은 몸을 말갛게 하고 있었다. 말갛게 씻긴 내 몸은 달빛의 물결에 작은 꽃처럼 흔들렸다. 작은 꽃처럼 흔들리는 내 몸을 누군가가 보고 있었다. 그녀 같기도 했고, 혼령 같기도 했고, 또 다른 나 같기도 했고, 전혀 모르는 사람 같기도 했고. 모든 사람의 얼굴이 깃든 초월적 존재 같기도 했다. (『회고 둥근 달』 55쪽)

"작은 꽃처럼 흔들리는 내 몸을 누군가가 보고 있었다." 말하자면 이는 누군가의 시선이다. 그런데 누구의 시선일까? 내가 내 몸 밖으로 나가서 나를 보고 있는 것 아닐까? '꽃 한 송이 들고서'에는 꿈 이야기도 많이 나오고 얼굴 이야기도 많이 나오며, 전체 흐름이 몽환적이기 하데 마지막 단락이 여기에 와서는 읽고 있는 나를 아예 혼미에 빠트려 버렸다.

정찬의 소설 경향은 일반적으로 한국 소설이 가지고 있는 단순성을 벗어나 복합적인 것에 그 특징이 있는데, 그의 문학적 목소리가 다른 사람에게서 들을 수 없는 두께와 무게를 지니고 있는 것은, 거기에 영혼의 목소리가 들어 있기 때문이라고 작품 해설자는 말한다 (『회고 둥근 달』 323쪽). 이 지적에는 수긍이 간다. 그리고, 정찬의 소설은 천천히 읽는 사람에게 작가 정신의 저 깊은 곳에서 솟아나는 영혼의 목소리와 같은 감동을 준다는 지적에도 수긍이 가고.

남해 솔숲 속 펜션의 아침이다. 언덕에서 본 이튿날 아침의 바다 풍경은 고요했다. 소설의 주인공인 '나'의 '얼굴' 오버랩은 몽환의 바다 풍경 이루어졌다. 그것과 비슷한 이 몽환의 바다 풍경은 내가 그 디자이너라는 착각에 잠시 빠져들게 했다.

아무튼 정찬의 소설 속의 유랑은 천박한 현실에 매달리는 것이 아니라 그 현실에서 벗어나고자 하는 끝없는 상상의 세계에서의 유랑이라고 하니, 소설가 정찬은 신과 인간의 관계를 배경으로 구원을 향해 나아가는 진중한 목소리를 주로 담아 왔다고 하니. 그 시선이 누구의 시선인지 확정하지 않고 내 상상의 나래에 맡기는 것이 이 소설 읽기에 부합하는 것이라고 여기고 더는 물어보지 않기로 했다. 상상에 맡길 뿐.

남해, 소나무 사이의 해안가 절벽 위 소나무펜션에서 홀린 듯 하룻밤을 지낸 후 돌아온 그다음 날, 나는 '꽃 한 송이를 들고서'를 다시 펼쳐, 거기에 등장하는 여러 얼굴들을 확인하면서 누가 누구인지를 식별하려 집중해서 읽었다. 읽어 나가다가 문득 내 유소년 시절의 사천 읍내로 가는 다리, '열물 다리'를 떠 올렸다.

열물 다리(十水橋, 십수교)는 소년 시절 함께 하다가 헤어진 후 노년이 되어 다시 만나 우정을 나누는 고향 친구들의 만남에서 단골 화두다. 그 다리에는 오후만 되면 술에 취해 나타나 지나가는 사람을 붙들고는 "너는 누구냐? 나는 누구냐?"라는 질문을 던지는 사람이 있었다. 하루 이틀도 아니고 한 해 두 해도 아닌 긴 세월을 그는 그렇게 했다. 술을 마시기 전에는 사람 좋고 일 잘하는 유능한 농부였는데 초저녁에 술만 취하면 사람이 질문자로 바뀌는 것이었다. 그리스 신화의 테베 언덕에서 스핑크스가 하는 질문 태도와 똑같았다고나 할까.

늦은 오후 귀가하는 학생들이 주로 그 사람에게 붙들렸다. 물론 나도 몇 번 붙들렸고. 질문은 변함없이 똑같았다. "너는 누구냐? 나는 누구냐?" 자기 존재를 확인하려는 것이었을까? 아니면 그 질문을 받는 상대방에게 '너 자신을 알라'는 것을 주지시키려 했던 것일까?

그분은 벌써 지구를 떠나셨다. 내 나이 또한 그분이 그 다리에서 물음을 제기하던 때의 나이를 훨씬 지나쳐 있다. '꽃 한 송이 들고 서'에서의 '누군가의 시선'은 나를 '누군가에 관해 물음'에 까지 끌고 왔다.

미지의 노래

1968년 얘기다. 서울 가톨릭대학교의 혜화동 캠퍼스 기숙사에 편지가 한 통 왔다. 신입생인 나에게 온 편지다. 캠퍼스엔 개나리도 있었고 구석엔 라일락도 서너 그루 있었다. 라일락이 잎으로 푸르던 때였을 것이다. 겉봉의 보낸 사람 이름을 보니 알지 못하는 이름이었다. 박○○(이하 P), 주소는 부산의 B대학 간호학과 기숙사였다. 타이프 용지에다가 초록색 잉크로 쓴 편지였다. 초록색, 예나 지금이나 나는 연초록을 좋아하고 나 또한 만년필에 초록 잉크를 구해 넣던 때였는지라 그의 편지글이 초록색이었다는 것을 선명히 기억하고 있다. 그때는 타이프 용지가 참신한 종이였다.

편지에서 그는, 같은 학과 친구인 김○○(이하 K)을 통해서 내 주소를 알게 되었다고 했다. K는 진주에서 고교 시절에 내가 속한 성당 학생회 회원의 언니인데, 그는 내가 대학에 입학한 후 편지를 보내주곤 했다. 그때 편지에서 그가 적어 보내 준 헤르만 헤세의 시, '안갯속을 거니는 것은 이상하다'가 기억에 남아 있다. 지금은 독일 베를린에서 독일 국민으로 살고 있으며, KBS 한민족 리포트에도 출연했었고 암 극복 관련 강의 등의 이유로 앞으로는 초청에 의한 고국 방문 기회가 많을 것이라고 했다. 2003년 6월에 귀국했을 때 그를 나는 30

여 년 만에 처음 만났다. 아무튼, 이런 인연으로 미지의 사람, 대학생이 보낸 편지가 내게 온 것이다. 그땐 펜팔 같은 게 젊은이 문화의 하나로 여겨지던 때였다.

P와 두어 번 편지 왕래 후 맞는 첫여름 방학이다. 나는 시골의 집이나 머물 곳 진주로 가지 않고 부산으로 바로 내려갔다. 다른 볼일 때문에 부산에 먼저 온 거지만 그 볼일 중의 하나는 P를 만나는 것이기도 했다. 그의 기숙사에서 만났다. 휴게실에 앉자마자 그는 대뜸 자기를 따라서 어디로 가자고 한다. 데리고 갈 장소가 있고 들려줄 음악이 있다는 것이었다.

그는 걸음이 나보다 한 발짝 빨랐다. 앞에서 나를 인도하는 형국이었다. 처음 만남, 처음 걸음인데도 말이다. 가는 장소는 광복동 혹은 남포동 근방의 음악실인 '오아시스'이고, 들려줄 노래는 '수색의 왈츠'라고 했다. 수색의 왈츠? 그 말을 듣는 순간 이상하게도 내 마음에 바로 새겨졌다. 필이 꽂힌 것이다. 그 이후로 수색의 왈츠는 한 번도 내 마음에서 떠난 적이 없었다. 수색은 '水色'일 것이라고 짐작했다.

오아시스는 부산에서 알 만한 사람은 다 아는 유명한 음악실이라고 했다. 도착하여 안으로 들어갔다. 사람이 별로 없었다. 낮이어서 그랬을 것이다. 소파에 앉으니 몸이 푹 빠졌다. 푹 빠지는 소파는 그 이후 내 뇌리에서 오아시스의 상징물 하나로 자리 잡았다.

들려주겠다고 한 음악을 들을 수 없었다. 디스크자키가 아무리 찾아도 찾지 않는다고 하는 것 같았다. 그는 오아시스 주인이 아니었던 모양이다. P의 얘기로는, 오아시스 음악실의 바깥주인은 외항선 선장인데 귀한 레코드를 많이 수집해온다고 했다. 안주인이 레코

드판을 주로 관리한다고 했던 것 같다. 디스크자키가 디스크를 찾지 못한다는데 어쩌랴. 우린 그 음악을 듣지 못하고 일어서야 했다.

애써 들려주려고 했던 그 음악을 들어보지 못했지만, 듣지 못해서 오히려 더 그렇게 된 것일까. 그 이후로 그 음악은 제목만으로 나의 노래로 되어 가고 있었다. 가사가 있는 음악이 아니라 연주 음악일 것으로 짐작했다. 물론 P가 그렇게 말했을 것이다.

밖으로 나와 헤어졌다. 나는 혼자서 여객선 부두로 갔다. 배를 타고 삼천포로 갈 생각이었다. 배 시간이 맞지 않았는지 한참 섰다가 돌아온 기억이 생생하다. 그리고 난 진주로 갔다. 아니, 어쩌면 송도로 갔는지도 모른다. 그때 부산 송도는 꿈의 바다였기 때문이다. 그 무렵엔 해운대보다는 송도가 더 가고 싶은 바다였던 것 같다.

음(音)을 들어보지 못했는데도 그 노래는 더욱 내 노래로 되어 가고 있었다. 독일로 간다는 말을 적은 편지 이후로 그로부터의 연락은 더는 없었다. 독일에서 살고 있는지 돌아왔는지, 사람에 대한 기억은 흐려져 갔다. 그리고 세월이 흘렀다.

살아오면서 잊은 것도 많다. 그러나 수색의 왈츠는 잊히지 않았다. 그 노래는 미지의 노래로 내 마음 깊은 곳에 들어앉아서는 부활을 기다리고 있었다.

수색의 왈츠도

　먼 곳의 그림자 같던 2000년이라는 숫자가 우리 앞에 형상을 띠고 나타났다. 그로부터 또 3년이 지난 2003년이다. 내가 찾는 노래는, 그러니까 찾으면서도 찾지 못하고 긴 세월을 가슴에 품고 있는 노래는 세 개 즉 '모란이 피기까지는'과 '수색의 왈츠'와 그리고 '만추'였다. 모란이 피기까지라는 노래는 소년 시절부터, 수색의 왈츠는 막 청년기로 접어들 때 그리고 이만희 감독의 영화 '만추'의 주제가는 한창 청년기에 내게 각인된 노래였다.

　2003년 10월 22일 수요일, 그토록 찾던 '모란이…'를 드디어 찾았다.[31] 찾은 기쁨을 글로 만들어 '바람새' 사이트에 올렸다. 바람새 (windbird)는 70년대의 포크 가요와 포크 가요에 얽힌 사연들을 소개하고 나누는 곳이다. 거기에 난 이렇게 썼었다.

　　그토록 내가 찾던 '모란이 피기까지는'의 악보를 올려 주신 분들께! 노래에 대한 정보를 제시해 주시고 관심을 보여 주신 분들께 감사

---

[31]　이에 대해서는 나의 첫번째 산문집인 『길 위의 사색』, 북랩(2016), 121~131쪽, '이렇게 찾은 악보'에 상세히 기술되어 있다.

드립니다. 노래를 찾아서 듣고 있는 기쁨을 함께 나누고 싶습니다. 제가 지속해서 찾고 있는 노래는 세 개였습니다. 그중 하나가 바로 이 '모란이…'입니다. 그리고 다른 하나는 '수색의 왈츠'입니다. 마지막 하나는 만추.

'모란이…'는 내가 아는 노래이고 수색의 왈츠는 모르는 노래, 한 번도 들어 보지 못한 미지의 노래입니다. 이번에 '해변의 카프카'라는 소설을 읽어 보니 해변의 카프카가 주인공 이름이면서 또 소설 속에서 주요 모티브를 가지고 있는 노래 이름이기도 하데요. 해변의 카프카에게 해변의 카프카라는 노래가 의미를 지니는 것처럼 저에게도 수색의 왈츠는 정서적 모티브를 중요하게 가지고 있는 노래입니다.

하지만 한 번도 들어보지는 못한 노래이니 찾게 될 가능성이 거의 없습니다. 이 노래를 저에게 처음 말해 준 사람이 서울에 살고 있다는 풍문이 있어, 그 사람을 수색하여 찾으면 들을 수 있을는지도 모르긴 합니다.

이 글을 올리자마자 '모란이…'의 악보를 찾아 준 박성서 님이 그 글 아래에 다음의 댓글을 달았다.

조금 전 은행잎 가득한 광화문 보도의 벤치에서 잠시 펼쳐본 책인 '손석우'에 실려 있던 '모란이 피기까지는' 악보를 따라 음을 더듬어가다가 이전의 배 교수님 글이 떠올랐는데, 컴퓨터를 열자마자 듣게 된 노래가 바로 이 '모란이…'였습니다. 전율이 일었습니다. 이 노래는 당시 작가 이경재 씨가 쓴 KBS 라디오 방송극의 주제가였다더군요. 영랑의 시가 드라마 속에선 어떻게 나타났을까 궁금해집니다. 수색의 왈츠 음반도 곧 올리겠습니다.

나는 놀랐다. '모란이…'를 동시에 생각했다는 것도 놀랍지만, 그보다는 전혀 기대하지 않았던 수색의 왈츠에 대해서 언급한 것이 내게는 더 놀라운 일이었다.

박성서 님, 아니 서울과 부산에서 서로 마음이 통했을까요? '모란이…' 이 노래를 동시에 생각하게 되다니 말입니다. 무엇보다 제가 지금 흥분하고 있는 것은, 박성서 님이 수색의 왈츠를 올려 주시겠다고 하는 점입니다. 부디 좀 올려 주십시오. 저가 그 노래를 들을 수 있다면 그건 환상적 황홀입니다.

10월 17일 금요일, 새벽이라고 일어나니 2시 40분경이었다. 새벽인가? 새벽이라고 하기엔 너무 이른 시각, 깊은 밤이다. 도로 눕기도 뭣해서 자리에 앉았다. 날이 새면 낮에 사람들 앞에서 몇 마디 얘기해야 한다. 그래서 잠이 깬 김에 강연 원고를 점검할 참이었다. 수색의 왈츠 음반도 바람새 사이트에 곧 올려주겠다는 서울 MBC 박성서 님의 글이 머리에 떠오른다. 수색의 왈츠를 찾을 수 있다니. 그런데 원고를 읽으니 눈이 침침해진다. 그래도 눈을 비비면서 계속 읽었다.

약 10년 전, 그 이전에 아픈 눈의 상태가 지속하였으므로 맘먹고 병원엘 간 적이 있다. 그때 당시로는 부산에서 큰 병원이던 메리놀병원의 안과로 갔었다. 의사가 나보고 "눈은 괜찮은데 눈물(샘)이 많이 말랐기 때문이라고, 눈물이 나는 약을 좀 주겠다고, 이 이후로는 눈물 흘릴 일을 만들어서라도 슬픈 일이 있으면 좀 우시라고," 농담 반 진담 반으로 내게 말했다. 눈 안 아프려면 눈물 날 때 그 눈물을 흘리라는 것이다. 물론 그 이전에도 그 이후에도 내가 운 적은 없다. 눈물이라든지 눈시울 또는 "눈시울이 젖는다"는 등의 표현을 편지 등에 사용해 본 적 없다.

일정 시점 이후에 그렇게 되었다. 억지로 나의 논리를 규정해 보면, 난 로고스적인 사람이 아니라 파토스적 사람이다. 또 나는 누가 나를 밀면 밀리는 아이였지 남을 미는 아이는 아니었다. 내가 누구를 또래에 끼워주지 않으려고 그를 밀어낸 아이는 아니었다.

중학교 졸업 후 고등학교 합격증을 받고도 진학하지 못했을 때 난 밀렸다는 생각을 극도로 하게 되었다. 고등학교 교복을 입은 친구들 앞에서 드는 위축감은 생각보다 컸다. 교복의 저 의젓한 표정을 내가 꼭 딛고 일어서겠다고 생각했다. 그때 이후로 눈시울 등의 표현은 내 사전에서 지워졌고 그래서 그랬는지 모르지만, 안구에도 건조증이 오게 되었던 것 같다.

나는 나를 조금은 안다. 소크라테스가 들으면 펄쩍 뛰겠지만 내가 나를 모르고 누가 나를 알겠는가. 말하자면 소년 시절의 나는 자주 울컥하는 아이였지 이성적으로 차분하거나 의지적으로 돌진하는 아이는 아니었다. 울면 울었지 웃은 아이는 아니었다는 뜻이다. 그리고 소년 청장년 중년을 지나 그곳으로부터 훨씬 더 먼 지점에 와 있는 지금, 나는 이제 누구에게 아카시아 이파리를 입에 물면 슬픔에 젖는지를 묻거나, 그런 건 뭣 하러 입에 무는지를 반문하지 않을 정도의 무덤덤 상태에는 진입해 있다.

원고를 검토하다가 새벽이 가까워질 무렵에 다시 잠자리에 들었다.

푸른 빛의 항케지를

10월 19일 일요일 어제 낮에 나는 사람들 앞에서 준비한 얘기를 풀어내었다. 이야기의 제목은 '갈 길을 쓰러질 때까지 간 타르코프스키'였다. 그 모임은 '갈 길'이라는 이름을 가지고 있었기에 갈 길에 대해서 이야기하기 위해 주제를 이렇게 정한 거였다. 걱정하는 마음으로 물을 주면 죽은 나무도 꽃을 피운다고 하는 영화 '희생'은 바로 타르코프스키의 유작이다.

오늘 10월 30일 목요일, 실컷 자고 눈을 떴다. 자리에 앉으니 이번엔 깊은 밤 2시 45분이다. 바람새의 음악 게시판으로 왔다. 2287번 나의 글에 '수색(水色)의 왈쓰 가사입니다'라는 댓글이 달려 있었다. 박성서 님이 올린 댓글이다

허겁지겁 달려왔습니다. 많이 기다리셨을 것으로 사료되어 먼저 죄송하다는 말씀부터 드립니다. 원곡 표기가 되어 있지는 않지만 배 교수님이 찾으시는 노래가 이 노래이기를 바랍니다. '수색의 왈쓰' 가사입니다.

그리고 이 노래의 LP판 표지 사진 및 가사를 올려 주었다. 비로소

내가 처음으로 접하게 되는 '수색의 왈쓰'[32] 가사다. '개사'라고 되어
있는 걸 보니 내가 찾는 노래 맞는 것 같다. 왜냐하면, 한국인 작사
가의 가사가 아니고 일본 작사가의 가사를 개사한 것이니까. 그렇다
면 이 노래가 일본에서는 어떤 의미가 있는 노래였을까.

　水色의 왈쓰
　김초송(金草松) 편곡, 김보란(金寶蘭) 개사 및 노래
　세기 레코드/SL-1008

　그대를 만날 그 기쁨을 가슴속 깊이
　푸른빛에 항케지를 간직하는 그 버릇이
　그 언젠가 몸에 배었어요
　눈물 자죽 가만히 감추고 싶어요

　달빛 아래 찾어오는 그리운 님아
　푸른빛에 항케지를 나에게 주시네
　그 언젠가 흐느껴 우는
　안타까운 젊은 날의 괴로운 밤이여

박성서 님은 이런 댓글도 달았다.

---

32) waltz의 우리 말 표기법은 왈츠이다. 하지만 그 노래가 번안곡으로 실린 LP판 표지 및 가사에
　　는 '수색의 왈쓰'로 되어 있다. 그래서 그 LP판 표지 가사와 직접 관련된 사실을 언급할 때에는
　　'수색의 왈쓰'로 표기하고, 일반적으로 말할 때에는 '수색의 왈츠'로 표기한다.

김보란이란 가수는 아마도 당시 재일교포 출신인 듯합니다. 또한 가사 내용 중 '항케지'는 손수건(handkerchief)이 아닐까도 생각해보았습니다. 노래 역시 곧 들으실 수 있도록 하겠습니다.

내가 찾는 노래, 그토록 찾는 노래 맞는 것 같다. 일본 노래 개사이니 내가 찾는 노래와 일치점이 있다. 우선 제목이 똑같은 점에서 그렇다. 난 음을 알고 그 음을 중심으로 수색의 왈츠를 찾은 것이 아니고 이름을 중심으로 찾은 것이니, 왈쓰 이것이 왈츠를 말하는 것이라면 내가 찾는 노래가 맞는 게 된다. 설마 같은 이름인데 전혀 다른 것인 두 개의 노래가 있으려고. 이 노래가 일본에서는 어떤 의미를 가진 노래였을까? 나는 또 이렇게 썼다.

박성서 님, 일요일 어제 어디 강연을 하러 가서 타르코프스키 감독 '희생'의 마지막 클라이맥스 촬영에 얽힌 일화를 중심으로 얘기한 후, 돌아와서 무심코 이곳으로 오니 수색의 왈쓰가 기다리고 있었습니다.
전율입니다 사실 수색의 왈쓰는 ㄱ ㄴ래에 대해 저가 전혀 아는 바가 없음으로 저가 찾는다고 해도 찾길 노래가 아니었습니다. 찾을 수 있으리라고 생각도 못 했고요. 이것이 일본의 대중가요인지 오페라인지 뭐, 우리 식으로 말해서 가곡인지 이런 것에 대해 전혀 짐작할 수 없었거든요.
그런데 이렇게 내 앞에서 수색의 왈쓰가 베일을 벗고 구체적으로 전모를 드러내기 시작하는군요. '왈츠'가 아니라 '왈쓰'였군요. 하기야 지금도 저는 waltz를 '왈츠'로 표기하는지 '왈쓰'로 표기하는지 잘 모

푸 른   빛 의   항 케 지

롭니다.

아무튼 박성서 님을 통해서 나에겐 신화나 전설로만 남아 있던 수색의 왈쓰가 이제 몸으로 내 앞에 섭니다. 이런 전율의 느낌을 또 이런 재미를 타인들이 알 수 있을까요?

수색의 왈쓰를 찾으면 어디로 갈까? 동해로 갈까? 해남 저 아래 진도 섬으로 갈까? 아니면 포구가 아니라 산으로? 동해안에 가야지. 동해안의 길을 달려야지. 할 수만 있다면 밤을 새워야지. 화진포로 갈까나. 화진포에 가서, 낮 파도, 밤 파도가 보이는 창의 방에 앉아서 왈츠를 부르고 왈츠를 듣고 또 왈츠를 출까나… 부르면서, 들으면서, 추면서, 깊고도 푸른 밤을 새우고 또 샐까나. 그러다가 새벽이 오면 파도 포말에 발을 적실까나…

차이콥스키의 '백조의 호수' 중 '정경'이 듣고 싶다. 정경은 내가 젊은 시절, 우울하거나 외로울 때 들으면 그것에서 벗어나게 해주었던 선율이다. 또 설경을 보거나 기쁨이 벅차오를 때 흥얼거리면 더욱 심안의 지평을 열어주던 노래다.

지금이 그럴 때이다. 파도, 밤 파도를 번갈아 들으며 왈츠, 수색의 왈쓰를 밤새워 익힌다? 항케지, 푸른빛의 항케지…! 말하자면 물빛 손수건.

신화가 현실로

12월 19일 화요일, 바람새의 '박성서 음악 파일' 코너에 들어가니 뜻밖에 또 영화 만추의 테마음악과 주제가가 올라와 있었다. 앞엣것은 바이올린 연주이고 뒤엣것은 노래이다. 만추도 참 만나고 싶은 노래지만 찾을 길 없어 생각으로만 하고 있었는데 또 그분을 통해 만나게 된 것이다. 나는 이렇게 썼다.

'박성서의 음악 파일' 코너에 출입이 뜸하다가 어젯밤에 들어갔습니다. 소개해 주신 이만희 감독의 영화 이야기에 밤새 머물렀습니다. 그 영화의 감미롭던 배경음악을 다시 들을 수가 없었는데 뜻밖에 여기서 듣게 되었습니다

그 영화의 주제가인 노래 만추는 내가 처음 듣습니다. 배워서 제 노래로 하려고 지금 가사를 따라 적고 멜로디를 따라 익히고 있습니다.

저는 영화 만추를 봤습니다. 그런데 제가 언제 봤는지를 정확히 기억해 내지는 못하겠습니다. 소개해주신 박성서 님의 기록을 보면 1966년 영화인데 이때 저는 고교 시절이고 그렇다면 진주의 어느 극장에서 봤어야 하는데 자꾸 서울 종로구 명륜동에 있는 명륜 극장이 오버랩되거든요.

그리고 그 영화를 보고 나서, 문정숙이 바바리 코드 입고 벤치에 앉아 신성일을 기다리는, 아이들이 그림을 그리고 있는, 비둘기가 날아오르는, 만추의 이 배경음악이 그리 절실히 흐르는 창경원(창경궁)에 다녀온 것으로 기억이 되거든요.

  이 장면에서 그 유명한 멘트가 음성으로 또 문자로 흐르죠. 아마. 명륜 극장이 재상영관이었으니까 거기서 봤다면 1968년이거나 아니면 군 복무 후인 1972년이라는 얘기가 되는데…. 도무지 영화를 본 정확한 시점을 짚어낼 수가 없습니다.

  그 영화의 마지막 말, 그러니까 멘트는 "가을이 왔다. 여인도 왔다. 그러나 기다리는 남자는 오질 않는다"였습니다. 이 멘트를 저는 지금도 기억하고 있고 계절 만추엔 되뇌곤 합니다. 벤치는 이 노래와 참 어울리는 사물이었습니다.

  바람새에서 저의 꿈을 많이 회복합니다. 박성서 님께서도 많이 회복 시켜 주셨습니다. 영화 만추의 노래 둘, 그러니까 연주 음악과 주제가도 여기서 듣게 되고, '모란이…'도 그랬고 수색의 왈쓰 표지와 가사도 그렇습니다.

  박성서 님, 수색의 왈쓰 음원 여기 좀 올려 주실 수 있겠습니까. 올려주신다면 저에게는 그지없이 큰 선물이 됩니다. 음악 파일을 보내주시면 얼마나 더 좋을까 하고 기대도 해 봅니다.

  박성서 님으로부터 회신이 왔다.

  교수님 글 읽고 정신이 확 들어 지금 막 수색의 왈쓰를 메일로 보냈습니다. 상태가 아주 고르지 못해서 듣기에 아주 불편하실 겁니다.

영화 만추를 보셨군요. 제가 꼭 보고 싶은 한국 영화 중 하나가 '만추' 그리고 '마부'인데… 전 둘 다 보지 못했습니다.

저희 어릴 적엔 영화 보러 가는 것을 보통 극장 구경하러 간다고들 했습니다. 그런데 실제로 극장 구경만 했던 영화도 있었는데 그 영화가 초등학교 저학년 때 단체로 보러 갔던 '저 하늘에도 슬픔이'입니다. 세 남매가 부르던 노래, '따오기' 장면을 빼고는 극장이 온통 울음바다였던 것만 기억날 정도로 무지막지한. 처음에는 단체 영화 보러 간다고 소풍 가듯 들뜬 기분으로 갔었는데….

유년 시절의 기억 한가운데에 아직도 '저 하늘에도 슬픔이'와 그리고 '이 땅에 저 별빛을' 또 '사격장의 아이들' 이런 영화들이 당시 극장 크기만큼 아직도 가슴 한편에 커다랗게 자리하고 있음을 저도 만추를 들으면서 새삼 떠올리게 되는군요. 이 영화들을 다시 볼 수 있다면 하는 아쉬움과 함께.

12월 20일 토요일, 전혀 찾을 가능성이 없던 수색의 왈츠를 이렇게 찾았다. 멜로디도 듣지 못하고 가사도 보지 못하고 오로지 그 이름만 한마디 들은 것이 1968년 여름 방학인데 그때부터 이 이름은 지금까지 내게 신화로만 남아 있었는데 말이다.

그리고 오늘 12월 20일, 노래를 듣게 되었다. 35년 만이다. 신화가 현실로 되는 순간이다. 이제 이 노래를 제목만으로 내게 준 사람을 찾으면 수색의 왈츠는 완성된다. 지난 6월에 그가 서울 살고 있다는 말을 들었다. 오늘, 밤을 새워 수색의 왈쓰를 듣는다. 음질이 조금 거친 것? 그게 전혀 문제가 되지 않는다. 물론 노래가 원본이 아니고 한국 가수가 부른 번안곡이다. 그래도 원본 만난 듯이 기쁘다.

오늘 24일 수요일, 이 노래를 듣다가 문득 우리 학교의 간호대학에 B대학 출신 교수들이 많이 있음이 생각났다. 왜 그 생각을 못 했을까. 그동안 왜 이 생각이 떠오르지 않았을까. 다음 날 출근하는 대로 간호대학으로 갔다. 가서 그 대학 출신 교수 연구실로 가서 동창회 회원명부를 물어보니 마침 가지고 있다고 한다. 박○○을 찾으니 있었다. 원, 세상에, 생각을 조금 바꾸니 이리 가까이서 찾을 수 있는 것을, 알고 보니 열쇠는 바로 곁에 있는 것을.

긴가민가하면서 전화번호를 눌렀는데 본인이 전화를 바로 받는다. "여긴 부산 가톨릭 대학교인데 전화를 거는 저는…," 하는데 말을 끊는다. 알고 있다고, 풍문으로 나에 관한 소식을 들어 알고 있다고 말한다. 1968년 여름에 내게 수색의 왈츠라는 노래를 말해준 처음으로 나누는 음성 통화였다. 마침 내가 27일에 서울 갈 일이 있는데 그때 만나서 수색의 왈츠에 대해 몇 마디 얘기 좀 나눌 수 있겠느냐고 물어봤더니 그렇게 할 수 있다고 했다.

수색의 왈츠 그 신화의 완성이 이제 눈앞에 보인다. 물론 그래도 미완이고 앞으로도 미완일 수밖에 없지만… 만나면 물어볼 것이 많다. 35여 년 만이니 어디서 무엇을 하며 어떻게 살았는지를 물어보고, 나도 어디서 무엇을 했으며 어떻게 살았는지를 말하겠다. 수색의 왈츠를 내게 들려주려고 그렇게 신들린 듯(?) 데리고 간 오아시스 음악실 위치도 물어봐야 한다.

무엇보다 이 노래에 대해서 이것저것 물어봐야 한다. 그리고 내가, 그 제목만 들었지 가사도 멜로디도 전혀 알지 못하는 상태에서 어찌 이리 오랫동안 품고 있었는지에 대해서도 말해야 한다. 오늘은 24일, 성탄 전야이다.

그해 겨울의 서울

12월 27일 토요일, 편과 함께 기차를 탔다. 서울 가는 십이 열차를. 도착하여 편은 아이들 집에 남고 오후 서울 동작구 사당동 로터리의 롯데리아로 갔다. 만났다. 그의 바깥 님이 차로 문 앞까지 데려다주고 돌아갔다고 했다. 많이 아팠다고 했다. 아팠기로 이리 말랐다고 했다. 아픈 모습이었다. 모자를 깊숙이 눌러쓰고 있었다. 영원은 시간 속에 있고 삶은 세월 속에 있다더니, 세월 속에서 흘러간 삶의 흔적이 나에게서도 그에게서도 두드러지게 표시 나고 있었다. 어떻게 살았느냐고 물어봤더니 이렇게 살았다고 한다. 난 저렇게 살았다고 말했다.

음악실 오아시스 위치는 부산의 부평동이었다고 했다. 난 남포동인 줄로만 알고 있었다. 세상에, 난 여태까지 그런 줄로 알고 있었다. 오아시스는 도로 확장으로 인해 그 자리조차 없어졌을 것이라고 했다. 자기는 수색의 왈츠를 오케스트라로 들었으며 가수 혹은 성악가의 음으로 들어보지는 못했다고 했다. 비가 오거나 우울할 때 자주 듣던 연주 음악이라고 했다. 나도 물론 처음엔 그렇게 알고 있었고.

나중에 안 사실인데 작곡자 도로구 다카기(高木東六)는 2차 세계대전 중 일본의 반전 평화주의 음악가이고 곡은 일본의 교향악단에 의

해 연주된 것이라고 한다. 또 음악실 오아시스는 귀한 클래식 음반을 많이 보유하고 있었는데 그 중 수색의 왈츠 즉 미즈이로노 와루츠(Mizuirono Waltz)는 오리지널이 귀했던 그 시절 몇 안 되는 원판 중 하나였으며, 지금의 CD 크기만 한 도넛 LP판으로 그 음악실 재산 목록 상위 순번이었다고 했다.

나는 수색의 왈츠를 그 제목만 들었지 가사도 멜로디도 전혀 알지 못하는 상태에서 어찌 이리 오랫동안 품고 있었는지를 말해 주었다. 그는 나에게 그때 그다음 방학 때 다대포에도 데리고 가 구경시켜 주었다고도 말했다. 그때는 몰운대의 동백꽃이 질 때라고 했다. 그러면 겨울이다. 이는 내가 전혀 기억하지 못하는 사실이다. 몰운대는 '동백아가씨'라는 영화 촬영 장소이기도 한데 요즈음 거기에는 동백꽃이 많이 없다.

그때 편지글의 초록색과 타이프 용지가 인상에 남아 있다고 나는 말했다. 그는 내가 노래 이야기를 하는 게 자기 기억에 남아 있다고 했다. 무슨 노래 이야기? 퍼즐 맞추듯이 맞추어 보니 내가 한 노래 이야기는 클라리넷 얘기였단다. 웬 클라리넷? 클라리넷을 만져본 적도 없는데? 35년 세월인데 노래 이야기가 그의 기억의 흔적으로 남아 있다면 내가 알지도 못하는 노래 이야기를 강하게 했던 모양이다. 그때에도 음(音)에 대한 열망이 내 속에서 자리하고 있었던 모양이다. 아프지 말자고 했다. 그리고 일어섰다. '얼지 마, 죽지 마'라는 영화가 있었지, 아마. 그 제목이 갑자기 떠오른다.

예술의 전당에 갔다. 고3 막내가 함께하지 못해서 아쉬웠다. 언니 둘이, 막내가 서울 오면 대접 잘해 보낼 테니 엄마 아빠 걱정하지 말라고 한다. '타악기 앙상블 노크-원더랜드 페스티벌'이라는 이름의 공연이었다. 공연을 마치고 나선 예술의 전당 광장의 조형물 푸른빛이 아름다웠다. 레스토랑 'Tony Romas, Famous for Ribbs'에 가서 '립스와 양 갈비'를 먹었다. 돼지갈비와 립스, 큰아이가 안내하였다. 양 갈비는 처음 먹어 본다.

한 해의 마지막 주일, 명동성당에 가서 미사를 하였다. 말하자면 송년 미사다. 어느 해인들 그렇지 않았을까만, 잘한 일보다는 못한 일이 더 많은 이해다. 신은 인간이 아니고 신이니, 사랑보다는 미움을, 용서보다는 다툼을, 일치보다는 분열을, 신뢰보다는 의혹을, 진실보다는 그릇됨을, 희망보다는 절망을, 빛 보다는 어둠을, 기쁨보다는 슬픔을 봉헌하기를 원할 것이다. 말하자면 사랑과 용서와 일치와 신뢰와 진실과 희망과 빛과 기쁨은 너희가 가지고 그 반대편의 것들은 내게 가져오라 할 것이다. 그런 생각이 들었다. 가족의 건강도 빌었다.

롯데 백화점 지하 공간으로 와서 에스프레소를 마시고 인사동으로 왔다. 차 없는 일요일인지라 사람들의 흐름에 합류하여 걷기가 좋다. 때를 한참 넘겨 '툇마루'를 찾아갔다. 이 집 남자 주인을 지난여름, 김해 무척산에서의 천포문학회 출판기념회에서 만났기로 그 인연을 생각해서였다. '된장 예술'이라는 이름을 붙인 비빔밥집이었다. 시도 쓰고 사진도 찍는 바깥주인은 없었다. 대신 탁닛한 스님의 책만 가득 있었다.

'귀천'에 가니 자리가 없었다. 그래서 '달 새'로 갔다. 정확한 이름은

'달 새는 달만 생각한다'였다. 큰아이가 인사동 오면 가끔 들리는 찻집이라고 했다. 우리 넷이서 머리 맞대고 한참 앉아 있다 나왔다. 나올 때 보니 "달 새의 머리는 달에 대한 생각만으로 온통 가득 차 있다⋯. 그대가 온 생애를 바쳐 사랑하는 그는 누구인가?"라는 말이 화두처럼 찻집 담에 걸려 있었다.

아이 둘의 전송을 받고 출발한 서울역. 한강을 지나니 황혼이 진다. 지는 해가 붉다. 도시 위로 훼손된 들판 서쪽으로 노을이 진다. 팡세, YWCA의 청개구리, 수색의 왈츠, 타악기 앙상블, 송년 미사, 에스프레소 또 달 새⋯. 이해 2003년은 내게 더욱 뜻깊은 해이다. 편과 더불어 저물어가는 이해와 함께 앉아서 간다. 내 사는 부산으로 가면서 이해를 손에 잡고 흔들며 함께 내려간다.

비로소 원본 파일

2005년 3월 13일 일요일이다. 잃은 꿈을 좇는가? 사이버 공간에서 내가 처음에 쓴 아이디는 '참새'였다. 그리고 그다음으로 오래 쓴 아이디가 '수색의 왈츠'였다. 그리고 또 쓰려고 했던 아이디는 '할미꽃'이었고, '참새와 할미꽃', 이 둘을 조합하여 쓰려는 생각도 했지만, 아직 쓰지는 않았다.

참새와 할미꽃을 나는 내 생명의 은인 혹은 건강의 은인으로 생각하고 있다. 다 죽어가는 아이를 지나가다 집에 들른 노인의 말을 듣고 참새를 고아 먹여 살려냈다는 말을 어머니와 큰형님에게서 들었고, 또 소년 시절에는 늘 배가 아프고 빌빌거리는 나에게 어머니가 할미꽃 뿌리를 고아 끓인 단술을 먹여 건강 회복시킨 것을 알기 때문이다.

'수색의 왈츠'라는 내 아이디 때문에 알게 된 두 분이 있다. 한 분은 '묵시록'이라는 아이디를 쓰는 분이고, 다른 한 분은 '표풍(飄風)'이라고 하는 난해한 아이디를 쓰는 분이었다. 묵시록님은 자기가 아는 노래 제목 즉 수색의 왈츠를 클릭하니 연결되는 블로그에 들어오게 되었다고 했다. 그게 바로 내 블로그. 나는 내가 아는 '수색의 왈츠'를 말해 주었고 그분은 자기가 아는 그것을 말해 주었다. 내가 아는 것은 사실 아무것도 없었다. 이런저런 인연으로 어떤 분을 알게 되었는데, 그분이 나에게 이 노래를 들려주기 위해 오아시스라는 음악실로 데리고 갔지만, 노래는 들을 수 없었다고 말해 주었다.

그랬더니 이분은 자기도 그 회원이었던 부산의 '전원 문학회'에서 이 노래를 즐겨 불렀는데 자기들의 회가(會歌)이기도 했다고 말해 주었다. 나는, 남포동에서 그 음악실을 찾았는데 찾지 못했고 얼마 전 서울에서 이 노래를 나에게 말해 준 사람을 30여 년 만에 만났을 때, 남포동이 아니라 부평동에 있었다는 말을 들었다고 했더니 그렇다고, 부평동에 오아시스 음악실이 있었다고 하면서 유나 백화점 부근이라고 하는 위치까지 구체적으로 말해 주었다. 이 대화를 나눌 당시 유나 백화점은 이미 이전하고 난 후였다.

아무튼 나는 남포동에만 가면 오아시스 음악실 위치를 짚어보곤 했는데 가장 반복적으로 짚힌 지점은 남포동 골목의 한 가운데였다. 전원 문학회 회가로서의 수색의 왈츠는 '가요 114'라는 음원 제공 사이트에 있었다. 마침 나는 그때 거기 유료회원으로 있을 때였다. 다만 수색의 왈쓰로 찾았을 때야 떴다. 찾으니 색수폰 연주 음악이었다

반가움 또 감격! 박성서 님을 통해서는 재일교포 가수가 우리말로 부른 수색의 왈츠를 처음으로 만나게 되었고, 전원 문학회 출신인 두 분을 통해서는 연주 음악으로서의 그것을 이렇게 알게 되었다.

그런데 자기들 문학회에서는 그 연주 음악에 가사를 붙여 불렀다고 한다. 그 가사가 가요 114에 수록되어 있었다. 그들 회가의 마지막 단락은 이러했다. "사랑은 서쪽 하늘 멀리 날아가는 외톨 기러기.

기럭기럭 목메어 잃은 꿈을 좇는가."

나, 잃은 꿈을 좇는가? 아니다. 나는 잃은 꿈을 좇고 있지 않다. 하지만, 꿈을 좇는 점에서는 맞다. 나는 찾지 못한 꿈을 찾고 있었다. 막연한 꿈을 내내 좇아왔었다. 막연하던 그 꿈이 한 30년 되니 서서히 윤곽이 드러나기 시작했다. 수색의 왈쓰 그것은 '물빛'이기도 했고 '물빛 손수건'이기도 했고 '푸른 빛의 항케지'이기도 했다. 꿈으로서의 그것은.

9월 10일 토요일, 수색의 왈츠라는 내 닉을 인연으로 또 한 분을 알게 되었다. 그분은 '사니조아'라는 닉을 가진 분인데 수색의 왈츠 원본 음악 파일과 그리고 가사, 노래의 유래까지를 보내주었다. 비로소 오리지널을 만나는 순간이다. 전율, 경이, 또 전율…. 오리지널 노래를 비로소 들었다. 보내준 이 곡의 유래는 이러하다.

기품이 넘치는 샹송 풍의 아름다운 이 곡은 1951년(소화 25년) 2월에 콜롬비아에서 후다바 아끼꼬(二葉あき子)의 노래로 발매됐다. 작사자는 고후이 이루라(藤浦 洸)이고 작곡자는 도로 구 다카기(高木東六)이다. 전쟁 말기부터 일본의 나가노현(長野縣, 장야 현)의 이나 시(伊那市)에 있던 도로구 다카기는, 한국 민화에서 제재(題材)를 찾은 오페라 춘향전을 작곡하고 있었다. 1막을 다 쓰고 2막을 구상하면서 덴류강(天龍川)의 강변을 산보하고 있을 때 문득 떠오른 왈쓰가 이 곡의 뿌리이다. 후일에 고후이 이루라가 노랫말을 붙였다.

2006년 그때 나는 우리 대학의 부설 음악원에서 개설한 색소폰 반에서 교습을 받고 있었는데 1월 26일 목요일, 함께 교습받는 강영세 선생에게 수색의 왈츠 음원을 듣고서 오선지에 채보할 수 있겠느냐고 물어봤다. 어렵겠다고 한다. 전문 음악인도 아니고 또 채보를 한 번도 해 본 적이 없는 처지에서 그건 불가능한 일이라고 했다. 이해가 되었다. 한참 후에 그는 영화 만추의 주제가를 채보해주었다.

우리의 색소폰 강사 강종길 선생님은 우리들의 얘기를 듣고 있다가 그 옛날 카바레에서 많이 연주한 노래인 것 같다고 했다. 이분은 부산에서 색소폰 일인자쯤 되는 분이다. 그 옛날 색소포니스트들은 악보 없이 귀동냥으로 익혀 틀리지 않게 불었다고 했다. 그래도 카바레에서 색소폰 불 때가 전성기였다고 했다. 지금은 색소폰으로 밥벌이하겠다는 젊은 음악인이 거의 없다고 한다. 물론 취미 활동으로 나팔을 입에 대는 이들은 많이 늘어났지만. 아무튼, 자기 집에서 찾아보면 악보가 있을지도 모른다고 했다.

우리 교습 팀에 한국해양대학교의 최종수 교수가 처음으로 왔다. 그분은 클라리넷, 플루트, 성악, 트럼펫 그리고 색소폰 등에서 아마추어 수준을 훨씬 뛰어넘는 경지에 들어선 음악 애호가인데, 이날도 배우러 온 것이 아니라 며칠 후의 부산, 마산, 대구, 안동 등의 가톨릭 영남 4개 교구 합동 교수 세미나 연주곡 선정과 조율을 위해 강사 강 선생과 상의하러 온 것이었다. 처음에 올 때는 알토 색소폰을 가지고 왔는데 그다음에 올 때는 테너 색소폰을 바로 사서는 또 가지고 왔다.

나의 수색의 왈츠 얘기를 듣더니 그는 자기에게 원본 악보가 있다

고 했다. 아니, 이번엔 원본 악보까지? 그다음 주 목요일인 2월 2일, 최 교수가 원본 악보를 가지고 왔다. 와, 수색의 왈쓰, 미즈이로노 와 루츠(水色のワルツ, Mizuirono Waltz)! 최 교수는 내가 구하려고 애를 쓴 세광 출판사의 1978년 발행 책인 『학생 애창 600곡 집』도 함께 가지고 왔다. 나로서는 말 한마디에 귀중한 두 가지 자료를 일거에 획득하게 되었다. 말하자면 일거양득. 오리지널 음원도 더불어 가져왔다.

최 교수가 가지고 온 원본 악보를 보고 이날 처음으로 나는 수색의 왈츠를 내 악기로 불었다. 물론 강사 강 선생이 먼저 멋지게 연주를 했고. 들어 보니 참 애절한 음색이었다. 본인의 선 연주 후 강 선생은 우리에게 주 멜로디를 불게 하고는 자기는 알토 음을 즉흥적으로 불어 좋은 화음을 이루었다. 반주 음을 즉흥적으로 분 것이다. 그래서 우리들의 연주는 '즉흥 듀엣곡' 또는 '즉흥 환상곡'이 되었다. 강사 강 선생은 자기가 분 알토 음을 그 자리에서 악보에 그려 주었다. 최 교수가 가져온 악보와 강사 강 선생이 그려 준 악보를, 함께 교습받는 강 선생이 또 가지고 갔다. 하나는 원곡으로 또 다른 하나는 듀엣곡으로 만들어서 다음 교습 일에 가지고 오기로 했다.

교습을 마치고 연구실로 왔다. 밤이 깊었다. 연구동에서 늦은 밤까지 머무는 한 두어 사람 중에 내가 끼어 있다. 나팔을 꺼냈다. 조용히 불었다. 왈츠가 보였다. 물빛이 보였다. 손수건이 보였다. 수색의 왈츠, 물빛 손수건, 푸른 빛의 항케지!

여기까지 온 수색의 왈츠 여정을 잠시 되돌아본다. 처음엔 한국어 번안곡 가사를 받았고, 그다음엔 김보란이라는 재일 동포 출신 가수가 부른 번안곡을 받았고, 또 그다음엔 색소폰 연주곡을 받았다. 그리고 그다음엔 원본 음악 파일과 그 노래 탄생 배경을 받았고, 마지막으로는 원본 악보를 받았다. 1968년에 시작된 수색의 왈츠 여정이 2006년에 와서 비로소 원본 악보로 매듭지어졌다. 38년이 걸렸다.

지금에 와서는 유튜브를 통하여 후다바 아끼꼬가 긴 세월에 걸쳐 부른 여러 버전을, 여러 가수의 버전들을 또 여러 악기 연주 버전들을 쉽게 찾고 듣는다. 그뿐만 아니라 아무리 귀한 음악이나 음악 자료라고 하더라도 인터넷 서핑이나 유튜브를 통해 안 찾기는 게 별로 없다.

그러나 그건 지금의 이야기이다. 그때는 그럴 수 없었다. 그래서 이어진 길고 긴 여정!

푸른 빛의 항케지

닻을 내린 시인의 배

숨은 봄을 찾으러 제주에 왔다. 제주 국제공항의 2월 초순 오전, 햇살을 옷에 묻힌 사람들이, 햇살이 옷에 묻은 줄도 모르게 활기차게 걷는다. 활기찬 상태를 난 좋아한다. 활기라는 말도 좋다. 그것이 시어도 아니고 순우리말도 아니지만 그래도 그 말은 그 말로 이미 내게 활기를 움직이게 한다. 바로 서귀포로 향했다.

숨어 있는 봄을 찾으러 온 서귀포이다. 봄은 여기서 봄들과 봄놀이하고 있었다. 2월의 봄놀이이다. 겨울의 평균기온이 영상 7~8도라고 하는 곳, 서귀포의 거리와 길섶을 보면 봄이 왔다는 말이 무색하다. 유채가 벌써 샛노란 병아리이다.

거리는 여느 소도시처럼 움직임이 느렸고 한적했다. 편과 나도 한적한 길을 한적히 걷기로 했다. '느림'을 예찬하는 확실한 철학을 가진 것은 아니지만, 느릿느릿 걸어서 '이중섭 거리'까지 가자고 둘이서 말했다. 돌아가면 콩 볶듯 튀기게 하는 일들이 기다리고 있다. 그때는 그때고 지금은 지금이다. 그래서 걷는다. 맘먹고 느릿느릿 걷는다. 서귀포 봄의 거리를 한적히 걷는다. 저기 좌측으로 이중섭 거리가 있다. 거기로 간다.

거리는 여느 거리와 다름없다. 한적하고 완만하다. 김승옥의 〈무진기행〉에서의 어촌처럼, 나를 못 견디게 하는 나태함과 무료함은 아니지만, 소도시의 거리는 그것도 아침의 거리는 적당한 나태함과 무료함도 가지고 있다. 서귀포 아침 거리가 적어도 그날 내게는 그랬다. 편과 함께 걷는 길이 아니라면 한참 무료할 뻔했다. 여느 거리와 다른 점은, 육지에서는 볼 수 없는 나무들이 늘어져 있는 점이었다. 성당 길의 나무가 특히 그랬다.

보도(步道)라 부르는, 사람이 걷는 길을 나무로 깐 점이 참 인상 깊었다. 나무는 친환경적이고 친 인간적이라는 생각을 해봤다. 나무로 깔린 보도가 참 따뜻하다. 발바닥도 기분 좋아한다. 서귀포에서만 볼 수 있고 또 걸을 길이었다.

천지연 폭포 초입의 '닻을 내린 시인의 배'가 눈을 끈다. 돛에 쓰인 시인의 배 글자 초록색이 인상적이다. 비록 바랜 색깔이긴 하지만. 얼마 전에 장국영의 배도 이렇게 닻을 내렸다. 그때 장국영의 죽음 얘기는 시선을 끌었다. 하지만, 그는 내가 잘 아는 남자가 아니다. 그래두 그의 죽음 기사는 내 시선을 사로잡았다

영화, '아비정전'에서 그는 정글을 가로지르는 열차에서 발 없는 새 얘기를 했다. 땅에 내려설 다리가 없어서 지친 날개를 퍼덕이며 끝없이 허공을 떠돌아야 하는 저주받은 새가 있다는 것이다. 이 새처럼 길고 긴 방황 그리고 비행의 피로 끝에 단 한 번 날개를 접어 영면한 이가 바로 장국영이라는 것이다. 그의 선명한 캐릭터는 '냉정하고 이기적인 바람둥이'라고 한다. 그런데도, 그 바람둥이의 가슴속에서 새 살을 틔워내지 못하는 깊은 상처와 그 상처 발생지 주위로 스산

푸른 빛의 항케지

하게 부는 바람 소리를 보고 들은 관객들은 고개를 돌리지 못한다는 것이다.

바람둥이의 위악적인 사랑법과 냉소적인 인생관은 사실 "버려질까봐 두려워 먼저 버리고 마는" 심약한 자의 생존법이라는 것이다. 일상과 연기의 날이 선 경계선 위를 위태롭게 걸어야 했던 그는, 영화와 삶을 비현실적으로 뒤섞는 마지막 모습으로 또 하나의 요절 신화를 완성했다는 것이다. 그는 "마음이 피곤해 세상을 사랑하고 싶지 않다(感情所困 無心戀世, 감정소곤 무심연세)."라는 마지막 말을 남겼다고 한다. 그는 세상으로부터 버려지는 것이 두려워 먼저 세상을 버린 것 같다고 한다.

천지연 폭포 초입의 닻을 내린 시인의 배를 보면서 나는 이런 장국영을 연상했다.

닻을 내린 시인의 배 옆에서 물오리가 헤엄치고 있었다. 문득 수색의 왈츠가 생각났다. 내린 닻은 내리는 비에 젖었는데, 헤엄치는 오리들과 물은 비에 젖지 않았다. 그들의 헤엄이 왈츠, 수색의 왈츠로 보였다.

수색 그 물빛 무늬

'수색 그 물빛 무늬'라는 이름의 소설이 있다는 것을 알았을 때 그 제목은 나의 시선을 강렬하게 끌어당겼다. 책을 사서 차례를 펼쳤을 때 여섯 개의 제목은 하나하나가 나를 끌어당기는 자석이었다.

그 여섯은 다음과 같다. 첫째, 수색, 그 물빛 무늬를 찾아서, 둘째, 수색, 그곳에 가도 보이지 않는 무늬, 셋째, 수색, 그곳에 가지 않아도 보이는 무늬, 넷째, 수색, 내 마음속으로 흐르는 무늬, 다섯째, 수색, 어머니 가슴속으로 흐르는 무늬, 여섯째, 수색, 불러도 대답 없는….

이 가운데 처음 네 개는 수색의 왈츠를 대하는 나의 심중과 맞닿을 수 있다고 생각했다. 다 읽어 보니 과연 그런 면이 있었다.

현실적 지역으로서의 수색은 지금 서울시 은평구에 속한 '동'이다. 그러나 상징으로서의 수색(水色)은 물의 빛깔 또는 물의 무늬이다. 1972년 5월, 나는 훈련소 기간을 뺀 34개월여 포대 작전본부(FDC)에서 계산병(Computer)으로 복무 끝에 제대 신고를 하고 향토 예비군 복장을 받으러 서울 수색 이곳의 수색부대에 갔었다. 아니, 가야 했다. 그래야 군 생활이 마무리되는 거니까. 거기서 3박 4일 동안 머문 후 제대복을 받아 입고 고향 집으로 내려갔다. 그래서 내게도 현실적 지역으로 수색에 대한 아릿한 향수가 있고 그 이름 수색에 대한 아련한 지평도 있다. 여섯 개의 연작 중편 소설로 구성된 '수색, 그 물빛 무늬'에서, 수색이라는 지명 언급은 이렇게 시작된다.

> "이게 수색 가는 길이네. 이리로 가지 않고 반대쪽으로 가면…."
> "수색은 왜요?"
> "아니, 누가 있을 것 같아서…."
> "누가요?"
> "수색에 내 어머니가 아니라 '수호 엄마'가 있어. 아니, 지금도 있는지 없는지 모르지만, 마음속의 수색엔…."[33]

그리고 작품 속의 '나'가 길을 잘못 들어가게 된 수색에 대한 인상을 이렇게 표현한다. 현실의 수색과 상념 속의 수색 사이의 괴리가 드러난다.

> 그날 오후, 나는 서울에 올라온 지 8년 만에 처음 수색엘 갔다. 그 전부터 나는 어떤 식으로 들어가든 들어가기만 하면 수색이라는 동네가 온통 물빛 무늬를 이루고 있을 줄 알았다. (『수색, 그 물빛 무늬』 57~58쪽)

작품 속에서 화자는 '수색, 그 물빛 무늬를 찾아서'라는 제목으로 TV 문학여행 프로그램에 나가 이렇게 회상한다.

---

[33] 이순원 지음, 『수색, 그 물빛 무늬』, 민음사(2005), 30~31쪽에서 발췌.

나는 지금 수색으로 가고 있다. 수색에 날 낳은 어머니는 아니지만, 수호 엄마라는 또한 엄마가 있다. 지금도 그곳에 있는지 없는지 모르지만 내 마음속의 수색엔 그 엄마에 대한 애틋한 기억들이 바람에 일렁이는 물빛 같은 무늬를 이루고 있다. (『수색, 그 물빛 무늬』 198쪽)

어른이 된 다음 나는 언젠가 시간이 나면 서울로 올라와 아직 한번 가보지 못한 수색엘 가보고 싶었다. 그리고 그곳에 가면, 내 어린 시절 감당하기 벅찼던 이별과 그 이별이 준 마음의 상처 한구석의 빈자리를 채워줄 어떤 아련한 물빛 무늬를 볼 수 있을 것 같았다. 수색…, 왠지 이름까지도 물빛으로 무늬를 이루고 있지 않은가…. (『수색, 그 물빛 무늬』 200쪽)

그리고 여섯 개의 연작 중편으로 구성된 전체 작품의 마지막 단락은 "그날 나는 물빛 무늬를 보았다. 아니, 그 무늬가 말하는 소리를 들었다. 수색…"이라는 멘트로 마감된다.

"안녕하세요. 이수홉니다. 저는 지금 수색에 가 있습니다."
그러니까 아내와 함께 아이를 데리고 일부러 수색 부근의 그 이발소에 가서 머리를 깎고 돌아오던 날이었다. 메시지를 남기지 않고 끊는 전화가 세 통이었고 그중 한 통은 일 분 가까이 말없이 듣고 있다가 끊은 것이었다. 이제 그 전화는 다시 걸려 오지 않을 것이다. 그러나 그날 나는 물빛 무늬를 보았다. 아니, 그 무늬가 말하는 소리를 들었다. 수색…. (『수색, 그 물빛 무늬』 214쪽)

푸 른 빛 의 항 케 지

작가 이순원의 글들이 마음에 슬며시 와닿는다. 내 마음을 소외시키지 않는다. 평이하고 묘사가 정확하고, 그러면서도 은유적인 문장은 시적이기도 하다. 물론 그 속에는 역설과 아이러니 또 은유와 상징의 무늬들이 어우러져 있다. 한 마디로 서정성이 뛰어나다.

2008년 7월, 동료 교수들과 함께 일본 규슈 중심부 구마모토현에 있는 활화산인 아소산에 올랐었다. 아소산은 봉우리가 다섯 개라고 한다. 이 중 가장 높은 봉우리인 다카다케가 통칭 아소산 분화구인데 활화산인 그 분화구에 서서 분출하는 유황 가스를 맡으면서 보는 그 아래 물빛이란, 물빛의 무늬란… 그때 그 물빛, 물빛의 무늬를 보면서 순간적으로 내가 한 생각은 수색의 왈츠, 물빛 손수건, 푸른빛의 항케지였고 이어 떠오른 생각은 수색, 그 물빛 무늬였다.

수색, 나의 수색과 이순원의 수색, 나의 수색은 왈츠의 '수색'인데 이순원의 수색은 서울의 땅이름 '수색'이다. 나의 물빛은 '행커지(손수건) 물빛'인데 그의 물빛은 '어머니 물빛'이다.

아소산, 올라오는 사람은 온통 한국인이라고 할 정도로 남들이 다 다녀온 아소산에 나로서는 뒤늦게 내디딘 발걸음이어서 좀 멋쩍긴 했지만, 그래도 분화구 속의 끓는 물과 그 물빛은 신선한 충격의 푸른색이었고 그 무늬는 물빛 행커치 무늬였다.

다시 이순원의 수색 그 무늬들을 반추해 본다. 수색, 그 물빛 무늬를 찾아서. 수색, 그곳에 가도 보이지 않는 무늬. 수색, 그곳에 가지 않아도 보이는 무늬. 수색, 내 마음속으로 흐르는 무늬….

이제 나 수색의 행로

　지난해 이후로 수색의 왈쓰, P에게 연락 한번 못 취했다. '만추'를 듣다가 12시 10분 전, 전화했다. 2004년 10월 5일 화요일이다. 전화를 받는다. 이제 하나도 안 아프다고 했다. 다 나은 것 같다고 했다. 다 나아야 하고말고. 암으로 고통받고 세상을 떠난 분들의 처지가 가슴 아프다. 그러면서 또 암을 극복하고 쾌유하는 분들의 이야기를 들으면 힘이 막 솟는다. 또 전화하자고 했다. 그렇게 하겠다고 했다. 하지만 1년 후가 되는지 10년 후가 되는지. 아마 전화할 일은 전혀 없을 것이다.

　이해의 가을도 깊어만 간다. 영원은 시간 속에 있고, 삶은 세월 속에 있다. 오후 한 시 반이 넘었다. 점심시간이 늦었다 밥, 제때 좀 먹으라고 편이 내게 단호히 말했는데... 편, 걱정 마라. 도시락 보자기 지금 푼다.

　수색의 왈츠의 우리말 노래 파일과 디스크 재킷 표지 그림을 보내준 서울 MBC의 박성서 님에 대한 고마움은 말할 수 없이 크다. 이분은 내가 그토록 찾던 '모란이…'도 그리고 만추 음원도 MBC 자료 창고를 뒤져 찾아 주셨다. 수색의 왈츠 그 이름의 실체 즉 음원을 찾

　　　　　　　푸 른 　빛 의 　항 케 지

을 수 있으리라고 기대하지 못했는데 처음으로 사실의 실체를 잡게 해 주었다. 물론 그 의미의 실체는 내 속에 있다. 젊은 시절에, 아련히 들은 '수색의 왈츠' 이 이름은 내 젊음이 걸려있는 의미의 연(鳶)이었다. 그 연줄을 나는 아직 놓지 않고 있다. 연을 아직 띄워 놓고 있다. 생각하면 할수록 아련하고 애잔하다.

한 가수가 처음 노래를 부른 후 40여 년 후에 늙은이가 되어 작곡자와 함께 무대에 올라, 작곡자의 반주로 노래하는 모습이 인상적이고 감동적이었다. 1999년에는 두 분 다 더 늙은 모습으로 무대에 올라 반주하고 노래하는 동영상이 유튜브에 있었는데 세월이 많이 흐른 후인 오늘 들어가 보니 삭제되고 없다. 수색의 왈츠 가수와 작곡자를 두고 하는 말이다.

나는 일본 노래를 아는 게 하나도 없다. 불러본 적도 없다. 관심을 가져 본 적도 있지 않았다. 이 노래가 처음이자 마지막이다. 이 노래도 사실은 일본 노래로서가 아니라, 젊은 시절의 내 모습을 반추해내는 모티브로서의 노래이다. 이 노래를 추적해온 과정이 내 삶을 추적해온 하나의 길이기도 했다.

이 노래의 일본어 가사를 익힐 생각은 하고 있지 않다. 작곡자인 도로구 다카기(高木東六), 이분에 대해서도 아는 것이 하나도 없지만, 나이가 들어 늙은 손으로 반주하는 모습은 내게 감동을 준다. 한 달 전까지만 해도 수색의 왈츠를 후다바 아끼꼬의 동영상으로 직접 보고 들을 수 있으리라고 생각하지 못했다. 그것도 작곡자의 반주를 곁들인 노래로.

수색의 왈츠는 사실 오케스트라 연주 본을 들어야 제대로 들은 것이라고 한다. 그런데 그건 아직 찾지 못하고 있다. 유튜브에서 부지런히 검색하고 있지만 오리지널 그것은 찾기지 않는다. 그런데 이것을 노래로 부르겠다면 독창보다는 제창이 더 나을 거라고 한다. 부르면서 가슴 깊은 곳에서 밀려오는 영혼의 소리도 함께 들을 수 있다면 이 곡을 부를 자격이 있다고도 하고.

수색의 왈츠, 트럼펫 연주곡을 처음 들었을 때 느낌은 나에게도 전율 그 자체였다. 트럼펫의 애잔한 선율은 흐느끼면서 다가오는 어떤 혼의 숨소리 같았다. 트럼펫 그 선율의 여운은 홀로 출항하는 배의 길고 긴 뱃고동 소리였다. 머리끝이 쭈뼛해 오는 감동, 그 충격파에서 잠시 머물렀던 기억이 지금도 생생하다. 지금도 트럼펫 수색의 왈츠는 나를 어떤 고독, 어떤 회한의 벌판 한가운데 홀로 서게 한다. 트럼펫 선율에 가사를 붙인다. "그대를 만날 그 기쁨을 가슴속 깊이 푸른빛에 항케지를 간직하는 그 버릇이… 달빛 아래 찾아오는 그리운 임아 푸른빛에 항케지를 나에게 주시네…"

1969년부터 시작된 나의 수색의 왈츠, 마음의 행로는 2009년 7월까지 이렇게 이어졌다. 이제 내 마음의 여정은 지금부터 수색의 행로다.

길 위에 서면

　강화도의 어느 들녘 풍경이다. 멀리 보이는 산이 마니산이다. 저 마니산을 난 70년대 초에 다녀왔다. 그땐 용산시외버스터미널에서 표 끊고 줄 서서 기다리다가 고속버스가 아닌, 붉은 띠 두른 버스를 타고 다녀왔다. 두 번 다녀온 것으로 기억된다. 빠른 속도로 달리는 자동차 안에서 보는 풍경이다. 가까운 사물은 시선이 흐리고 먼 사물은 선명히 보인다. 초점이 맞는다는 얘기다. 내가 혹여 삶을 이리 사는 것은 아닌가? 가까운 사람과 사물에 대한 시선 집중을 반성해 본다.

　강화도를 다녀왔다. 강화도에 갔었어도 '섬 속의 섬'이라고 하는 서쪽의 석모도엔 근처도 가지 못했다. 석모도행 배를 타는 외포리라는 지명을 미리 익히고 출발했지만, 강화도에서의 일정이 빡빡해 그럴 짬을 내지 못했다. 석모도로 가는 배를 타면 갈매기 떼들의 동행이 그리 인상 깊다던데. 그것들은 여행자들이 던져주는 과자 부스러기를 정확히 받아먹는다는데. 갈매기 행동으로 그게 잘하는 짓인지 못하는 짓인지 모르지만. '갈매기의 꿈'의 조나단 리빙스턴 시걸에 비하면 저질 갈매기들이지만 그래도 그들의 그런 모습은 그 모습이 신기에 가까울 정도의 고난도 테크닉이라는데.

강화도를 다녀왔다고 했지만 길을 따라 다녀온 것은 아니다. 속도를 따라 다녀왔다는 게 맞는 말이다. 김해공항에서 비행기를 타고 날아가서 김포공항에 내리니 나를 싣고 갈 버스가 기다리고 있었다. 주말인지라 강화도로 들어가는 길이 막혀 스피드를 낼 순 없었지만 그래도 느릿느릿 좌우를 보며 가는 길이 아니라 빠르게 도착하는 길이었다.

다음 날 더 빠른 스피드로 김포공항으로 돌아와서는 비행기를 타고 김해공항에 내려서는 다시 내 자동차로 속도를 내어 진주에 갔었다. 거기서 창원을 거쳐 부산의 집에는 밤에 도착했다. 밤에 도착했다고는 하지만 열 시경이었다. 그리 깊은 밤은 아니다. 그리 늦은 밤이 아니다. 하루 동안 강화도, 김포, 부산, 진주, 창원, 부산으로 이어진 길이었다. 참 빠르게 움직였다. 스피드….

길에 대해 이론적인 공부를 좀 한다. 한자에서 길을 뜻하는 글자는 '경', '도', '노'가 있다. 경(經)은 우리의 오솔길이나 소로에, 도(道)는 중간 크기의 길에, 노(路)는 가장 큰길에 해당한다. 또 우리말의 길인 도로와 서양의 길인 로드(Road)는 의미가 다르다. 우리의 도로(道)는 통로, 방향, 순환의 의미가 있으며 동시에 형이상학적 개념인 이성이나 도덕을 의미하며 행정구역을 뜻하기도 한다.

그러나 서양의 길을 뜻하는 글자로서의 비이클(Vehicle)은 이동을 의미하는 바(Vah; 산스크리트어)에서 나왔고, 로드(Road)는 "말을 타고 가다"라는 뜻을 가진 라드(Rad; 라틴어)에서 나왔다고 한다. 또한 패스(Path)는 사람의 발 또는 다리를 뜻한다고 하고.

그래서 영어의 비이클 즉 '수레'나 로드 즉 '말 타고 가는 것'이나 패스 즉 '발' 등은 물질과 관계되는 용어이지 정신적인 의미는 지니고 있지 않다. '이동', '말 타고 가기' 등의 뜻을 가진 서양의 '로드'에는 물질을 획득하기 위하여 남보다 빠르게 움직여야 한다는 경쟁심리가 내재하여 있다.

그러므로 서양의 길 의미는 스피드와 밀접한 관계가 있다. 스피드화의 욕구가 가장 잘 반영된 것이 아마도 고속도로일 것이다. 이러한 서양식 사고방식이 우리나라 사람들의 머릿속에도 자리 잡혀 길에 대한 개념이 전과는 많이 달라졌다.

아무튼, 난 또 틈이 있으면 길을 나서고 싶어 한다. 그렇다고 여행가는 아니며 여행 에세이스트도 아니다. 나의 길 나들이는 인생 공부, 철학 공부이다. 문학 공부, 영상 공부이기도 하고.

길 위에 서면 난 만행인(萬行人)이 된다. 집을 떠나 길 위에 서면 "사랑을 원하는 자와 사랑을 잃을까 염려하는 자"를 보게 된다. 또 "잠들면서까지 살아갈 것을 걱정하는 자와 죽으면서도 어떤 것을 붙잡고 있는 자"도 보게 된다. 길에 들어서면 "삶의 의미를 묻는 자와 모든 의미를 놓아 버린 자"[34]를 만나게 된다.

---

34) 류시화 지음, 『외눈박이 물고기 사랑』, 열림원(1997), 22쪽, '길 가는 자의 노래' 일부.

모르는 것에 대한 사색

겨울을 눈앞에 두고 있다. 11월 중순이다. 섬의 바다를 상상한다. 열기 잃은 햇살이 풀 죽어 작은 섬을 덮고 있을 터이다. 섬의 들국화 몇 송이들도 이젠 시들어 가고 있을 터. 그 섬이, 그런 섬의 만추가 상상된다.

하순이다. 우리를 태운 배는 섬을 향해 신나게 달렸다. 가는 곳은 사천시 서포면 신흥리 앞바다의 아주 작은 섬이다. 밤 10시, 가는 사람은 편과 더불어 다섯이다. 달의 위치는 바다 가운데 빈 하늘 중천이었다. 바람이 찼다. 쌩쌩 달리는 배 위의 바람이어서 더욱 찼다.

배의 앞쪽 바다는 부드러웠지만, 뒤 바다는 날카로웠다. 뿔을 세우고 으르렁거리는 듯, 격렬하게 춤을 추는 듯 물결은 물거품을 이루면서 두 줄로 갈라지고 있었다. 선미는 바다를 할퀴면서 계속 갈라놓고 있었다. 작은 배, 우리 배는 빠르고 날렵하게 잘도 달렸다. 달려 그 섬에 도착했다. 이름하여 방아 섬. 남해대교 불빛이 멀리 보인다.

배를 댔다. 엔진을 껐다. 달빛이 켜켜이 쌓인다. 소리 없이 몸 기대어 오는 바다의 작은 소리, 그것은 겨울을 초대하는 가을 바다의 만추 시그널이다.

만추? 이만희 감독의 만추를 잊지 못한다. 문정숙의 서늘한 눈매

와 우수 또 정열이 공존하는 독특한 분위기가 지금도 생각난다. 깊어 가는 가을의 공원, 쓸쓸한 벤치, 주변엔 낙엽이 뒹굴고 또 바람에 우수수 지고…. 바바리코트 깃을 올리고 벤치에 앉아 누군가 기다리는 우수에 젖은 여인. 그가 기다리는 사람은 끝내 나타나지 않는다.

장기복역 중에 모범수로 임시 출옥했던 여주인공이 특별 휴가를 마치고 다시 서울로 올라오던 기차 안에서 사내를 처음 만난다. 위폐범으로 지목되어 경찰에 쫓기던 사내가 그녀와 시선을 나누던 그 순간부터 사랑의 마음이 파동치고 숨 막는 간절함과 안타까움이 화면 가득 뜨겁게 담긴다. 그들의 안타까운 시선에 감추어진 뜨거운 사랑의 갈증은 절제된 대사 속에서 표정으로만 각인된다.

낙엽이 흩어진 길을 두 남녀가 어깨를 맞대고 걷고 있다. 다정함보다는 오히려 쓸쓸함이 그들을 지배하고 있다. 그들의 뒷모습, 문정숙의 바바리 코트 뒷모습은 지금도 여운으로 남아 있다. '아름다움'과 '쓸쓸함'의 조화는 쓸쓸하고도 아름다웠다. 날아오르는 비둘기 떼의 몸짓들은 낙엽들이 살아나서 하는 날갯짓이었다. 탈출, 자유로의 비상이라는 환상이 흑백의 다조로운 색조를 통해서 극적으로 살아나고 있었다. 아름다움과 쓸쓸함이 그들의 뒷모습에서 버무려지고 있었다. 낙엽이 살아나듯 비둘기들이 뒤에서 날아오를 때 말이다.

그 영화의 마지막 말은 이거였다. "가을이 왔다. 여인도 왔다. 그러나 기다리는 남자는 오지 않는다." '짧은 만남'과 '깊은 사랑'이라는 주제가 밀도 있게 묘사된 영화, 그 영화는 내가 모르는 당신을 생각나게 해 준 영화였다. 교도소의 철문을 사이로 마주 선 안의 여자와 밖의 남자 겉옷은 둘 다 바바리 코트였다.

바람 아래 달빛 파도는 흰옷 자락을 춤추듯 날린다. 전율이 느껴진다. 작은 섬 밤바다는 카오스가 아니다. 달의 하늘은 서너 점 구름과 벌이는 숨바꼭질로 약간의 무질서다. 달은 쪼그라진 귀퉁이를 펴려고 헉헉대고 있다. 섬에 들국화는 보이지 않았다. 물론 달이 있다고 해도 어둠이었는지라 보지 못했을 것이다. 우리는 그 섬에서 세 시간을 머물렀다.

돌아오는 밤바다는 점령군 물안개 세상이었다. 물안개 그들의 진군은 장난이 아니었다. 적군처럼 밀려오는 안개와 같은 세력의 군단이었다.

불을 끈다. 생각난다. 당신이 생각난다. 누구인지도 모르는 막연한 당신이 생각난다. 하지만 나는 당신을 알 수도 없고 당신 또한 나를 알 수 없다. 알 수가 없으니 만날 수도 없다. 나무의 사람과 죽음 또 달의 뒷모습 등 가만 생각하니 내가 모르는 것이 너무도 많다. 나는 지금 내가 모르는 것에 관한 생각에 깊이 빠져 있다.

우리 논의 참새와 남의 논 허수아비

평사리, 박경리 『토지』의 무대인 평사리에 너무 자주 온다는 생각이 든다.[35] 요즈음 해마다 두어 번은 온다. 화개장터를 떠나 평사리 마을 입구에 도착했을 때 이런 생각이 들었다. 그런데 도착해서 보니 지난해에는 없던 초소가 마을 입구에 서 있다. 입장료를 받는 초소다. 평일의 늦은 오후라 주차장엔 차가 없었다. 이 시각 토지 마을에 온 사람은 우리뿐이었다는 얘기다.

초소에서 사람이 바로 나온다. 입장료를 받으려는 자세다. 물론 그 사람은 차 소리, 사람 소리가 반가워 나왔을 수도 있다. 하지만 내 눈엔 그렇게 안 보였다. 조금 전의 구례의 운조루에서도 입장료 받는 데 급급해하는 모습이 별로 보기가 안 좋아, 입장하지 않고 돌아 나와 버린 터인데, 이곳에서도 작년에 볼 수 없었던 입장료 받는 풍경을 연출하니 기분이 그리 좋은 편은 아니었다. 설령 받는다고 해도 왜 마을 입구에서 받으려는 것일까? 마을에 들어갈 때도 입장료를 내야 한다는 의미인지, 최 참판 집으로 들어가는 사람에게만 받겠다는 것인지.

---

[35] 악양 땅과 인연을 맺기 전의 평사리 황금 들판 축제 답사기.

마을로 들어가지 않고 들판으로 내려왔다. 입은 옷이 화사하다. 얼굴도 환하고. 허수아비들이 익어가는 벼, 황금 논, 질서 정연한 논둑에 줄지어 서 있다. 허수아비는, 내 어린 시절의 들판 허수아비들처럼, 다 떨어진 옷을 겨우 걸치고서 중노동하는 고역의 허수아비가 아니었다. 옷 잘 입고 잘 먹고 참새와 시비하지 않으며 지네들끼리 웃고 떠들고 수작하는 허수아비들이었다. 옷 잘 입은 허수아비들, 함께 여럿 서 있어 고독하지 않아 보이는 허수아비들이 황금 들판 축제를 위하여 연지 찍고 곤지 찍어 멋 부리고는 요염하게 끝없이 서 있다.

허수아비는 새나 짐승으로부터 입는 농작물의 피해를 막기 위하여 막대기와 짚 등으로 사람의 형상을 만들고 헌 삿갓·모자 등을 씌워서 만든 물건이다. 논이나 둑에 세운다. 벼 이삭이 올라와서 수확할 때까지 새 떼들이 날아와 벼 이삭을 쪼아 먹으므로, 그 피해를 막기 위하여 농가에서는 짚을 묶어 많은 허수아비를 만들어 옷을 입히고 모자를 씌워 세웠다. 이 밖에 새 떼를 쫓기 위해서 깡통 여러 개를 긴 줄에 매달아 흔들거나 공포를 쏘기도 하고 빛을 번쩍이게 하는 등 그러잖아도 바쁜 일손을 더욱더 바쁘게 하였다.

최근에는 농약의 피해로 참새 개체 수가 현저히 줄어들어 허수아비를 논에 세울 필요가 없어졌다. 따라서 이제 축제 용 허수아비 외에 새를 쫓기 위한 허수아비는 더이상 들판에서 볼 수 없게 되었다. 위에서 말한 방식으로 새 떼를 쫓는 광경도 이젠 먼 나라 얘기로 되고 말았고.

형형색색의 저 허수아비들, 10월의 평사리 토지문학제와 함께 열리는 황금 들판 축제의 주인공들이다. 10월 내일, 이 들판에서 황금 들판 축제도 열리고 바로 위 평사리 마을에서는 토지문학제도 열린다고 한다.

어떤 시인[36]은 혼자 서 있는 허수아비에게 외로우냐고, 누구를 기다리느냐고 묻지 말라고 한다. 또 모든 위로도 건네지 말라고 한다. 허수아비는 혼자라서 외로운 게 아니고 누군가를 사랑하기에 외롭고 사랑하는 그만큼 외롭다는 것이다. 그럴까? 그럴 수도 있겠다.

허수아비 공격의 오류라는 게 있다. 허수아비 오류란 상대방의 주장을 공격하기 쉬운 주장, 즉 허수아비처럼 쉽게 무너지는 주장으로 제멋대로 바꾸어놓고 상대방을 공격하는 오류다. 이런 때에는 공격당하는 사람이 "내 주장은 그런 취지가 아닌데!" 하면서 그 부당성을 지적하는 수가 있다. 이런 식으로 대답하면 공격자가 파 놓은 함정에 빠지고 만다.

아버지와 딸의 대화이다. "아빠는 진정으로 여성의 권리에 대한 저의 처지를 이해하고 계신 것 같지 않아요. 제가 말씀드리고자 하는 것은 여성이 어떤 식으로든 차별을 받아서는 안 된다는 것이지요. 남성에게 주어지는 기회는 여성에게도 주어져야 한다는 말입니다." 아버지는 기다렸다는 듯이 말 떨어지기가 무섭게 즉시 대꾸한다. "알겠다. 남자와 마찬가지로 여자도 군대에 가야 한다는 말이구나."

---

36) 이정하 시인을 말한다. 그의 시에는 '허수아비 1'과 '허수아비 2'와 '허수아비, 그 이후'가 있었다.

이 대화 내용에서 아버지는 딸이 제시한 원래의 주장을 공격하기 쉽게 문제성이 있는 주장으로 바꾸어 해석한 다음 딸의 주장을 공격하고 있다. 이처럼 상대의 입장이나 논지를, 손쉽게 격파될 수 있게 약하게 또는 문제성 있게 재구성하여 비판하는 오류를 '허수아비 공격의 오류'라고 한다.

우리가 어떤 입장을 비판, 평가하려 할 때 상대방 주장을 작위적으로 문제 있는 주장으로 바꾸어 즉 허수아비를 만들어 상대를 함정에 빠지게 하는 것은 올바른 대화 자세가 아니다. 그리하게 되면 결국 그 입장에 대한 비판의 질을 높이는 기회를 스스로 포기하는 결과를 가져옴은 물론, 자신의 주장을 정당화하는 데도 결코 바람직한 일은 아니다.

"지리산에 미안하다"라는 말은 소설 '토지'의 작가 박경리가 악양의 너른 들판과 섬진강이 내려다보이는 평사리의 산기슭을 깎아 지은 최 참판 댁을 보고 한 말이라고 한다. 소설 속의 인물인 최 참판의 집을 고래 등으로 지어, 이곳이 문학의 고향임을 드러내려고 한 지방 자치 단체의 노력은 이해가 간다. 하지만 토지 작가의 한탄도 공감된다. 집을 짓기 전에는 그리도 고즈넉하던 이 마을이 집 지은 후 망가져 가기로 아쉬워했던 적이 있는데 정작 '토지'의 작가도 개탄하고 나선 것이다.

마을 옆 산 중턱에 한산사라는 작은 절이 있다. 거기에 올라서서 내려다보니, 비단으로 만든 요처럼 깔끔하고 고아(古雅)한 모래사장이 느릿느릿 흘러가는 섬진강을 손사래 쳐 배웅한다. 악양의 이 산악은 백두산을 향해 뻗는 대간의 시작이라고 한다. 적당히 긴장되고 적당히 유연하며 적당히 힘이 들어간 정중동의 형상. 평사리 악양 들판은 그 정중동 중앙이 제자리다. 평사리로 들어오는 진입로 초입에서 보면 들판은 그리 크지 않다. 농로도 좁다. 그러나 들어가서 보면 그 폭이 왕복 2차선이다. 들판도 크고. 멀리 들판의 우뚝 소나무 두 그루가 아지랑이처럼 어른거린다.

돌아갈 길 늦겠다고 편이 넌지시 암시한다. 편은 독촉하는 법이 없다. 슬쩍 표시하면 내가 알아듣는다. 이래저래 우리는 한편이다. 막내가 뒷자리서 피식 웃는다. 산수유 마을에서 천은사 그리고 노고단 아래의 성삼재, 화엄사와 운조루, 들꽃마을과 화개장터, 쌍계사와 피아골의 연곡사 초입, 평사리 토지 마을 벌판을 마지막으로 들르고는 부산으로 돌아간다. 어느 9월 마지막 날 여정이다.

겹친 고마움

예정을 바꾸어 하루 앞당겨 추석 당일 오후 3시 30분에 출발했었다. 목적지는 우리 아이들 서포 할머니 댁, 차가 밀릴 각오는 했다. 우리 아파트 작은 방 창문에서 보면 남해고속도로 진입로가 보인다. 쳐다보니 이미 차들이 줄을 이어 느릿느릿 가는 중이었다.

그래도 망설임 없이 출발했다. 고속도로에 들어서면 좀 진행속도가 빨라지지 않겠는가 하는 막연한 기대감이 있었기 때문이다. 하지만, 기대는 기대로 끝났다. 차들은 줄을 이어 기어가고 있었다. 제대로 갔으면 한 20분 걸렸을 진영휴게소 다음의 고개까지 가는데 한 시간을 훨씬 지나고 있었다. 매미라는 이름의 태풍이 오는 중인지라 비는 내리고 있었고.

우측 차선으로 가던 운전자가 내 차를 보고 뭐라고 손짓을 한다. 난 처음에 아직 어둡지도 않은데 왜 안개 등을 켜고 가느냐고 말하는 줄 알았다. 그런데 그게 아니고 조수석 앞의 전조등 부근에서 김이 난다는 것이었다. 가만 보니 김이 모락모락 나고 있었다. 알려준 옆길 운전자, 고맙다. 1차 고마움이다.

처음엔 대수롭지 않게 생각하고 차를 세우려고 하지 않았다. 그런데 김이 계속 났다. 차를 갓길에다 세웠다. 보닛을 여니 오른편, 그러니까 오른편 전조등이 있는 데가 젖어 있었다. 지나가는 다른 차량에서 물병을 건네주고 지나간다. 2차 고마움이다.

라디에이터에 부동액이, 물이 부족해서 생긴 것인 줄 알고 그 물을 부었다. 그리고 출발했다. 그런데 그래도 김이 난다. 다시 차를 갓길에 세웠다. 마침 차가 선 그 자리에는 뻥튀기를 파는 아저씨가 있었다. 나는 그분께 물어보았다. 자기 물건 팔기도 바빴을 터인데 친절히 다가와서는 나름대로 진단을 해 주었다. 라디에이터에 이상이 생긴 것 같기는 한데 큰 고장은 아닌 것으로 보인다고 하면서, 자기의 식용수를 라디에이터에 붓도록 주겠다고 한다. 자기는 다른 건 모르고 라디에이터 부분만 조금 말할 수 있을 따름이니, 전적으로 자기 말을 믿지는 말라고 했다. 이분의 판단은 참 합리적이었다. 3차 고마움이다. 나는 그의 뻥튀기를 다섯 봉지 샀다.

그사이 나는 앞서 출발한 애들 막내 이모부에게 전화하였다. 그는 운전석 앞의 게이지 바늘을 유의하면서 계속 운행하라고 조언한다. 꽉 밀린 차도에서 정비소에 빨리 도착하는 것 외에 다른 수가 없으니 그 조언을 따랐다. 4차 고마움이다. 나는 평소 운전을 할 때 게이지를 일정하게 유의하여 보는 편이다. 그런데 그때는 당황하여 게이지를 볼 생각을 하지 못했다. 출발하고서 보니 아니나 다를까 게이지가 거의 맨 위까지 올라가 있었다.

다시 차를 갓길에 세우고는 가입한 보험회사에 견인차를 보내 달라고 전화를 하였다. 한 시간 반을 우산 들고 갓길에 서서 기다렸다. 거북이걸음을 하며 지나가는 차량 운전자들이 다 나를 보는 것 같다. 기대 이상으로 늦게 온다고 생각했지만, 마산에서 달려온 견인차

기사의 얘기를 들으니 이해가 되었다.

나는 마산 방향을 향하고 있었는데 그는 마산 방향에서 왔고 고속도로는 양편 다 마비 상태였다. 나는 평소 견인차가 무례한 운전을 할 뿐만 아니라 필요 이상으로 휘젓고 다닌다고 생각하고 있었기로, 별로 호의적인 생각이 아니었는데, 내 차가 견인차에 끌리는 신세가 되고 나니 다시 보게 되었다. 큰 고장이 아니라고 본 그 기사의 판단은 정확했고 또 친절하기도 했다. 바로 수리할 수 있는 곳으로 안내했다. 5차 고마움이다.

추석 명절인데도 문을 열어 놓고 있는 정비소 주인이 더없이 고맙다. 6차 고마움이다. 정비소 주인이 수리를 하면서 차를 보고 고마워하라고 서너 번 말한다. 큰 비용이 들어갈 뻔했는데 다행히 별것이 아니라고 하면서. 차야, 고맙다. 큰 고장이 아니어서 다행이다. 7차 고마움은 차에 대한 고마움이다. 수리 비용이 3만 원밖에 들지 않았다.

그렇게 해서 시골에 도착하니 밤 11시 반이었다. 비는 엄청나게 내리고 있었다. 매미라는 이름의 태풍이 이 지역을 바로 관통하고 지나갈 예정이란다.

추석 당일의 바닷가 시골의 밤은 그야말로 주룩주룩 소리 없이 내리는 비와 함께 깊어만 갔다. 폭풍전야의 분위기가 그대로 연출되었다. 차를 논 옆의 길가에 세워둔지라 잠자는 중에도 물에 잠길 걱정을 좀 하기도 하였다.

새벽 5시에 일어나 부산으로 돌아올 채비를 한 후 7시에 출발하여 부산으로 돌아왔다. 돌아오는 고속도로는 앞이 보이지 않을 정도로 비가 많이 내렸다. 그런데 부산 가까이 오니 거짓말처럼 비가 온 흔적도 보이지 않았다. 그러다가 밤이 되니 폭우를 동반한 태풍이 시작되었다. 매미가 부산서도 위력을 발휘하는 순간이었다.

돌아온 집에서 이런 일련의 사태 이야기를 들으신 노모께서는 정작 드려야 할 인사가 빠졌다고 하면서 하느님께 고마워해야 한다고 말씀하셨다. "하느님 고맙습니다." 8차 고마움이다. 잠자리에 들 때는 정전이 아니었다. 그런데 새벽에 일어나 보니 정전이었다. 베란다로 나갔다. 빛이 멈춘 아파트촌의 새벽하늘은 한없이 신선했고, 새벽 구름은 맑게 흘렀고, 달은 또 한없이 청량했다.

오늘 온종일 전기가 들어오지 않았다. 책을 읽었다. 전기가 들어오지 않으니 티브나 피시 앞에 앉아 있을 필요가 없었다. 성석제의 『황만근은 이렇게 말했다』의 나머지 부분을 다 읽었고, 이상 문학상 수상 작품집인 최윤의 『하나코는 없다』를 마저 읽었다. 들어오지 않은 전기 덕분이었다. 9차 고마움이다. 매미에 쫓겨 도망갔던 전기가 오후 5시 30분에 들어왔다.

이번 해의 추석은 이렇게 지나갔다. 겨이차를 타고 간 것은 매미와 관련이 없고, 죽치고 앉아 혹은 엎드려 종일 책을 읽은 것은 매미와 관련이 있다. 다른 해의 추석과는 다른 의미로 이해의 추석이 지나갔다.

대강 가시지라

전라북도 순창의 가마골을 찾아가는 길이다. 벌교읍에서 질러가는 길을 찾는데 잘 찾기지 않는다. 순창이 보이는 이정표를 찾는데 발견되지 않는다. 계속 가다가 보니 내외간으로 보이는 노인 두 분이 집 앞 길가 평상에 앉아 계셨다.

차를 세우고 길을 물었다. "순창으로 가려고 하는데 어디로 가면 되나요? 이 길로 쭉 가면 될까요?" 고함 수준의 목소리로 크게 물었다. "그 길로 쭉 가면 남원으로 가게 돼요. 차를 돌려 오른편의 '대강'으로 가시지라"고 하신다. 순 전라도 사투리다. 차를 돌렸다.

과연 오른편에 '대강'이 쓰인 이정표가 서 있었다. 나는 "대강으로 가시지라"를 "대강 가시지라"로 들었다. 글쎄? 대강 가서 될까? 단디 확인하면서 왔어도 길을 못 찾았는데, 단디 가도 제대로 갈까 말까인데, 대강 가라니….

대강 가라고 했지만 단디 살피면서 앞으로 계속 갔다. 살펴도 순창을 알리는 이정표가 보이지 않는다. 길이, 농로는 아니지만 아주 좁아 미심쩍은 생각이 들었다. 남자 한 분이 길가의 집 앞에 앉아 있다. 물어보려고 또 차를 세우니 얼굴이 병색이다. 조심스럽게 물어봤다. 차를 돌려 저리로 가라고 한다. 그분이 알려 주는 대로 차를

돌릴까 하다가 미심쩍고 또 가리키는 길이 좁기도 해서 "에라 모르겠
다. 그냥 가던 대로 가자" 하면서 계속 갔다.

순창 이정표가 보이지 않는다. 가다가 차를 또 세웠다. 풍경도 좋
고 길가에 넓은 공터가 있어서다. 옆의 섬진강이 아주 흙탕물이다.
그 건너의 산, 높지 않았지만 기암절벽이다. 돌아봤다. '금지면'이라는
글씨의 이정표가 보였다. 느낌이 묘했다. 돌아보면 안 된다는 금지의
뜻으로도 보였고, 돌아보지 말고 가던 길로 계속 가라고 하는 경고
의 의미로도 보였다. 그리고 길을 대강 가서는 안 되고 단디 살피면
서 가라는 뜻으로도 읽히고. 차를 세워도 희한한데 세웠다는 생각이
든다. 가던 길로 계속 갔다. 좀 가니 드디어 순창이 보였다.

통과하는 순창읍 시가지 길이 아주 좁았다. 넓은 길이 있는데 골
목길로 들어선 모양이다. 하지만 골목길로 들어선 재미는 톡톡히 봤
다. 'ㅇㅇ라사'라는 상호 간판을 봤기 때문이다. 참 오랜만에 보는 표
기법의 상호다. …라사.

남들 다 가는 휴가철이 8월 1일에, 우리도 바캉스 흉내 한번 내어
보자고 호미 던지고 나선 순창 곡성 길, 나아 간 길도 돌아오는 길도
다 좋았다. 바캉스 흉내 한번 잘 내었다.

푸른 빛의 항케지

매실 밭의 살구

한 통의 전화다. 내일, 사월 초파일, 길을 나서자고 한다. 지인 쌍세 팀, 우리를 포함하여 네 팀이다. "창녕 부곡 부근 어쩌고저쩌고, 그 부근의 절 어쩌고저쩌고" 했다. 잘 알려지지 않는 한적한 절에 가려나 보다고 생각했다. 그거 괜찮다고 생각했다. 별 준비 없이 출발했다. 남해고속도로 마산 방향 진영휴게소에서 합류했다. 합류해서 확인하니 오늘 출발의 일차적 목적은 매실 따는 일이었다. 그건 더 괜찮은 일이라고 생각했다.

구마고속도로로 들어서서는 영산 나들목에서 빠졌다. 창녕 화왕산을 가리키는 표지판이 수시로 등장한다. 창녕이 주는 이미지는 화왕산과 우포늪. 그런데 우리가 찾아가는 절, 관룡사가 앉아 있는 곳은 당연히 화왕산 기슭일 것으로 생각하고 다녀왔는데 돌아와서 확인하니 관룡산이었다. 행정구역상으로는 창녕읍 옥천리였고.

관룡산으로 가는 길목에서 담수호 물이 좋기에 차를 세웠다. 우리는 서서 담소했다. 옆으로 보니 산이 올망졸망 앉아 있었다. 영락없이 우리네 산하 그 모습이었다. 물, 나무, 바람, 들리지 않는, 그러나 있는 새소리, 나비가 나는 소리….

관룡사로 들어가려다가 절 아래 주차장에서 포기하고 돌아 나왔다. 주차시설이 엉망이었다. 주차시설도 시설이지만 이날처럼 차량이 많이 오는 날에, 안내하고 관리하는 이가 한 명 없으니 오전 열 시경인데 좁디좁은 주차장은 이미 마비 지경에 빠져버린 것이다. 입장료를 징수하는 절 아래 입구로 와서 이를 항의하니, 이것 봐라, 입장료를 선뜻 내어준다. 의외였다. 내려오는 길, 지지난 여름의 태풍 매미 흉터가 여기저기서 모습을 드러내고 있었다.

관룡산을 벗어나 찾은 곳은 창녕 무안의 표충비가 있는 홍제사였다. 표충비는 땀 흘리는 비석으로 잘 알려졌다. 사명대사 비라고도 부른다. 마침 이날은 부처님 오신 날. 염불 소리가 법당에서 번져 나오고 있었다.

홍제사는 아주 작은 절이다. 뜰엔 연등이 걸려 있었고 구석에서는 연등을 접수하고 있었다. 등 달기도 하고 절하기도 하는 우리네 이웃들의 정겨운 모습이다. 소박하다. 염불 소리도 등에 달린 이름들의 꼬리표도 그리고 등을 접수하는 보살의 표정도 염불하는 나이 드신 스님의 모습도. 저 나이 드신 스님의 연세를 세수로 물어보아야 하나, 아니면 법랍으로 여쭈어보아야 하나 염불이 끝났을 때 마일 내가 스님에게 물어본다면 말이다.

법당 아래 꽃이 피어 있었다. 한 송이 꽃이 유달리 내 눈에 들어온다. 꽃은 사월 초파일, 부처님 오신 날의 의미로 내게 왔다. 한 송이 저 꽃은 절이었고 염불이었다.

사명대사 비 앞에서 지도를 펼쳤다. 매실나무들이 서 있는 산기슭을 찾아야 한다. 토지번호를 표시한 지도를 펼쳐 보고 있는 모습이 옆에서 보면 영락없는 땅 구매자 혹은 복덕방 사람이다. 번호가 표시

푸른 빛의 항케지

된 지도를 들고 처음 와보는 지역에서 매실 기슭을 찾으려니 찾기지 않는다. '무안' 그리고 '가나안 농군학교'라는 이정표가 가리키는 길을 따라 들어갔다.

가나안 농군학교라는 팻말이 붙은, 폐교된 초등학교 마을을 지나 큰 저수지가 있는 '화봉'이라는 마을까지 들어갔다. 정확한지는 모르겠다. 지도를 펼쳐 짐작건대 화봉이라는 마을이다. 거기서 물으니 다시 돌아나가, 가나안 농군학교 마을 맞은편에 매실나무 기슭이 있단다. 와, 찾았다. 매실이 달려 있었다.

매실 밭 그 안으로 우르르 달려 흩어져 들어갔다. 달려 들어가지는 아니했다. 묻고 물어 찾아낸 곳이니 기쁘게, 바쁜 걸음으로 들어갔다는 뜻이다. 천여 평의 매실 밭은 돌보지 않고 방치되어 있었다. 매실 밭으로 바쁜 걸음 쳐들어갔다.

매실나무는 자기 가지들로 우리를 은밀하게 숨겨 주기도 했다. 매실을 따는 일은 콩콩 가슴 뛰게도 하는 일이었다. 마치 첫사랑 그때처럼.

이리저리 나무 사이로 들어가 매실을 땄다. 매실은 아직 풋풋했다. 따기엔 아직 일렀다. 특히 매실장아찌 만들기엔 너무 작고 여린 매실이다. 진액을 내기에도 좀 이르고. 그러니까 아직 따기엔 풋풋했다는 뜻이다. 따면서 자꾸 풋사랑이 생각났다. 실체적 풋사랑이 아니라 상상적 풋사랑이다. 우린 지금 풋과일을 풋사랑 따듯이 따고 있다. 풋사랑이라고 생각하니 열매를 만지는 손의 감촉이 아릿하다.

어느 놈이 매실이고 어느 놈이 살구인지가 우리들에게 문제로 등장했다. 알 것 같았는데 잘 모르겠다. 매실은 열매가 이렇게 저렇게 생겼고 잎은 끝이 또 저렇고 이렇다고 편이 말했다. 그럼 살구는? 살구는 열매가 저렇게 이렇게 생겼고 잎은 또 이렇고 저렇다고 편이 이어 설명한다.

이번엔 나도 거들었다. 어릴 적 과수원에 살구나무가 있었기로 살구에 대해서 나도 잘 안다고 좀 뻐겼다. 살구는 이렇게 저렇게 생겼고 매실은 저렇게 이렇게 생겼다고 자신만만하게 말했다. 듣는 사람들이 반신반의하는 눈치를 보인다.

그런데 뻐기고 나서 다시 쳐다봐도 도통 나도 모르겠다. 어느 놈이 살구고 어느 놈이 매실인지를. 어느 잎이 매실 잎이고 어느 잎이 살구 잎인지를. 나중에 보니 내 풀이가 틀린 거였다. 사실 난 이때까지도 매실을 거의 본 적이 없었다.

매실이면 어떻고 살구면 또 어떤가. 살구더러 매실이라 부르고 매실을 살구로 봤다고 한들 뭐 여기서 크게 달라지는 거 있는가. 달라지는 게 있긴 하다. 대상 인식과 개념과 언표는 일치해야 한다. 그렇지 않으면 객관적 진리 인식에 큰 혼라이 온다 그러니까 살구를 제대로 보고(대상 인식), 제대로 본 그 대상에다 내 머릿속의 살구(개념)를 정확히 대입해야 하며 마지막으로 그렇게 한 것을 '살구'라고 발음해야 한다(언표). 이 과정 중 어느 한 단계에서 오류가 있으면 그건 틀린 거.

그런데 그건 그렇다 치자. 어차피 가는 봄을 희롱하려 예까지 온 것 아니던가.

화들화들 화들 꽃 피기 시작하는 저 살구나무와

나 사이에

무슨 일이 일어나기는 일어나고 있는 것인가요

나 혼자서 그냥 살구나무 아래 서 있었는데

살구꽃들이 낭비하는 조명탄을 고스란히 받고 서 있는 일이 황송
해서

꽃 참 곱다, 단 한 번 중얼거렸을 뿐인데.

(…)

바람도 겨드랑이에 손을 갖다 댄 일이 없는데

살구나무는 자꾸 킥킥거려요

나도 또 따라서 자꾸 킥킥거려요[37]

우리는 매실 가지 그사이를 이리저리 헤쳐나가며 또 살구 잎 그
사이로 이리저리 몸 숨기며 매실을 땄다. 살구도 물론 땄고. 살구를
매실인 줄 알고 따기도 했고 살구가 살구인 줄 모르고 따기도 했다.
이파리가 눈부시다. 산 저 너머로 날아가며 우는 뻐꾸기! 뻐꾸기 함
께 소리도 날아가고 있었다.

편, 잘 딴다. 많이도 땄다. 일행 중 최고로 많이 딴 것 같다. 작년
여름에 안동 풍천면 하회마을에서도 자두인가 과실을 저처럼 잽싸게
많이도 땄었지. 나중에 밭 주인 하회마을 사람이, "하메나 그칠까, 하

---

37) 안도현 지음, 『아무것도 아닌 것에 대하여』, 문학동네(2005), 44~45쪽, '관계'의 일부.

메나 그칠까" 하고 기다려도 그치지 않고 계속 따더라고 했다. 그때 편은 밭 주인이 "이제 좀 그만 따면 좋겠다"는 간곡한 하소연을 들을 때까지 땄었다. 부지런히 땄다는 의미이다. 이날도 편은 그랬다.

떨어지는 살구는 없었다. 설령 떨어지는 살구가 있었다 해도 그 떨어진 살구가 땅에 부딪히는 소리를 크게 낼 가능성은 없었다. 나무가 크지 않고 바닥엔 풀이 무성했기 때문이다. 그래도 떨어지는 살구 소리를 상상했다.

톡, 하고
살구 한 알이 가지를 붙잡고 있던 손을 놓는다.
(나는 엎드려 박용래 시집을 읽는다)

토속토독, 톡, 하고
살구 두 알이 덩달아 떨어진다
(풀벌레 소리가 잦아들기 시작한다)

토속토독, 톡, 톡, 하고
살구 세 알이 급하게 땅으로 뛰어내린다
(콧속으로 풀 비린내가 훅 들어온다)

토속토독, 톡, 톡, 톡, 톡, 하고
살구는 이제 떨어지며 제법 빗방울 소리를 낸다 (『아무것도 아닌 것에 대하여』 61쪽, 소낙비 일부)

푸른 빛의 항케지

그만 가자고, 그만 좀 내려오라고 부르다가, 불러도 안 내려오니 지인들이 자기네들끼리 그만 먼저 내려간다. 편이 마지못해 매실 밭에서 나온다. 거쳐 나갈 논보리 밭의 다 익은 보리들은 성이 났는지 수염을 사자 갈기처럼 잔뜩 세우고 있었다.

다시 몽유하는가

- 창녕 고분군 탐방 1

함께 한 분들을 부산역에서 배웅했다. 이제 집으로 돌아간다. 신호를 기다린다. 신호가 길다. 빗줄기도 길다. 핸들 잡은 손과 브레이크 밟은 발을 유의한다. '스와니강의 추억'이 떠오른다. 아까 봉분 틈에서도 그렇더니.

그런데 웬 스와니? '그리운 스와니'는 내가 잊지 못하는 영화이고 노래다. 사랑하는 제니를 위해 부모들의 반대에도 포스터는 음악과 더불어 열심히 살아가지만, 경제적 궁핍 때문에 좌절하여 쓰러지게 된다. 제니도 떠나고 좌절하여 홀로 술에 절여 살아가고 있을 때 다시 제니가 미소로 찾아온다.

함께 스와니강을 거닐면서 용기를 북돋운다. 이때 '스와니강의 추억' 곡을 만든다. 하지만 발표 날 공연장에 나타나지 못하고 제니의 무릎에서 포스터는 웃으며 죽는다. 죽음 소식을 들은 발표회장 청중들은 모두 일어나 스와니강의 추억을 합창한다.

그렇다고 해도 이참에 왜 스와니? 지난밤에는 잠을 좀 설쳤다. 시간의 틈을 힘들게 비틀어 대학 학기 중에 잠시 내려온 둘째와 막내를 제 엄니와 함께 큰 방에서 자라고 말하고는 거실에 자리를 깔고 누웠다. 날이 새면 지인들과 창녕 우포늪에 가도록 예정되어 있다.

지인이란 한얼 신경정신과 의원 독두 원장 내외와 경기도에서 내려온 작가 두 분이다. 독두 원장의 제안으로 가는 창녕 우포늪 탐방길이다.

식구들이 잠에서 깨어나기 전에 조용히 일어나 슬그머니 빠져나가겠다는 핑계를 크게 대었다. 조용히? 슬그머니? 나의 새벽 동작 요란스러움이 줄어들 것이 아니고, 또 편이 먹을 것 마실 것 챙겨 주기 위해 잠 안 깰 사람도 아니지만, 그런 줄 알면서 말은 그렇게 했다. 잘 잘듯이 누웠지만 누워서는 잠을 설쳤다.

비가 걱정이다. 마실 것을 만들어 주는 편에게 다녀오겠다고 말하고는 출발했다. 편의 걱정은 일기 불순한 오늘의 날씨다. 폭우 중에 그것도 늪지대로 간다니 걱정이 될 법도 하다. 함께 갔으면 했지만, 서울 올라가는 아이 때문에 또 노모의 의사 갈 준비 때문에 그렇게 할 수는 없었다. 의사 간다? 우린 자랄 때, 어디 가느냐고 물으면 "병원에 간다"라는 말 못지않게 "의사 간다"라는 말도 많이 들으면서 자랐다. "의사한테 간다"는 말도 아닌 "의사 간다"는 말을.

창녕 우포늪에서 탐방을 마친 후 도착한 곳은 고분군이었다. 창녕 출입을 몇 번 했어도 막상 와보지 못한 곳이 이곳이다. 마침 비가 멎는다. 봉분 위로 올라갔다. 봉분 사이로 걸어갔다. 사이가 안온하다. 마음이 풀어진다. 와르르 스러져 스르르 잠들고 싶다.

봉분, 배곯고 죽은 아비 어미 제사상의 고상(高上) 쌀밥 그릇인 듯 쳐다보니 높다. 봉분, 이불 그 속에서 아기를 품어 안아주는 젊은 엄마들의 앞가슴인 듯 바라보니 편안하다. 봉분, 그 옛날 열여덟 여고생

반소매 하복 교복의 꽉 잠긴 단추 속 사발처럼 풍성하다. 비릿한 생명 이치가 풀냄새로 코에 와닿는다. 다시 봐도 봉분이 새삼 둥글다.

함께 온 파워 블로거 L의 바지가 종아리를 드러낸 반바지였고 장화는 선홍색이었다. 고교 시절 부임한 생물 여선생님의 비 오던 날 장화가 선홍색이었던 게 얼핏 머리에 떠오른다. 그때 까까머리 눌러쓴 교모의 우리네 갑이, 돌이, 철이 가슴은 활화산이었고 폭발하는 꿈이었고, 뒤집히는 바다였다. 그런 화인(火印)을 점점이 찍으며 소년들은 청년으로 되어 갔다. 그 참의 선율은 '그리운 스와니', 소녀들의 합창이었다.

예서 다시 학습하는가? 학습이라면 '꽃의 학습'이다. 예서 다시 몽유하는가? 몽유한다면 그 선율은 '그리운 스와니'다.

> 열세 살이었다.
> 들병이의 구멍처럼 생긴
> 폐타이어에 박혀
> 처음 수음을 했다,
> 바다는 봄볕에 녹아
> 꿈꾸듯 잔잔하고
> 저 건너 음악 교실에서 들려오는
> 오, 스와니, 스와니 그리워라, 그리워…[38]

---

[38] 현대문학 2004년 6월호, 강우식의 '꽃의 학습' 일부.

그리운 스와니는 젖무덤 봉분 위에 홀로 앉아 꿈꾸는 한 마리 새였다. 궁둥이 봉분 그 위의 앉은 새는 열망하는 나의 심정을 아는 듯 나중에 몸을 조금 비틀어 주었다. 고마웠다. 그래도 나는 새의 눈을 보지는 못했다. 새는 날아갔다. 한참 앉아 있다가 풀쩍 날았다.

집에 오니 편은 노모 모시고 의사 갈 차비를 다 마치고 나를 기다리고 있었다.

그리움의 부피

- 창녕 고분군 탐방 2

함께 갔던 지인 L이 보내준 자기의 창녕 고분군 탐방 글을 잘 읽었다.

장대비를 뚫고 당도한 무덤은 초록이었다. 젖무덤처럼 풍성한 능의 능선은 눈물 나게 푸근한 어머니와 터질 듯이 풍만한 여체 그리고 막 봉오리를 터트리기 시작한 열다섯 내 청순한 날을 끌고 왔다. 봉분, 저 둥근 무덤 봉우리는 열다섯 생리혈의 내 하얀 서답이 몇 달을 이어 줄에 널리던 날의 부끄러운 기억을 한 폭 그림으로 끊어왔다. 외지고 가난했던 우리 동네 개꼴의 여자애들은 초등학교 졸업식장 노래를 뒤로하고는 곧장 살이 하러 서울로 서울로 출발했다, 여줌샘은 나 하나, 간혹 어울리는 친구들은 그래서 남자아이일 수밖에 없었다.[39]

봉분, 아기 담부랑이 먼저 생각난다. 남해 이동면의 물 귀한 동네 뒤 작은 웅덩이 풀숲의 아기 담부랑이 눈에 선하다. 아기 담부랑 그

---

39) 동반했던 지인 중의 한 명인 이현옥이 보내준 잡지의 글, 창녕 고분군 탐방 후기에서 발췌. 『Tea & Peaple』 2006년 9월호.

무덤은 나를 슬프게 한다. 내 아이였던 시절, 면 소재지 큰 동네의 누구네 아부지 그는 삿갓으로 얼굴 가리고 숨을 멈춘 아이를 가마때 기에 둘둘 말아 지게에 지고서는, 학교 옆 무덤들 산에 오르던 모습 새삼 떠오른다.

나이가 드신 그 아버지는 비를 노상 맞으면서 지게 진 발걸음을 옮겼고 우리는 비록 비닐우산이긴 했지만 '빨간 우산, 파란 우산 찢어진 우산' 속에서 삿갓으로 얼굴 가린 그분의 뒷모습을 멀어질 때까지 보고 있었다. 그가 지게 내리고 만든 것은 자기의 숨 멈춘 아기 담부랑이었다고 했다.

둥근 무덤 큰 봉분을 보면 그래도 마음이 편안하다. 내 자리라는 생각도 든다. 둥근 무덤은 그래도 덜 슬프다. 하지만 그것도 잠시, 초원 푸른 원형의 저 자리가 내 자리, 우리 자리일 수 없음을 나도 우리도 대개는 알고 있다. 우리는 죽어서 저리 큰 초록 봉분에 묻힐 가능성이 하나도 없다.

제법 추운 초겨울 밤, 놀러 오라는 성화에 못 이겨 윗동네 재복이네 집으로 밤마실을 나섰다. 군불 땐 방에서 까까머리 머슴애 네댓명이 반겨 주었다. 올이 성긴 무명 이불속에 발을 모으고 나누는 우리들의 이야기는 밤과 볼과 가슴과 더불어 무르익어 갔다. 무르익은게 한 가지가 더 익었으니 그것은 갑자기 툭 터진 내 생리혈이었다. 홍당무였을 내 얼굴은 호롱불 어둠에서 감출 수 있었다 해도 방바닥 혈흔까지는 닦아낼 수 없었다. 하지만 후일담은 들을 수가 없었다. 그 아이 중 누구도 여태껏 만난 적이 없기 때문이다. (『Tea & Peaple』 2006

년 9월호 같은 쪽 참조)

우리 집은 하동과 원동이라고 하는 두 동네 중간 지점에 있었다. 우리 집 주소가 행정적으로는 하동이지만 하동으로 가는 길은 초등학교 다닐 때 동네를 거쳐서 가는 것 외에는 낮이건 밤이건 놀러 간 적이 한 번도 없다. 우리 동네이지만 먼 동네이던 하동의 냄새 나는 이미지는 아직도 살아있다.

소년 시절 그 당시, 비료가 없진 않았겠지만, 지금처럼 필요할 때 바로 구매할 수 있을 때도 아니었고, 또 지금처럼 가공된 퇴비가 생산될 때도 아니었다. 그러니 밭농사 거름은 인분과 가축 분뇨에 크게 의존했다. 소 마구가 있는 집은 퇴비 사정이 크게 좋았고 돼지 마구가 있는 집도 그런대로 좋았다. 소나 돼지가 없는 집에서는 통시, 요즘 말로 화장실 인분에 매달릴 수밖에 없었다.

통시는 두엄 장과 대개 붙어 있었다. 캔 풀들이나 짚들, 왕겨 등 그 위에 가축 분뇨나 인분을 뿌려 썩힌 게 두엄이다. 사실 두엄은 생태계의 건강을 지키는 좋은 퇴비이다. 하지만 통시, 소나 돼지 마구간 또 두엄 장에서 발산하는 냄새는 그야말로 악취였다. 그 냄새가 초등학교 시절에 내가 가 본 동네 중에 하동이 제일 심했다.

행정적으로는 우리 동네가 아니지만, 우리 집에서 접근이 용이하고 방앗간이나 점방 그리고 성당을 공통분모로 하는 동무들이 많던 원동은 심정적으로 우리 동네였다. 그래도 놀러 가면 주로 낮에 갔지 밤에 간 적은 거의 없다.

밤길을 걸어본 적이 언제였던가? 그것도 바람 찬 밤길을. 또 그것도 혼자서. 요즈음은 차를 몰고 다니니 외진 길 긴 길을 걸을 일이 도대체 없다. 나만 차 몰고 다니는 것 아니니 차 핑계 대는 것도 좀 이상하다. 그리고 걷지 않고 사느냐고 말한다면 더욱 할 말이 없다. 하루의 보행량은 제법 되니 말이다. 물론 여기서 말하는 걸음은 그런 걸음을 말하는 것은 아니다. 쓰린 가슴 않고 걸어 본 긴 길, 그것을 말하는 것이다. 그런 걸음을 나는 얼마나 길게 걸어 봤는가. 그것도 바람 찬 밤길을….

하지만 나는 또래 여자애들이 모여 있는 방에 가려 밤길을 걸어 본 적이 한 번도 없다. 다른 밤길, 새벽길은 많이 걸었었다. 그건 성당 길, 초등학교 입학 전과 입학 후 6년 내내, 중학교 3년의 성당 새벽길, 밤길은 길은 길고 또 어두웠다. 시계가 있지 않던 우리 집에서 감으로 나서서 성당 앞에 도착하면 대문은 잠겨 있었고 나중에 알고 보면 새벽 4시나 5시일 경우가 태반이었다.

이쪽에 서면 저쪽이 그립다. 언제 내 여유를 찾으면 우리 동네인 개 꼴의 윗동네, 재복이네 마을 그 언덕에 올라서서 가버린 그 시절을 천천히 또 느리게 느껴보리라. 생이 고맙다. 그 언덕에서, 그 시절 동무들이 어떻게 살다가 어디로들 가셨는지 하늘에 여쭤보리라. 이전에도 이후에도 아쉬움은 그리움을 배가시킨다. 그리움의 부피와 무게가 터질 듯이 팽창되고 충만해지면 내 그 시절 그 언덕에 다시 갈 수 있으리. (『Tea & Peaple』 2006년 9월호 같은 쪽 참조)

조용필의 초기 노래 '겨울밤'이 생각난다. "함박눈이 쌓인 겨울밤은 깊어, 헤어졌던 친구들은 즐거운데, 멀어진 옛 추억 곱게 곱게 끼워서, 웃음의 꽃을 피우네. 즐거움에 젖어서 겨울밤을 새우네. 즐거운 겨울밤." 강우섭의 시, 꽃의 학습도 다시 생각난다. "바다는 봄볕에 녹아 꿈꾸듯 잔잔하고 저 건너 음악 교실에서 들려오는, 오, 스와니, 스와니 그리워라, 그리워…."

생각난다. 토끼풀, 토끼풀꽃 꽃반지 길이 생각난다. 어린 내 손으로 만들어진 토끼풀꽃 꽃반지도 제법 몇 개다. 생각난다. 굶어 죽은 그 옛날 우리 집의 토끼도 생각난다. 그 토끼는 나로부터 토끼풀을 밥으로 제때 얻어먹었어야 했는데 나는 제때 풀을 베어주지 못했다. 그러다가 잿빛 토끼 그는 어느 날 죽었다. 또 생각난다. 날아간 겨울 하늘의 내 연도 생각난다.

다들 어디서 무엇을 하며 어떻게들 살고 있는지! 그리움의 부피라, 부피를 재면 몇 되, 몇 말이나 될까? 무게를 저울에 달면 몇 근, 몇 관, 몇 그램, 몇 킬로그램이나 되는 것일까. 내 유년의 동네인 하동과 원동은 둘 다 지도에서 지워졌다. 골프장으로 변해 버린 내 유년의 집터 그리고 원동 하동 동네들, 그립다. 먼 그리움이다. 그리움 그것은 안갯속의 풍경이다. 개꼴처럼, 재복이네 집 윗동네 언덕처럼 이제는 내 서 있는 자리 그 반대편에 머무는…!

그리움의 부피는 크고 무게는 무겁다.

일곱,

허물과 실물

허물과 실물

12월 초입, 나는 큰아이와 서울 성곡 미술관에 있었다. 전시관으로 들어가기 전에 뒤뜰을 한 바퀴 돌자고 큰아이는 나에게 제안했다. 돌기에 딱 적절한 길이었다. 길옆에는 청동으로 만들어진 작품들이 몇 점 전시되어 있었다. 빙 돈 한 바퀴 길의 끝 지점에서 우리는 벤치에 앉았다. 하지만 길은 다시 그 반대로 돌라고 나를 끌어당기고 있었다. 앉아 있으라고 큰아이에게 말하고 나는 끌린 듯 일어서서 온 길을 다시 걸어갔다.

나를 끈 것은 중년 남자였다. 나는 그를 다시 봐야 했다. 그는 목이 길고, 맨 넥타이가 헐렁했으며 얼굴은 길었고, 부릅뜬 눈은 아직 덜 떴다는 듯 더 크게 뜨려고 눈동자에 힘이 잔뜩 들어간 형구이었다. 그의 귀는 더 들어야 할 소리가 얼마나 더 있는지 잔뜩 쫑긋하고 있는 모양이었다.

그 남자 앞에 섰을 때 울컥하고 올라오는 슬픔을 느꼈다. 그 남자의 목이 너무 길어서, 맨 넥타이가 헐렁해서, 얼굴이 길어서, 부릅뜬 눈이 너무 커서, 귀가 길어서 그랬던 것 같다. 그 남자 양복 속의 빈 가슴, 텅 빈 곳이 너무 커서 더욱 그랬다. 그 남자의 빈속을 그나마 채워주는 것은 병풍처럼 둘러쳐져 있는 대나무의 푸르름이었다. 겨울 대나무의 연약한 푸름….

앉아 있는 큰아이의 벤치로 돌아왔다. 바로 앞에는 네 면이 다 유리 창문인 장난감 집 같은 찻집이 있었다. 거기로 갔다. 커피를 시켰다. 두 잔. 커피 나올 때까지 오겠다고 말하고 다시 그 남자 앞으로 돌아갔다. 그 남자 앞에는 '구본주-생존의 그늘-브론즈-2004'라는 작품명이 붙어 있었다. 구본주, 누구지? 하는 의문을 품고 커피 자리로 돌아왔다.

다음 해 7월, 울산대공원 안의 가족문화센터, 강연하러 온 곳이다. 시간이 있어 그 앞의 못처럼 늪처럼 내(川)처럼 생긴 물 앞에 섰다. 부들, 자귀나무꽃, 창포, 갈대를 배경으로 한 나무는 더욱 늠름해 보였다. 그 나무엔 매미 셋이 달라붙어 있었다. 매미는 껍질이었다. 말하자면 허물이었다. 매미의 속은 텅 비어 있었다. 속이 빈 매미 그를 우리는 매미라 부르지 않는다. 그래도 내 눈엔 저게 매미, 매미의 실물 즉 진상이었다.

왜 비었을까? 한 줄도 너무 길다고 하는 바쇼의 하이쿠를 흉내 내 보자. "너무 울어 비어 버린" 것일까? 아무튼, 속이 빈 매미는 나를 그 자리로부터 이탈하지 못하게 했다. 누구는 "껍데기는 가라"라고 하던데 껍데기인 저 매미는 왜 가지 않고 이렇게 찰싹 달라붙어 있는 것일까?

껍데기? 껍데기는 무엇이며 알맹이는 또 무엇인가? 허상과 실상, 허상이 실상인 것을 비뚤어진 우리 눈이 실상을 보고 허상이라고 부르고 있는 것은 아닐까. 그렇다면 그건 착시. 모르겠다, 잘 봤는지 잘

못 봤는지 그걸 모르겠다.

비우라던데. 줌으로써 받고 비움으로써 채운다던데. 매미의 저 허물은 다시 보니 '펄럭이고 싶은 허물'이었다. 펄럭이고 싶은 허물은 김경숙이라는 시인의 시 제목이다. 껍데기는 가라고 함부로 말해선 안 되겠다. 비웠기로 꽉 찬 매미가 날갯짓 하늘로 날아오른 것 아닌가. 그런데 매미의 저 모습은 어디서 본 듯한, 친숙한 모습으로 내게 다가왔다. 이전의 어디서 본 듯한 모습이라는 생각이 들었다. 어디서 보았을까? 모르겠다.

그리고 오늘 일어나니 4시 반, 거창에 갈 일이 있어서 일찍 잠이 깨었다. 울산 매미의 그 허물이 머릿속에 떠오른다. 순간, 섬광이 지나갔다. 지피는 게 있었다. 구본주의 생존의 그늘, 매미의 허물은 생존의 그늘이었다. 속이 텅 빈 남자와 속이 빈 매미⋯.

텅 빈 것은 허물이고 꽉 찬 것은 실물인가? 빈 것은 허상이고, 찬 것은 실상인가? 구본주의 그 남자를 보았을 때 속이 빈 남자라는 생각이 들지 않았다. 텅 빈 속이 주는 이미지는 '참, 채움'이었다. 그는 속이 꽉 찬 남자였다. 속이 빈 매미도 다시 보니 속이 꽉 찬 매미였다.

허물, 벗어버려야 할 허물이다. 하지만 그것은 또 달고 다녀야 할 허물이다. 그렇다면 그 허물은 자기의 일부다. 그래서 그 허물은 자주 헹구어 널린 빨래가 바람에 펄럭이듯이 펄럭이는 허물이어야 한다.

특별한 서울 경험 셋

그 하나, 서울 가는 KTX를 탔다. 탄 날은 1월 초순 목요일, 오후 4시 30분에 모임이 있으니 3시 45분에 서울역에 도착하는 열차를 타면 되겠다고 생각하고 그 시간을 맞추어 표를 끊었다. 다음 날 부산에서 봐야 할 일이 두 개나 있었으므로 돌아오는 차표도 함께 끊었다.

KTX는 잘 달린다. 부지런히 달려 광명역에 도착하였다. 섰다. 그런데 한참 있어도 움직이질 않는다. 어찌 된 셈인지 도무지 움직일 기미가 없다. 한참 후에 안내 방송을 한다. 잠시 지연되겠다는 것이었다. 그러더니 좀 후에 또 안내 방송을 한다. 구로역에서 전기 선로 고장이 발생했다는 것이다. 그것 복구될 때까지 지연되겠다는 것이다.

안전하게 실내에서 기다려 달라고 한다. 지금까지 몇 번 안내 방송에서와는 달리 말이 매끄럽지 못하다. 별말을 하지 않으면서, 짧은 말 하면서 왜 저리 더듬거릴까 하는 생각이 들었다. 시간이 제법 지났다. 안내 방송도 그 간격이 점점 길어진다. 좀 후에 안내 방송이 또 나온다. 안전한 실내에서 잠시만 기다려달라는 말을 서투르게 또 반복한다.

안전한 실내? 이 말이 귀에 거슬렸다. 조금 전까지는 잠시만 기다리면 되겠지 하는 생각으로 멍하니 기다리고 있었는데 이번에는 저

멘트가 귀에서 소리를 낸다. 뒤가 불안해지기 시작했다. 그러잖아도 15번 칸에 타게 되어, 너무 뒤편이라는 생각을 하고 탔는데 이렇게 멈춰서 있는 사이에 뒤따라오는 차가 들이받아 버리면 어쩌나 하는 생각으로 불안해지기 시작했다.

불편해지기 시작했다. KTX는 운행속도가 빠르다는 것 외에는 내세울 게 없는 열차다. 실내 비좁기가, 좌석 불편하기가, 옷 하나 걸데 없는 등 편의시설이 빈약하기가 일등인 열차다. 그런데 앉은자리를 떠나지 말고 계속 실내에서 대기하라니. 멘트가 또 나온다. 멈춰 선지 40분이 지날 때쯤이다. 책을 꺼내 읽는 중이다. 이리 오래 걸릴 줄 알았으면 진작, 책이라도 꺼내 불안을 다스렸을 텐데. 복구하는데 앞으로 한 30분 더 걸릴 예정이란다. 저 말을 액면 그대로 믿어도 30분은 더 앉아 있어야 한다. 이 불편한 좌석에.

멈춰 선 지 60분이 지났다. 탑승객들은 비교적 차분하고 조용한 편이었다. 40분이 지날 무렵부터는 승객들이 전화하기 시작했다. 나도 했다. 편과 아이들에겐 멈춰 서있다는 말을, 모임 장소에는 예기치 못한 사태로 지각하겠다고 말했다. 앞자리 아주머니는 안절부절 못한다. 오는 내내 어디론가 그리고 누군가와 전화를 하던 분인데 정작 요긴하게 써야 할 시점에 와서는 전원이 소모되어 버린 것이다.

70분이 지났다. 약 10분 후에 출발하겠단다. 그러면서 열차 지연 환불 비율에 대한 안내도 곁들여 한다. 60분 이상 지연이니 현금으로는 50%, 할인권으로는 100% 보상한다고 한다. 승차권을 그대로 보관하고 있다가 다음 승차권 구매 시 제출하면 그렇게 보상받을 수 있단다.

드디어 출발한다. 멈춰 선 지 76분 후였다. 안내방송도 끝났다. 76분 서 있는 동안 여러 차례의 안내 방송에서 말을 더듬거리지 않은 때가 한 번도 없었던 안내 방송이었다. 그 멘트에 정이 그런대로 들어 익숙해졌는데 끝나고 나니 약간 허전해진다. 뒤차가 추돌하지나 않을까 하는 불안도 해소되었다.

서울역에 도착했다. 승차권을 제출하지 말고 그대로 가지고 있다가 1년 이내에 사용하면 100% 할인받을 수 있으니 그대로 가지고 가도록 안내하는 방송을 계속하고 있었다. 그리고 대합실은 난리를 맞은 듯했다. 나중에 들으니 76분 기다린 건 약과였다. 5시간 반 이상을 기다려 겨우 개찰구를 통과한 사람들도 있었다고 한다. 열차를 이용한 이래 지연으로 인해 환불받아 보기는 이번이 처음이다.

그 둘, 모임이 끝나고 2차 장소로 이동하는 중이다. 노래방으로 가는 길이다. 노래방은 지하철역 부근에 있었는데 보통 걸음걸이로 걸으면 한 10분 정도 걸릴 거리였다. 그런데 걸어도 도대체 거리가 줄지 않는다. 사람들이 걷는 건지 안 걷는 건지를 도대체 모르겠다. 아예 서 있는 것 같다.

그러잖아도 2층인 만찬 장소에서 먼저 내려와 뒤따라 내려오는 사람을 한참 기다린 터였다. 그런데 사람들이 걸을 때도 '만만디'다. 서울 사람들은 원래 이리 천천히 걷느냐고 물어봤다. 아니라고 한다. 물론 모인 사람들이 다 서울 사람인 것도 아니고 내가 서울 거리에서의 사람들 보행속도를 모르는 것도 아니다. KTX 70여 분 연착하여 도착한 경험을 먼저 하고 왔는지라 느림을 내가 더 의식하고 있는 것인지도 몰랐다.

아무튼 천천히 걷기 시합하는 것 같았다. 누구랄 것 없이 다 그랬
다. 재촉을 두어 번 하다가 포기했다. 이리 천천히 걷는 걸음걸이에
처음 합류하는 것 같았다. 나로서는 매우 특이한 걸음걸이 경험이었
다. 10분 정도 거리를 30~40분 걸려 도착한 것 같았다. 사실이 그랬
던 건 아니었지만.

그 셋, 드디어 노래방이다. 한 사람이 마이크를 잡는다. 노래방에
가면 노래를 서로 먼저 하라고 강권한다. 그런 압력을 받으면 은근히
부담된다. 그래서 마이크 먼저 잡는 사람이 나오면 반갑고 그 뒤 꼭
지가 예쁘다. 그건 그날 노래방 일이 순조롭게 진행될 조짐이기 때문
이다. 마이크를 먼저 잡은 사람이 자기소개한다. "나는 노래를 못한
다. 내가 노래를 하고 나면 점수 나오는 걸 보고 기계 고장일 거라고
사람들이 말한다. 그 말은 맞다"라는 내용이었다.

반주가 나온다. 쿵, 짝 경쾌하다. 노래를 시작한다. 시작하는 박자
가 정확히 맞다. 나는 첫 시작이 틀릴 확률이 높은 편인데 이 사람은
오차가 없었다. 마이크를 잡은 폼이나 노래하는 사이사이의 몸동작
이 아주 유연하고 자연스럽다. 노래방에서 노래를 많이 해본 솜씨다.

그런데 음정이 이상하다. 이상해도 너무 이상하다. 시작부터 틀리
더니 계속 틀린다. 하나도 안 맞는다. 설마 맞추겠지 하는 사이에 노
래가 끝난다. 다 틀렸다. 처음부터 끝까지 한 군데도 맞춘 곳이 없이
부르는 노래, 처음 들어본다. 단, 조금씩 비슷하기는 했다. 한결같이
틀렸다는 말이다. 점수가 나온다. 95점, A⁺이다. 그분이 말한다. "내

가 뭐랬나? 내가 노래하고 나면 노래방 기기 고장 났다는 말 나온다고 안 했느냐?"한다. 할 말 없다.

좀 후 그분이 또 노래한다. 그렇게 다섯 곡 정도를 불렀다. 동작은 유연했고 시작할 때나 끝난 후의 멘트는 산뜻했으며 마이크 잡은 손은 자연스러웠다. 박자는 정확했으며 리듬감이 있었으며 함께 노래하자고 요청하는 제스처도 풍부했다. 단, 음정은 처음부터 틀렸는데 일관성을 유지하여 끝까지 틀렸다. 표나게 다 잘하는 중에 못 하는 부분이 또 표나게 두드러진 노래였다.

그분 노래를 들으면서 나로서는 매우 색다른 노래 체험을 한다는 생각을 계속했다. 틀렸다 혹은 못 했다는 표현에 신경이 쓰인다. 그분 노래가 틀렸다거나 그분이 노래를 못했다고 평가하고자 함이 아님을 유의해 달라. 아무리 생각해도 나로서는 색다른 노래 체험이었음을 강조하고 싶은 생각이었음을 더불어 이해해 달라. 노래를 잘하시는 서울 동민 여러분!

수필처럼 살아야 산문처럼 풀어내야

12월 하순 토요일, 다른 때와는 달리 좀 느지막한 시각에 KTX를 탔다. 다른 때 같으면 아침 7시경에 출발하는 차를 탔을 터인데 오늘은 9시 40분경에 출발하는 차를 탔다. 전날 금요일 일에 신경을 많이 썼기로 나 딴에는 좀 여유롭게 꾸린 일정이었다. 전날의 일이란 입학홍보처장으로서 부산 MBC의 부산지역 대학 입시홍보 프로그램 중 우리 대학 홍보 프로그램에 출연하는 일이었다. 일정이나 교과목 반영 방법, 학생부 산출 방법 등, 비교적 까다로운 내용을 암기하여 말해야 했는데, 이를 위해 소모되는 에너지는 제법 많았다. 30분간 생방송으로 진행되었으므로 제법 신경이 쓰였다. 하기야 해보니까 녹화방송이건 생방송이건 쓰이는 신경의 분량은 같은 것이긴 했다.

지금 서울행은 패 받으러 가는 길이다. 나를 수필 문학가로 인정해 준 '계간 수필'에서 주는 등단 패였다. 계간 수필은 방배동 전철역 1번 출구 쪽에 있었다. 함께 패를 받는 사람은 나 이외에 네 명, 그들은 전부 나보다 더 좋은 글을 쓰는 사람들이었다. 난 사실 문학 잡지나 문학단체에 대한 사전 지식이나 소개가 전혀 없이 계간 수필을 선택하여 글을 보냈었다. 호감이 갔던 것은 한국 철학계의 큰 어른이면서 수필 계의 어른이기도 한 김태길 선생님이 발행인으로 있는 점이었다. 심사는 중문학 대가이신 허세욱 선생님이 맡아 주셨다. 두 분은 지금 이 세상을 떠나 멀리 가셨다.

패 수여식 후 박두진의 '난과 수석'이라는 수필에 대한 합평회가 바로 이어졌다. 난 문학작품 합평회에 참여해 본 적은 그리 많지 않다. 독서 토론회와는 또 다른 묘미가 있었다. 송년회를 겸한 중국집 만찬 후, 찻집으로 갔다. 난 에스프레소를 마셨다. 그리고 생맥줏집으로 갔다. 난 콜라를 마셨다. 그리고 사당동의 아이들 집으로 왔다. 아이들이 기다리고 있었다. 세 곳을 옮겨 다닌 방배동 배회는, 나로서는 오래간만에 가지는 밤, 그것도 서울의 밤거리 배회였다. 패를 들고 걷는 서울의 밤길, 공기는 별로 차지 않았다.

이튿날 일요일, 큰아이는 다른 볼일이 있어 먼저 나가고, 둘째 아이와 광화문 씨네 큐브로 왔다. 거인이 나를 기다리고 있었다. 그것도 망치를 들고. 씨네 큐브 가까이 가니 망치를 든 거인이 천천히 손을 움직이고 있었다. 조너선 보로프스키(J. Borofsky)라는 작가의 해머링 맨(Hammering Man) 이라는 작품이라고 한다. 망치질하는 사람이다. 그는 1979년 뉴욕의 폴라 쿠퍼 갤러리(Paula Cooper Gallery)에서 열린 전시회에서 이를 처음 소개했다고 한다. 당시 폴리 우드로 만들어진 약 11피트 크기의 해머링 맨은 처음엔 'Worker'라는 작품 제목을 갖고 있었으나 곧 해머링 맨이라는 이름으로 바뀌었다고 한다. 그는 육체보다는 정신 즉 더 높은 사고의 지평과 감정에 이르고자 했으며 하늘에 대한 끝없는 동경과 경외심을 이 작품에서 드러내고자 했다고도 했고.

해머링 맨은 거인들의 이야기라고 한다. 보로프스키는 어린 시절 아버지의 무릎에 앉아 하늘에 살면서 인간들에게 선한 일을 행한다는 착한 거인들에 대한 이야기를 듣곤 했다. 그리고 50년이 지난 뒤 이 거인은 이제 서울 도심의 한복판에 서 있다. 높이 72피트의 해머링 맨은 3t이 넘는 팔을 움직여 가며 자신의 밑으로 매일 수만 대의 자동차가 지나가는 모습을 지켜보고 서 있다. 하늘에 대한 경외심의 발로이자 일의 숭고함에 대한 찬사라고 하는 저 동작!

해머링 맨은 바로 일하는 사람들을 의미하기도 한다. 이 작품은 컴퓨터 혁명이 일어난 후 인간의 육체적 활동이 점차 사라져 가고 있는 데에 대한 아쉬움이자 노동자에 대한 존경과 노동에 대한 기쁨을 표현한다고 한다. 하늘, 정신과 육체, 망치, 거인, 노동 그리고 노동자를 새삼 되뇌어 본다.

광화문 씨네 큐브의 상영관 좌석은 많지 않았다. 소극장이라는 뜻. 영화가 시작되었다. 스물세 살의 의대생인 에르네스또 게바라 데 라 세르나(일명 푸세), 호기심 많고 열정이 넘치는 그는 엉뚱한 생화학도이자 마음이 맞는 친구인 알베르토 그라나도와 함께 4개월간 전 남미대륙 4,500㎞를 횡단하는 여행을 결심한다. 낡고 오래된 모터사이클에 몸을 싣고 안데스산맥을 가로질러 칠레 해안을 따라 사막을 건넌 후, 아마존으로 뛰어들겠다는 원대한 계획을 세워 착수한 것이다.

여행이 시작됐지만, 현실은 그리 만만치가 않다. 모터사이클이 망가지자 걸어서 여행을 계속한다. 점점 퇴색되어가는 페루의 잉카 유적을 거쳐 정치적 이념 때문에 일자리를 잃은 사람들이 몰리는 추끼까마따 광산에 이르기까지. 그들은 지금까지 자신들이 알고 있던 현실과는 다른 세상의 불합리함에 점차 분노하기 시작한다.

또한, 의대생인 푸세는 여행 중 한센스 병을 전공하고자 하는 희망에 따라 라틴 아메리카 최대의 환우촌인 산 빠블로에 머무르게 된다. 한센스 병은 피부로 전염되는 병이 아니라며, 장갑을 끼지 않은 채 환자들과 악수하고 가깝게 어울리는 푸세. 이런 행동은 이곳에서 금지된 행동이었지만 순수하고 열정 가득한 그의 모습은 의료진과 환자 모두를 감동하게 한다. 그리고 푸세 자신 또한 점점 마음속에서 새롭게 타오르는 빛나는 의지와 희망을 느낀다.

이제 곧 여행을 마치고 다시 각자의 삶으로 돌아가야 하는 이들. 푸세는 이 8개월간의 여행을 거치며 말로 설명할 수 없는 감정이 마음 깊은 곳에서 자라남을 느낀다. 길 위에서 새로운 세상의 목마름을 깨닫게 되는 스물세 살의 청년 푸세, 그가 바로 훗날 역사상 가장 현명하고 인간적인 지도자로 추앙받는다고 하는 세기의 우상 체 게바라이다. 이 영화는 성장 영화, 말하자면 로드 무비였다.

영화를 본 후 씨네 큐브 바로 앞의 경희궁으로 갔다. 경희궁? 자꾸 착각한다. 부산 금정구 남산동의 음식점 경희궁? 아니면 경복궁? 이도 저도 아니었다. 옛 경희궁을 복원한 것이었다. 왕의 궁전 경희궁에는 처음 와 본다. 경희궁 자리를 서울 고등학교가 차지하고 있다가 이사 나간 다음, 다시 궁으로 복원한 것이란다.

경희궁에는 마르코 폴로의 동방견문록 길을 따라 다녀온 사진작가의 사진 작품이 진열되고 있었다. 소를 보고 절하는 인도 여인의 모습이 인상 깊었다. 경회궁 옆, 그러니까 씨네 큐브 바로 앞의 '서울 역사박물관'에서는 톨스토이의 자료를 전시하고 있었다.

오후 7시, 둘째 아이는 자기 볼일 보러 가고 서울역의 배웅은 큰아이가 해 주었다. 내려오는 열차 안이 소란스러웠다. 자녀 둘과 부모가 바로 나의 앞자리, 그러니까 중앙 서로 마주 보고 앉게 되어 있는 자리에 앉았는데 초등학생으로 보이는 남매는 조용하였다. 엄마가 제일 시끄러웠고 아빠는 약간 덜했지만 그래도 매우 시끄러웠다. 그 아이들 아빠는, 출발하여 대구 가까이 올 때까지 옥수수 외 무엇을 계속 먹었으며 그리고 먹는 소리를 끝까지 쩝쩝하고 내었다. 열차 밖에서도 저렇게 내내 먹는지 궁금했다.

그러더니, 양말을 벗은 맨발을 의자 위에 걸치고 누워 잠을 잔다. 코는 다행히 골지 않았다. 난 수행하는 셈 치고 책만 보았다. 눈을 들면 보이는 먹는 입, 벗은 발의 발가락이 시선을 많이 불편하게 할 것 같아서였다. 공공장소에서 어른보다 정숙한 아이들을 본 건 기쁜 일이었다.

님 웨일스의 『아리랑』에 나오는 풍운아 김산을 다시 떠올린다. 체 게바라와 김산, 아리랑과 체 게바라의 자서전을 다시 읽겠다고 마음먹는다.

패와 수필, 등단 패와 산문…. 수필은, 산문은 내가 손을 잡은 도반이다. 내 길의 동반자이자 엄숙한 과제다. 수필처럼 살아야지, 산문처럼 풀어내야지 하고 결심해 본다. 삶을 말이다.

　　　　　　　푸른　빛의　항케지

미술관의 보행인

부산 독서 아카데미의 송년 모임이 있는 날이다. 프로그램에 나의 색소폰 연주가 들어 있었다. 이연실의 '찔레꽃'과 '그 겨울의 찻집'을 불었다. 사실 그날 나는 지쳐 있었다. 적절한 연습이 아닌 지나친 준비가 일을 망친다는 것을 나는 또 이 나이에도 경험했다.

학생 때 나는 공부를 그리 썩 잘한 편은 아니다. 하지만 시험공부는 죽기 아니면 살기로 했던 기억은 생생히 살아 있다. 그렇게 달라붙어서 한 결과는 정작 종이에 글 채우지 못하고 교수 앞에서의 오랄 테스트에서 쩔쩔매는 결과로 나타났었다. 한 일주일을 새벽같이 연구실에 나와 연습했던데 정작 당일에는 감도 놓치고 입술도 부르텄다.

송년 독서회를 마치고 집으로 돌아오는 길은 보통 때보다 더 멀었다. 피곤해하면서 핸들을 움직이는 나를 보고 옆에 앉은 편은 불안해하고 근심하고 걱정했다.

새벽같이 또 일어나 상경하는 길, 열차 안에서 보겠다고 가져간 박완서의 『그 남자네 집』은 펼치자마자 바로 잠이 들어버린 관계로 다섯 페이지 정도도 보지 못했다. 잠을 깨니 수원역을 지나고 있었다. 코를 골았을 것 같은데 옆자리가 비어 있다. 동석 승객 그분도 자리에 앉자마자 열심히 책을 보던데 나의 코골이가 그의 독서를 심하게 방해하지나 않았는지 모르겠다.

큰아이와 함께 온 신문로 성곡 미술관에서 이번엔 작품 '보행인' 앞에 섰다. 도시의 해는 키 큰 아파트 사이에서 넘어갈 곳을 찾지 못해 서성이고 있는데 저기 저 사람들, 보행인이라 이름 붙여진 일군의 설치 작품 속의 저 사람들은, 걷는 것이 아니라 서성이고 있는 것으로 보였다. 들판의 해야 서산으로 넘어가면 되고 바다의 해야 서해로 빠지면 되지만 도심의 해는 어디로 넘어간다? 서성이다가 도시의 화려한 불빛에 뇌쇄 당할 뿐. 서성이는 보행인, 저 보행인들의 발걸음 그 뒷발치가 자꾸 눈을 붙들어 난 돌아보고 또 돌아봤다. 연민일 뿐.

법정 스님의『서 있는 사람들』이 생각난다. 오래된 책이다. 스님은 〈책머리에〉에서 이렇게 말한다.

70년대에 들어서면서 우리 둘레에는 부쩍 서 있는 사람들이 늘고 있다. 출퇴근 시간의 붐비는 차 안에서만이 아니라 여러 계층에서 제 자리에 앉지 못한 채 서성거리는 사람들이 많다. 똑같은 자격으로 차는 탔어도 앉을 자리가 없어 자신의 두 다리로 선 채 끝도 없이 실려 가고 있는 것이다.[40]

그러면서 스님은 책 이름을 서 있는 사람들이라고 붙인 것은 그런 선량한 이웃들을 생각해서라고 한다. 그들이 저마다 제 자리에 앉

---

[40] 법정 지음,『서 있는 사람들』, 샘터사(1982), 1쪽.

게 되는 날, 우리 겨레도 잃었던 건강을 되찾게 될 것이라면서. 좌측에서 우측으로 책장을 넘기고 세로로 인쇄된 이 책은, 우측에서 좌측으로 책장을 넘기고 가로로 인쇄된 요즈음의 책에 익숙한 나의 눈에, 읽기에 불편한 것은 이루 말할 수 없다. 그래도 세로로 인쇄된 책을 가끔 손에 든다. 아날로그 시대에 대한 향수라고나 할까.

이문구의 '내 몸은 너무 오래 서 있거나 걸어왔다'도 생각나고. 이문구의 책 제목인 이것은 김명인의 시 '의자'에 나오는 말이라고 한다.

> 창고에서 의자를 꺼내
> 처마 밑 계단에 얹어놓고 진종일
> 서성거려온 내 몸에도 앉기를 권했다
> 와서 앉으렴, 내 몸은
> 너무 오래 서 있거나 걸어왔다[41]

보행인이여, 김명인 시인이 꺼내 논 의자에 인제 그만 앉아서 좀 쉬시라. 당신 몸은 너무 오래 서 있거나 걸어왔다. 한 사람이 걷고 있었다. 벌써 여러 바퀴째 돌고 있다. 에트랑제 모습이었다. 이국적인 눈망울과 콧날엔 우수가 서린 듯이 느껴져서 내국인이 아닌 이방인일 거로 생각했다. 넘어갈 언덕을 찾지 못해 방황하는 도심의 노을과 작품 보행인과 그리고 저 걷는 에트랑제와 또 아직 불이 켜지지 않은 그의 머리 위의 가로 등이 어우러져 연출하는 분위기는 겨울 오후의

---

41) 이문구 지음, 『내 몸은 너무 오래 서 있거나 걸어왔다』, 문학동네(2000), 7쪽.

우수였다.

　바로 조금 후에 몽당연필을 주제로 한 실내 전시장에서 그와 또 마주쳤다. 그래도 눈은 마주치지 않았다. 그는 자기가 볼 것을 보고 돌았고 나는 내가 볼 것을 보며 걸었기 때문이다. 성곡 미술관 뜰의 보행인과 걷는 사람은 나에게, 나 또한 걷는 사람으로서 걸음의 의미를 다시 생각하게 해 주었다.

무설, 봄엔 안개 겨울엔 눈

민들레는, '민들레 홀씨 되어'의 민들레인 줄만 알았다. 또 '일편단심 민들레'의 민들레인 줄 알았다. 더구나 지금은 민들레 철이 아니지 않는가. 민들레의 철은 봄인데 지금은 여름이지 않은가. 그런데 지금 말하는 민들레는 태풍 민들레이다.

신문을 보니 풍수해를 안겨준 제7호 태풍 민들레가 제주 서귀포시 중문 해수욕장에는 효자 태풍이 됐다고 한다. 태풍 민들레는 모래가 부족해 반쪽짜리 해수욕장으로 전락할 우려가 있는 중문 해수욕장에 상당한 양의 모래를 공급해 주었다는 것이다. 이번 태풍으로 3만여 톤의 모래가 중문 해수욕장으로 유입되었다고 한다. 지역주민은 애초 물놀이를 즐길 수 있는 수영구역이 해변을 기준으로 바다 쪽으로 80여 미터에 불과해 태풍으로 말미암은 모래 유실을 걱정했다.

그런데 태풍이 지난 후 중문 해수욕장은 입구 주변 암석 지대가 모래로 뒤덮였고 급경사를 이뤘던 수영구역도 완만하게 정비됐다고 하네. 태풍으로 모래가 유입된 것은 이례적인 일이라는 것이다.

민들레가 태풍으로 오던 날, 아니 태풍이 민들레로 오던 7월 초 토요일 이른 아침, 나와 편은 경기도 안성의 금광 호숫가, '무설재'라고

하는 이름의 집을 찾아가기 위해 길을 나섰다. 나서긴 했어도 태풍이
걱정이었다. 고속도로에는 기후조건이 나쁠 때 들어서지 않는 게 상
책인데. 편은 더욱더 걱정이었다. "보소, 안 가면 안 돼요? 태풍이라
는데." 지난해 매미 태풍 때 고속도로에 들어섰다가 식겁한 것을 떠
올린 것이다. 그때는 정말 몰던 차가 날아갈 뻔했다. 난 묵묵부답, 출
발했다. 무설재라, 이름으로 미루어도 안개와 구름이 많겠다.

경부고속도로 안성 나들목으로 빠져나와, 안성시를 거쳐, 금광면 사
흥리 가는 길로 들어섰다. 사흥리? 지도를 보니 삼흥리가 있고 오흥리
가 또 있다. 일흥리와 이흥리는 어디로 갔을까? 다릿목에서 사흥리가
어디냐고 물으니 "서 계신 이 자리가 바로 사흥리"라고 한다. 젊은 트
럭 운전기사는 작은 트럭에서 내려 마침 자기가 가지고 있는 지도를
들고 와서는 친절히 가르쳐 준다. 무설재라는 이름의 집이 있을 만한
지점을.

안개, 구름, 눈, 서리, 비? 이렇게 말하고 나니 갑자기 '파도, 바람,
구름, 철길, 친구'가 생각난다. 이는 70년대 포크가요 가수 방의경의
노래 제목이다. 방의경과 박찬응은 양희은보다 한 1~2년 더 빠른 포
크가요 가수들이다. 이들은 한국 포크가요 선구자들이라고 한다. 아
무튼 파도는 없었고 철길은 없었지만, 눈과 서리는 없었지만, 도착하
면 안개와 구름과 비와 바람과 친구들은 기다리고 있을 것이다. 아마
도 대부분 거기서 처음 만나 친구가 될 사람들이.

무설재로 들어가는 길의 막바지 두 갈래 길에서 망설였다. 이리 가
면 그 집이 있을 것 같은데 저리로 가도 있을 것 같으니. 나중에 보니
저 길은 장석주 시인의 집인 수졸재에 이르는 길이었다. 전화를 거니

'이리로' 오라고 한다. 마을 가운데 길일 것 같지 않은 길이 있었고, 반신반의하면서 그 길 따라 오르는 데 도무지 집이 있을 것 같지가 않다.

차가 교차할 수 없는 지점에서 내려오는 차를 만났다. 당황, 그런데 손을 흔들며 누가 퍼뜩 내린다. 마중 나온 것이다. 따라가니 오른편으로, 집이 있을 것 같지 않은 지점에 집이 있었다. 깊고 깊은 숲속의 작지 않은 집이었다.

짐을 풀었다. 무설재 바깥주인이 도랑을 치는지, 가재를 잡는지 우리가 무설재로 들어섰을 때 도랑에 있었다. 비가 줄기차게 내린다. 폭우였다. 민들레 폭우. 젖었지만 입은 옷 그대로 차상 앞에 마주 앉았다. 안주인인 이유경 작가가 따르는 찻잔이다. 이 집에서는 새소리에 아침잠을 깬다고 했다. 산과 들이 달빛 아래서 잠드는 밤이 오면 모닥불도 더러 피운다고 했다. 그런데 오늘은 비가 많이 내려 모닥불을 피울 수 없으니 창 안에서 창밖을 보며, 비를 보며, 창포를 보며, 어둠을 보면서 이야기꽃을 피우자고 말했다. 우리는 밤늦도록 이야기했다.

'종이꽃'의 최춘희 시인이 평택서 달려왔고, 오지를 탐험하면서 사진을 찍는 사진 예술가가 왔고, 판화가 부부가 왔고, 화가 부부가 왔다. 마지막엔 장석주 시인이 왔고. 무설재의 안주인은 차를 연방 달여 따랐고, 바깥양반은 잔잔한 담론으로 우릴 편안하게 해 주었다. 작은 개울 건너 있는 숲속의 이 집으로 언제라도 오라고 했다.

밤이 깊었다. 최춘희 시인이 돌아갔다. 최춘희 시인과 나눈 대화는 활기가 지배했다. 생명이 없는 그의 '종이꽃'에 생명을 불어넣는 음성이었다. 판화가 부부도 돌아갔고, 동양화 서양화로 컬레를 이룬 화가 부부도 돌아갔다. 그들은 자기네들의 둥지로 가기 위해 거의 동시에 일어났다.

오지 탐험가인 이혜선 사진작가와 장석주 시인이 마지막으로 일어섰다. 오지 탐험가는 오지 탐험 구상하러 둥지로 갔고, 수졸재 주인인 장 시인은 또 수졸 하러 갔다. 수졸? 낮은 자리 혹은 본래 제자리를 지킨다는 의미라고 한다. 주인 내외와 파워 블로거인 L과 우리만 남았다. 함께 해준 이들이 고맙고 비가 오는 밤을 함께 해준 이들이 정다웠다. 나와 편은 잠자리에 들었다. 무설재의 하룻밤은 이렇게 갔다.

이튿날 나와 편은, 새소리 빗소리를 듣지 않고서도 잠을 깨었다. 일어나니 새소리, 빗소리, 안개 스치는 소리가 은은히 들렸다. 함께 커피를 마셨다. 따뜻한 커피였다.

수졸, 낮은 자리에서 낮음을 지키는

무설재의 아침이다. 산골에서 맞이하는 아침이 이번뿐인 것은 아니다. 요즈음에는 섬이나 바닷가에서 맞이하는 아침보다는 산골에서 맞이하는 아침이 더 많다. 물론 늘 나는 내가 사는 동네의 아파트촌에서 아침을 맞이한다. 무설재의 아침은, 이곳이 내가 맞이한 아침의 산골들보다 더 멀리 떨어져 있는 곳의 아침이어서 맞이하는 느낌이 사뭇 달랐다.

시야에 들어오지는 않았지만, 금광호라는 호숫가의 아침이라는 생각이 먼저 생각의 자리를 차지하고 있었기로, 호숫가의 아침이라는 생각이 산골의 아침이라는 생각 위에 오버랩되어 있었다. 안개도 호수의 안개, '호수에 뜨는 달'이라더니 호수에서 이는 안개이다. 그런데 가만 생각하니 섬에서 맞이한 아침의 경험이 너무 없다. 이번 여름엔 섬에서 맞이하는 아침을 가질 수 있어야 할 텐데.

아침이 길었다. 아니 아침을 참 길게 가졌다. 물론 내 개인적으로는, 새벽에 일찍 일어나고 잠이 깨면 자리에 앉아 글을 정리하기에 아침을 비교적 길게 가지는 편이다. 그러나 밖으로 나와서 그것도 타인들과 어울려서 아침을 길게 가질 기회는 별로 없다. 아침이 대개 끊어진다. 시간표에 맞추어 아침 동작을 하게 된다. 아침이 길었다는 말은 주제가 있는 담론이 시간 가는 줄 모르고 이어졌다는 말이다.

사실 아침부터 엊저녁의 주제를 담론으로 연결하기는 쉽지 않다. 억지로 그렇게 하지 않는 이상. 무설재 주인 내외는 객을 편안히 해 주었다. 비는 줄기차게 내렸다. 하기야 민들레라는 태풍 중인데 오죽 하겠는가. 개울이 넘쳐 차가 건너가지 못할 것을 우려해 지난밤에 차를 건넛마을로 옮겨 두었다. 옮겨 갔던 차가 다시 옮겨 와 있었다. 그 동안 비가 적었기로, 비록 지금 비가 많이 내리고 있지만 차가 건너지 못할 정도로 불어나지는 않겠다는 판단이 선다는 것이다. 바깥주인의 배려이다.

11시, 우산을 들고 나섰다. 수졸재로 가잔다. 가자고 할 때 망설였었다. 밤새 수졸재 지기 장석주 시인과 즐겁게 담론 나누며 친숙해졌지만, 그리고 갈 때 수졸재에 들려 차나 한잔하고 가라고 초대는 했었지만, 그래도 폭우 속의 아침 방문은 느닷없는 방문이고 젖은 발로 마루에 오른다는 것은 폐를 끼치는 일이 될 것 같아서였다. 하지만, 무설재 안주인은 그게 아니라고, 자기 집 빗장을 잘 안 여는 장 시인이 오라고 하는 건 드문 기회라고, 부담 없이 가도 된다고 했다. 가기로 했다. 나섰다. 개울물이 잔뜩 불어 있었다.

나는 욕구불만과 분노와 누추와 잔망을 버리고 이곳에 내려와 적빈의 날들과 깊은 잠과 고요, 그리고 평화를 얻었다. 내게는 이곳이 도원이 손에 잡힐 듯 가까운 무릉이다. 단 한 번 밖에 갈 수 없는, 그

리고 되물릴 수 없는 삶이 저기 있다.[42]

    시인, 소설가, 비평가 등 전방위 작가인 장석주는 자신의 삶을 이렇게 표현했다. 비록 세 문장으로 이루어졌지만, 이 문단속에는 작가의 과거, 현재, 미래가 훤히 드러나 있고 평화와 도원을 향한 삶의 도정이 파노라마처럼 펼쳐져 있다.

    그는 살림집과 작업실이 살짝 떨어져 마주하고 있는 이곳의 이름을 수졸재(守拙齋)로 지었다고 했다. 가장 낮은 자리에서 그 낮음을 지키며 산다는 뜻이라고 한다. 그는 이곳에서 몸을 낮춘 후 산책과 명상, 글쓰기 등의 단순한 반복을 통해 느림, 고요, 침묵, 평화, 집중 등 자기가 꿈꾸던 삶을 이루어가고 있다고 했다.

    그는 위선과 기만의 게임이 판치는 서울을 떠나 이곳으로 내려오는 데는 획기적인 발상의 전환과 실존의 선택이 필요했다고 했다. 자신을 스스로 '제도권 밖으로의 유배, 자발적 소외의 선택'으로 규정한 그는, 서울에서 수졸재로 가는 길은 지천명의 나이를 앞둔 한 예민한 감성주의자의 좌절과 선택, 그리고 치유와 해방을 사유하게 하는 길에 다름 아니라고 했다.

    장 시인은 그의 작업실, 그러니까 별채로 지어진 서재에서 책을 한 권 주었다. 책 이름은『달과 물안개』였다. 장 시인을 만나기 전까지는 그가 누군지 그런 사람이 있는지 없는지 알지 못했다. 아니, 조금은 알았다. 무설재 지기가 장 시인의 산문집『마음의 황금 정원』을 보내

---

42)   장석주 지음,『달과 물안개』, 찬우물(2004), 206~209쪽에서 발췌.

주었기로 그의 작품을 읽었기 때문이다. 그는 책을 40여 권이나 출판한 작가였다. 더구나 만나서 보니 남의 책도 100여 권이나 출판한 청하 출판사의 대표 출신이었다. 대부분 잘 팔려, 그 책 팔아 억만금을 벌기도 했었단다. 마광수의 『즐거운 사라』 출판으로 맞게 된 역풍, 소위 '마광수 필화사건'에 휘말려 몽땅 잃어버리게 되었다고 한다. 그는 최근에 자기를 이렇게 표현하고 있었다.

바람 없이 물이랑 이는 금광 호수의 물과 호명하지 않았는데 땅거죽 찢고 붉은 촉 내미는 뜰의 모란을 오래 바라본다. 숲에 고사리 새순 올라오고 현호색은 피고 뱁새가 우는데, 내가 짓는 밥은 타고 있었다. 본디 삶은 외롭고 짧고 가난하고 비천한 것이다. 본성이 그러하니 하늘 아래 너른 땅에서 그걸 양육하는 일은 버겁다. 꽃불 타오르는 진달래 덤불 속에서 펑펑 울고 싶었으나 울지 못했다. 꽃불 아래 똬리를 틀고 견성에 열중하는 유혈목이를 본 뒤 울음이 나오지 않았다. 가협 마을로 주민등록 주소를 옮기고 장기수배자와 같이 숨듯 들어와 밥 끓인 지 이미 네 해째이다 달과 물안개 때문에 자주 마음의 금(琴)은 떨며 운다. (『달과 물안개』 8~9쪽)

창밖의 비는 여전히 빗줄기가 거셌다. 창으로 비친 바깥 풍경은 수채화였다. 어젯밤과 오늘 사이, 장석주 시인과 많은 말을 나누었다. 어젯밤에 느닷없이 나는 내 이야기를 한 게 있었다. 내게는 소년 시절부터 지금까지 가위처럼 억누르는 절실한 이야기였지만 타인에게는 시시하고 웃기는 이야기일 수 있는 이야기였다. 왜 그 이야기를 했지? 그야말로 뜬금없이 했다.

오늘 나는 또 느닷없는 말을 수졸재 주민에게서 들었다. '수졸재 주민'은 장 시인의 닉이다. 어젯밤 나의 그 이야기를 소설화하고 싶다고. 하지만 아마 작품화되지는 못할 것이다. 소설적 소재가 될 만한 주제가 못되기 때문이다. 수졸재 서재를 통해 바라본 바깥은 수채화였다.

수졸재 주민은 혼자 살고 있었다. 도그 셋과 더불어. 그가 준 달과 물안개는 서울 관악산 아이들 집으로 와서 다 읽었다. 읽는 도중 마음이 아프기도 했다. 부산 집으로 와서는 그의 산문집 마음의 정원을 읽었다. 그가 수졸재를 혼자 지키고 있는 이유를 이 책을 읽고 알았다. 비록 1박 2일의 만남이었지만, 이런 만남이 없이 책을 읽었다면 아픈 이야기라도 그러려니 하고 지나쳤을 것이다.

만남 이후의 글 읽기는 그런 게 아니었다. 조혜정이 쓴 책 '글 읽기와 삶 읽기'가 생각난다. 글 읽기는 삶 읽기, 사람 읽기가 되어야겠다고 새삼 생각하게 되었다.

보석상의 자전거

수졸재를 나설 때 비는 폭우였다. 들어설 때의 둘러싸고 있던 개망초 숲이 인상적이어서 사진을 찍고 싶었지만, 집 모습과 집으로 이르는 길도 디카에 담고 싶었지만, 연방 내리쏟아 붓는 비 때문에 우산을 펼쳐 들고 서 있을 수가 없어서 그냥 차를 탔다. 함께 나와, 저만치 나와 점심을 먹었다. 무설재 주민과 수졸재 주민은 그곳에 온 우리에게 점심을 사주었다. 멀리까지 배웅도 해 준 셈이 되었고. 그리 보니 우린 참 멀리까지 배웅받으며 사홍리의 무설재, 오홍리의 수졸재를 떠난 셈이 되었다.

안성 나들목으로 들어서서 서울로 향했다. 일요일 오후인지라 도로를 차가 가득 메우고 있었다 와이퍼를 연방 훔쳐도 비는 차창에 두꺼운 막을 계속 형성한다. 의왕에 들렀다가 갈 참이었다. 수원을 막 지나면 부곡 나들목이 있다고 의왕 사람이 말했다. 부산서 출발할 때 지도를 펼쳐 확인하니, 경부고속도로에 부곡 나들목은 없었다. 그래도 있겠지 하는 막연한 생각으로 출발했던 건데 지금 찾으니 없다.

수원을 지나면서 편이, 전화해보지 그러느냐고 말한다. 의왕으로 전화하니 받질 않는다. 편이 또 오늘은 일요일이라고 말했다. 그래,

일요일, 일요일에는 상점들이 대부분 문을 닫는다. 찾아가는 의왕의 그 보석상, 자전거가 점포 앞에 서서 지키고 있는 그 보석상도 문을 닫았으리라는 짐작이 섰다. 곧장 서울로 향했다. 예술의 전당을 지나 사당사거리, 관악산의 관음사 아래에 아이들의 집이 있다.

식구가 다 모였다. 서울 아이들의 집이다. 아이 둘이 사는 집. 관악산 관음사로 오르는 길 바로 아래의 조용한 주택지. 부산 집에서 대학을 다니는 막내도 올라왔으니 우리 다섯 식구가 다 모였다. 관음사에서 길을 따라 한 두어 시간 올라가면 관악산 정상에 오르게 된다고 했다. 서울 아이들 집에서 이틀 밤을 잤다. 명동성당 구내서 하는 회의에도 참석했고 아침과 오후에 관음사에도 올랐다.

'풀잎 편지'는 그때 내가 즐겨 읽은 블로그였다. 그때는 블로그를 칼럼이라 부를 때였다. 풀잎 편지라는 블로그 지기의 음악 감성이 좋았고 글은 소슬하고 담백했다. 일상의 일들이 그의 손을 거치면 온기를 품게 되는 걸 나는 그의 블로그에서 자주 보았다.

그의 글 '보석상 앞의 자전거'와 '자판기'는 기회가 닿으면 그 사물을 직접 내 눈으로 보고 싶다는 생각을 읽으면서 하기도 했다. 풀잎 편지의 지기가 나의 글에, 무엇보다 나의 글에 붙어 있는 음악에 대해 자기가 한 생각을 꼬리 글로 달아 두었음을 한참 나중에 보게 되었다. 보거나 말거나 성의를 다하는 분이라는 느낌이 들었다. 그렇게 해서 나는 그의 블로그를 알게 되었다. 그의 글이다.

커피를 마시며 비를 맞는 자전거를 바라본다. 그를 얻으려 신문을 일부러 구독하고 그 후 한 번도 타본 적 없이 매일 그렇게 우리 가게 앞에 서 있게 하였다. 오늘도 비를 맞으며 내 창을 지켜주고 있는 그. 엄마는 아까운 자전거 비 맞힌다고 야단이지만 난 아무 소리도 못 하시게 못을 박는다. "엄마 저 애 임무는 저거야."

사실 가게 안으로 들어가지 않고 자전거와 자판기를 보고 돌아오면 된다. 그런 식으로 내가 보고 싶은 것을 돌아보는 방식은 나를 만족시키는 나만의 관전 방식이고 관전의 미학이다. 그렇게 하기엔, 안성에 간다는 나의 글을 보고 써 준 그의 "안성과 그리 멀지 않은 의왕을 한번 다녀가도 괜찮다"라는 그의 성의를 무시하는 게 된다.

풀잎 편지의 보석 가게가 의왕에 있는 줄을 그의 초청하는 글을 통해서 알게 되었다. 그리고 나의 또 다른 방식은, 내가 찾아가는 곳을 끝까지 나 혼자 찾아가는 것이다. 그러니까 가까이 왔다고, 거기가 어디쯤이냐고 전화하지 않고 끝까지 내 발로 찾아가는 것이다. 헤매며 찾는 재미도 여행의 큰 재미 중의 하나가 아닌가. 대부분 나는 그렇게 찾아갔다.

하지만 오후 늦게 서울에서 출발했고 부산까지 가야 하는지라 시간이 급박해 전화를 했다. 가게의 위치가 의왕역 앞이라고 했다. 가게를 찾았다. '원 보석'이었다. 살펴보니 보석상의 골목이 땀 냄새와 눈물 냄새, 웃음 냄새와 삶의 냄새가 인정으로 흐를 듯한 골목으로 보였다. 물론 골목이 어디 다 그렇던가. 특히 길이 반듯반듯 포장되는 이 시대에, 길 주변이 단속 등으로 잘 정비되는 이 시대에 몰인정한 골목은 어디 없던가. 찬바람 썰렁 이는 골목이 더러 있지 않던가.

푸 른 빛 의 항 케 지

원 보석의 골목은 차도 느리고 사람도 느리게 걷는 완만한 흐름의 골목이었다. 물론 이 골목에도 몰인정은 없지 않을 것이다. 비정도 있을 것이고.

기찻길은 보석상에서 멀었다. 약간 멀었다. 역사를 옆으로 두고 앉아 있었다. 의왕역은, 살레스 감독의 영화 '중앙역'이 아니었다. 온갖 도시의 비정을 그대로 가지고 있는 소외와 비정의 몰인정을 고발하는 브라질 영화 중앙역 같은 역은 아니었다. 그렇다고 버드나무 서 있고 손수건이 흔들리는 낭만의 역 모습도 아니었다. 곽재구의 '사평역' 같은 역도 아니었고. 개발이라는 이름으로 마구 파헤쳐지고 들쑤셔질 날을 기다리고 있는, 좀 썰렁한 역이었다.

가니 주인장은 손님과 마주 서 있었다. 주인장은 칸의 안, 손님은 칸의 바깥에 서서. 손님이 또 왔다. 풀잎 편지 블로그 지기인 주인장과 제대로 몇 마디 나누지 못하고 일어섰다. 내려갈 길이 멀었기로, 날은 저물어 가고 있기로. 자전거를 눈여겨보았다.

가게로 들어섰을 때 흐르던 음악은 칸초네였고 그 가운데도 '카사비앙카'였다. 내 청소년 시절, 그리 절실히 듣고 부르던 '하얀 집' 카사비앙카. 진주 망경북동의 망경산 아래 친구 집에서 우리는 카사비앙카를 듣고 또 들었다. 망경산 그 아래의 철길을 안갯속에서 걸으며 부르고 또 불렀다.

자전거는 붉은색이었지만 편지함은 하얀색이었다. '하얀 집' 노래와 어울린다는 생각이 들었다. 자전거와 자판기를 봤다. 그것들 보려고 일부러 온 길이 아니던가. 다 본 후 풀잎 사랑 블로그 지기의 따뜻한 배웅을 받으면서 길을 나섰다.

화엄

    무설재를 다녀온 지 3년 후에 거기를 다시 가는 길이다. 이번엔 독두 원장 내외 분과 함께 간다. 가는 김에 먼저 들를 곳인 서울 아이들 짐까지 실으니 차는 그야말로 짐차였다. 아빠인 내가 거기서 연주할 때 입으라고, 엄마도 함께 입으라고 둘째가 사준 커플 티셔츠를 난 미리 입고 운전석에 앉았다. 이번엔 죽 경부고속국도로만 아니라 대구부산고속국도, 중부내륙고속국도, 영동고속국도, 경부고속국도, 남부순환도로를 통해 서울에 입성했다.

    서울에서 짐을 풀고 독두 원장의 차보다 먼저 안성에 도착한 우리는 '한 쟁반 자장면'을 함께 젓가락질했다. 점심이라고 먹기엔 너무 늦은 밥 일(食事)이다 제각기 그릇의 자장면이 아니지라 나오기 전에 나의 젓가락 쥔 손은 긴장하고 있었다. 내가 겨냥한 면발을 편도 동시에 겨냥하고 들어오면 어떻게 내가 먼저 면발을 집을 것인가의 작전을 내 머리는 전광석화로 구상하고 있었다. 실전에 버금가는 액션도 취해봤다. 물론 새도 모션이다.

    액션을 취할 때 내가 움찔했던 모양이다. 편이 "모하요?" 한다. 구상이 대략 선 다음에야 떨리는 내 손은 진정되고 있었다. 이때에도 머리는 전광석화로 번쩍 돌았다. 하지만 그럴 사태는 다행히 일어나지 않았다. 편의 젓가락이 내 젓가락보다 한 박자 늦게 쟁반으로 들어온다. 안도의 숨을 쉰다. 여유를 가지니 쟁반이 다시 보인다. 얼키설키 면발들이 그 나름의 질서를 가지고 있다. 쟁반은 꽃이었다. 화엄이었다. 긴장으로 땀이 밴 젓가락 손을 나는 부끄러워했다.

모르고 갔을 땐 안 틀렸는데 알고 가는 길이 이리 틀리는 건 이 무슨 조화란 말인가? 안성 나들목 출구를 막 벗어난 지점에서 차를 기다렸다. 깜빡깜빡 켜놓고 있는 차량 미등을 보고 독두 원장 차가 내 차 뒤에 섰다. 내가 앞장섰다. 사홍리의 금광 호수에 도착할 때까지만도 여러 번 틀렸다. "순덕상회만 나와 봐라." 순덕상회만 나오면 그때부턴 길 안 틀릴 듯 작은 눈 크게 뜨고 계속 앞장서 갔다.

순덕상회다. 뒤차에 전화했다. 다 왔다고 했다. 그런데, 안 틀릴 것 같았는데 또 틀린다. 마지막 이정표, '무제 인 무설재'를 보고도 틀린다. 그래도 집 앞까지 오기는 왔다. 도랑의 다리를 건넜다. 작아도 다리는 다리 아닌가. 비로소 안도했다. 차를 세웠다.

이 미망을 어찌하며 이 혼미를 또 어찌하나? 힘이 빠진 내 어깨를 편이 서너 차례 두들긴다. 차에 내려섰을 때 마주친 간판 '무제 인 무설재'를 휘돌아 부는 바람은 시원해서 정신을 바짝 차리게 했다. 서서 돌아보니 물어, 더듬어 온 길이 눈에 선하다. 눈에 선하다면 눈앞에 훤하게 열리는 그 지평은 또 다른 화엄.

일행과 함께 하는, 편과 나에겐 두 번째인 무설재의 밤은 깊어만 갔다. 함께 한 장석주 시인과 80년대 베스트셀러였던 '단(丹)'의 저자 김정빈 그리고 김양수 화백 외 여러 사람과 더불어 밤 깊은 줄 모르고 여러 얘기를 나누었다. 두 시가 되니 내리는 이슬이 잔뜩 느껴졌다. 단의 작가 김정빈은 달변가였다. 그의 이어지는 말을 그가 눈치 채지 못하게 끊는 일은 그 밤에 맞닥트린 난제 중의 난제였다.

이튿날 우리는 무설재 주인장의 뒤를 따라 김양수 화백의 집으로 갔다. 화실이기도 한 그의 집으로 들어가는 길 초입에 '동막골'이라는 안내판이 서 있었다. 영화의 동막골이 생각나서 여긴 안성 동막골임을 내게 확인시키면서 들어갔다. 골짜기다. 그의 은둔처 이름은 적염산방(寂拈山房)이었다.

참나리, 땅나리, 말나리, 털중나리, 하늘말나리, 솔나리 이 중 하나일 것이다. 화실엔 그리던 나리 그림이 몇 개 걸려 있었다. 담 안 두 평 땅엔 한 그루 나리가 서 있었고.

선승 같은 화백은 나리 이야기를 오래 했다. 들으면서 나는 그의 나리 이야기가 설법이라는 생각을 했다. 나리를 들고서 하는 간화라고 생각했다. 그리 보니 화실은 또 동막골 이곳은 수행공간이었다. 참선이라고 말하면 내가 너무 넘치는 것 같지만, 화백의 공가운 참선 도량이라는 생각을 했다. 참선이라, 그게 참선이던 명상이던 모든 수행법의 기본 요소는 생각 '멈추기(止, 지)'와 한 가지에 '몰두하기(觀, 관)' 즉 지관이라는데 여기 산방은 몰두하기 좋게시리 시간이 더디게 흐르는 공간으로 보였다. 그래서 지관 참선 공간이다. 묵조선(黙照禪)은? 간화선(看話禪)은? 안으로 들어가니 화백의 공간 사물들 중에 호박이 눈에 띈다. 호박에서 화엄이 보인다. 호박이 화엄이라는 생각이 번쩍 들었다.

듣는 우리는 들으면서, 들은 후 코 잡고 눈 감고 지관(止觀)했다. 그렇다면 그날 우리는 모두 수행자였던 셈이다. 코 잡은 눈도 진지했고 눈 감은 입도 단정했다. 나리, 마음의 나리를 직립으로 또 가부좌로 그리고 있었다. 나는? 그런 그들을 훔쳐보고 있었다. 말하는 이의 저 눈은 반쯤 뜬 눈? 감은 눈? 감아도 뜬 것이고 떠도 감은 겨? 화엄 세계 지관 법은 저러해야 한다는 생각도 든다.

그려야 할 것은 '마음'이라는 생각도 했다. 그려야 하는데도 못 그리는 것은 또한 '마음'이라는 생각도 들었다. 마음을 그린다면 어떻게 그려야 할까. 내 마음을 그림으로 그린다면 어떤 꼴로 형상화될까? 궁금하다. 모르겠다. 그림 공부한다면 내 마음을 그릴 수 있을까. 마음공부를 한다면 내 마음을 알 수 있을까? 나리는 그 어느 꽃 그 이상의 화엄이라는 생각을 하면서 화백의 집을 나섰다. 그리고 부산으로 돌아왔다.

호박이 생각난다. 김양수 화백 작업실의 그 호박이, 호박은 화엄이라고 생각했던 그 생각이 생각난다. 이리 보니 이번 그곳 나들이는 화엄 길인 셈이었다.

책말미에

도반, 삶의 도상에서 만난 인연들

인연은 우연이 아니라 필연이라고 한다. 삶의 도상(途上)에서 많은 사람, 사물들과 마주쳤다. 대부분 스치고 말았지만 어떤 대상은 지금까지도 내 곁에 머물고 있다. 그래서 그들은 내 도반들이다.

도반(道伴), '함께 길가는 사람'이라는 뜻이겠다. 이때 길은 현실의 길일 수도 있고, 진리의 길, 수행의 길, 학문의 길, 사색의 길일 수도 있다.

도반, 넓은 의미로는 삶의 길에서 만난 일체의 유정물(有情物)들과 무정물(無情物)들일 터. 도반들 덕택에 삶의 길을 잘 걸었다. 향을 싼 종이는 향내를 풍기고 생선을 묶은 새끼줄에는 비린내가 난다는 데 아무쪼록 나의 이 글들이 비린내를 풍기지는 않았으면 좋겠다.

호(號)는 거처하는 곳이나 지향하는 의미, 사물을 대상으로 한다고 한다. 그런 면에서 선물 받은 나의 호, 아호인 길뫼는 이 두 가지 의미에 절묘하게 부합한다. 나는 이동하면서도 머물러 있다. 즉 길뫼다. 요즈음엔 주로 머물러 관조한다.

산기슭 나의 길뫼재에 머물면서 나는 다음 책 원고를 모레부터 또 손본다.